KB274925

역주

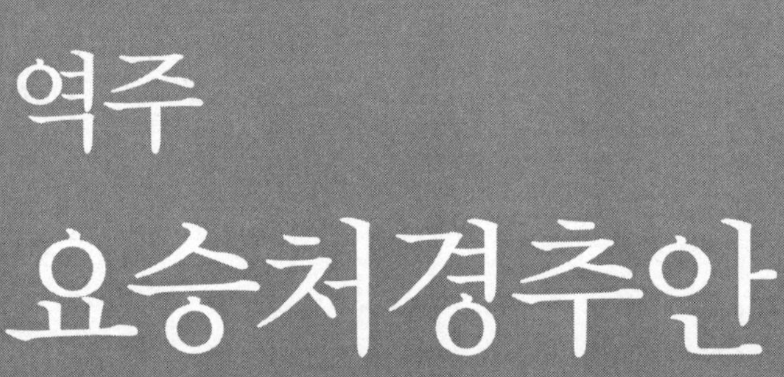

요승처경추안

妖僧處瓊推案

최종성 역주

●

살아생전에 생불로 추앙받다
죽어서 무당의 제사를 받은 불승 처경의 삶

지식과교양

🪷 머리말

의금부의 재판기록을 통해, 17세기 중반에 태어나 스물다섯이라는 짧은 인생을 살다간 처경(處瓊)이라는 불승(佛僧)을 만나게 된다. 그는 이름난 고승도 뛰어난 수행자도 아닌, 그저 그렇고 그런 평범한 떠돌이 중에 불과하였다. 그러나 그는 대중들로부터 '생불(生佛)'로 추앙받고, 국가로부터 '소현세자의 유복자'를 자처한 '요승(妖僧)'으로 지목받으며, 예의 평범한 이력을 단숨에 뛰어넘고 만다. 강원도 평해(平海)의 불우한 환경에서 시작된 그의 삶에 점차 '살아있는 부처'로서의 종교적인 이미지뿐만 아니라 '남겨진 왕실의 후예'라는 정치적인 이미지가 덧씌워지면서 그의 삶은 심문과 형문, 그리고 참형으로 얼룩진 굴곡과 격동을 겪게 된다.

우리의 눈길을 끄는 것은 그가 세상을 떠난 이후에도 의례화된 불승으로 대중들 사이에서 되살아났다는 점이다. 조선후기에 의례화된 불승으로 두 가지 전형을 꼽을 수 있다. 왜란에 참전한 의승(義僧)을 이끌며 근왕(勤王)과 호국의 상징이 된 승장(僧將)들은 국가차원의 공식적인 의례화의 대상이 되기도 하였다. 반면 대중을 미혹시키고 왕조의 권위를 손상시킨 반역과 저항의 상징이 된 요승(妖僧)들은 국가로부터 기억과 담론 자체를 금지당해야 했지만 대중들 사이에서 영험의 대상으로 은밀하게 의례화되기도 하였다. 국가 공인의 사액을 받은 표충사(表忠祠)와 수충사(酬忠祠)에 향사된 휴정(休靜)이나 유정(惟政)이 국가로부터 공인된 의례화의 대상이었다면, 요망한 말과 글을 지어 대중을 미혹시켰다는 죄목으로 국가로부터 죽임을 당해야 했지만 몇 년 뒤 해주 무당의 신당에서 제사를 받으며 대중의 종교적 갈망에 부응했던 처경은 민중차원에서 의례화된 불승이었다.

강원도 평해의 아전 집안에서 태어나 고아가 된 뒤, 중이 되어 유리하다가 경기도 일대에서 의례적 영험성과 치유능력 덕에 생불로 추앙받던 잘생기고 풍채 좋던 처경은 점차 자신이 은밀하게 버려졌던 소현세자의 유복자임을 자처하며 서울에 이른다. 그리고 얼마 뒤 그는 의금부에 끌려와 추국을 받고 죽음을 맞이하였지만 아무 연고 없던 이름 모를 어느 해주 무당에 의해 제사를 받으며 대중의 곁으로 돌아왔던 것이다. 미천한 양인으로 태어났지만, 살아생전에 생불로 추앙받다, 소현세자의 유복자로 정치적인 죽음을 맞이한 뒤, 해주 무당의 신당에 신령으로 모셔진 처경의 파란만장했던 생사 간의 궤적은 조선후기 종교문화를 이해하는 데에 적지 않은 영감을 제공한다.

처경의 일대기는 자신이 손수 기록한 일기(日記)도 아니고 걸출한 지인이 대신해준 행장(行狀)도 아닌, 그저 살벌한 추국장에서 매를 맞아가며 내뱉었던 변명과 진실어린 진술을 고스란히 담고 있는 추안자료를 통해 희미하게나마 그려지고 있다. 그 추안자료가 바로 『요승처경추안(妖僧處瓊推案)』(서울대학교 규장각한국학연구원 소장, 규15149 78책)이다. 이 문서는 처경 자신의 기록은 아니지만 그의 육성을 고스란히 담고 있는 기록이기도 하다. 이를 통해, 우리는 불승으로서의 처경의 실제적인 삶을 복원하고, 그가 꿈꾸었던 종교적·정치적 이상들을 회고하며, 의례를 둘러싼 불승과 신도 사이의 신앙적 관계를 유추하고, 당시 민중들의 정치적 의식과 담론을 만나볼 수 있을 것이다.

몇 년전 여환(呂還) 및 차충걸(車忠傑)의 옥사를 차례로 검토한 뒤, 처경의 옥사에 눈길을 보냈지만 손길까지 닿게 하지는 못하며 주저하고 있던 터에 캐나다 밴쿠버의 브리티쉬 콜롬비아 대학교(University of British Columbia)로 안식년을 떠나고 말았다. 그러나 다행스럽게도 그곳의 한국학 대학원생들의 붉은 학구열과 나의 푸른 기대가 결합하여 『요승처경추안』을 강독하게 되는 행운이 찾아왔다. 2011년 4월 말 UBC의 어느 학습센터(Irving K. Barber Learning Centre) 4층에 마련된 창 넓고 전망 좋은 작은 방에서 300년도 훨씬 더 된 이두 섞인 추안자료가 해석을 기다리며 서서히 자신의 모습을 드러내기 시작하였다. 처경에 대한 역주가 나오게 된 데에는 이두의 발음을 살려가며 처경을 함께 읽었던 UBC의 한국학 동료들(다프나, 시내, 은선, 정은, 지연, 태연)의 열정이 결정적이었음을 고백한다. 그들이 있었기에 객(客)이 겪을 적적한 외로움을 학(學)이 누리는 흡족한 나눔으로 이겨낼 수 있었다. 언젠가 그들이 세울 한국학의 전당(殿堂)을 거닐며 지난날을 음미할 날이 쉬이 오리라 믿는다.

그들과의 한국학 여정을 뒤로 하고 귀국한 뒤에는 행여 다짐이 변할까 두려워, 곧바로 번역과 주석을 곁들여가며 처경의 삶을 되살려내는 일에 착수했다. 역주작업을 하는 동안 원문의 입력과 그 밖의 잔손치레를 도맡아 준 심형준의 따뜻한 원조가 아니었다면 성사를 맛보지 못한 채 나날이 해묵은 부담감만 살찌웠을지 모른다.

마지막으로 보잘 것 없는 원고를 귀히 치사해주며 근사한 책으로 엮어준 도서출판 지식과교양 윤석원 대표와 그 가족들에게 감사를 드린다. 그들의 노력에도 불구하고 불가피하게 겉으로 드러난 과오는 오로지 나의 책임이며, 그래도 이만큼이나 나의 오류를 감추어준 것은 전적으로 그들의 공이다.

2012년 12월 6일
눈 덮인 관악의 교정에서
최종성

차례

1. 무녀의 신당에 모셔지다

종교적 동물(*homo religiosus*) 혹은 의례적 동물(*homo ritualis*)로서의 인간을 부정할 수 없을 정도로, 우리는 대중의 종교적 집중력과 잡식성에 놀라기도 한다. 가령, 역사적 실존 인물을 의례화하는 문제로 국한한다 해도 그 왕성한 종교적 욕구는 지역을 가리지 않는다.[1] 위력 있는 왕이나 장군, 이름난 문인이나 지역의 유력자가 그들의 공적(功績)과 여한(餘恨)에 따라 의례의 대상이 되는 것은 숱하게 보아온 바다. 불승(佛僧)의 경우에도 예외는 아니어서 마을의 제당(祭堂)이나 혹은 굿당에 자리 잡은 역사 속의 승려를 대하기가 그리 낯설지 않

---

1 김효경, 『한국 마을신앙의 인물신 연구』, 충남대학교 석사학위논문, 1998 ; 박지현, 「중국 민간 신앙 속에서의 神 되기」, 『中國學報』51, 한국중국학회, 2005 ; 강남주, 「실존인물의 신격화 과정−日本 岐阜縣 治水神社 大祭의 경우−」, 『비교민속학』11, 비교민속학회, 1994.

다. 강릉의 범일국사(梵日國師)가 그렇고[2], 완도 장좌리의 혜일대사(慧日大師)가 그러하며[3], 인왕산 국사당의 무학(無學)과 나옹(懶翁)이 또한 그러하다.[4]

숙종 13년(1687) 해주의 어느 이름 없는 무녀가 우리에게 익숙하지 않은 무명의 불승 처경(處瓊)을 신당에 모시며 대중들의 종교적 열망에 부응하고 있었다. 우리에게만이 아니라 당시 그 지역민들에게도 처경은 특별한 연고와 공적이 없던, 한마디로 그리 내세울 게 없는 불승이었는지도 모른다. 그런 처경이 이남(李柟) 및 허견(許堅)과 더불어 무녀의 신당에 초대된 것이다. 해주 무녀가 섬긴 처경에 대해 조선왕조실록은 두 군데에서 짤막하게 언급하고 있다. 그 하나가 숙종 2년(1676) 죄인으로 추국청에 불려와 심문을 받고 죽음에 이르렀다는 기록이고[5], 다른 하나가 그로부터 11년 뒤인 숙종 13년(1687)에 해주 무녀의 신당에 신위로 등장하여 대중들로부터 영험한 신령으로 기념되고 있다는 기사이다. 아래의 인용문이 바로 후자의 내용이다.

---

2 장정룡, 「강릉단오굿」, 『비교민속학』13, 비교민속학회, 1996 ; 이규대, 「강릉 국사성황제와 향촌사회의 변화: 향리층의 미타계를 중심으로」, 『역사민속학』7, 한국역사민속학회, 1998.

3 나경수, 「완도읍 장좌리 당제의 제의구조」, 『호남문화연구』19, 전남대학교 호남학연구원, 1990 ; 『장좌리 당제』, 완도군, 2006.

4 장주근, 『국사당건물무신도 및 무구』, 문화공보부 문화재관리국, 1972. 한편, 이규경의 『五洲衍文長箋散稿』에 따르면, 1925년 인왕산으로 옮겨오기 이전에 자리 잡고 있던 남산의 국사당에는 무학과 나옹 이외에도 인도의 승려인 지공(指空)도 봉안되어 있었다고 한다. 『五洲衍文長箋散稿』권43, 「華東淫祠辨證說」. "以木覓山神享祀時 典祀廳私稱國師堂 掛高麗恭愍王 本朝僧無學 高麗僧懶翁 西域僧指空像 及他諸神像 又有盲者像 小女兒像 女兒則以爲痘神云 神前設脂粉之屬 甚褻 祈禱頗盛 國不禁焉"

5 『肅宗實錄』권5, 숙종 2년 11월 기묘.

임금께서 주강에 나아가셨다. 특진관 이선(李選)이 아뢰었다. "해주의 요망한 무당이 역적 이남(李柟)을 위한 신사(神祠)를 세우고, 역적 허견(許堅)과 죄를 받아 죽은 처경(處瓊)을 더불어 배향하면서 영험함이 있다고 칭하였습니다. 이에 어리석은 백성들이 마구 몰려들었다고 하니 매우 괴이하고 놀랍습니다. 본도를 맡고 있는 관리가 그 사당을 헐어내고 요망한 무당을 죄로 다스리긴 했지만, 그 죄를 보다 무겁게 다스리지 않을 수 없습니다." 이에 임금께서 말씀하셨다. "일이 지극히 놀라우니 그 무녀를 멀리 외딴 섬으로 정배하라."[6]

이미 11년 전에 '요망한 글과 말을 지어 대중을 미혹시킨 죄'로 결안(結案)을 받고 참수된 처경이 또 다른 역모죄로 죽음을 당했던 죄인 이남 및 허견 등과 더불어 멀리 해주 땅의 신당에 불리어진 것이다. 본 사건에 대해 특진관 이선은 보다 엄격한 조사와 처리를 요구하고 있지만, 국가적 죄인을 기억하는 공간을 철훼하고 그 기억을 매개하는 무녀를 절도(絶島)로 유배하는 것으로 사건은 정리되어 갔다. 『승정원일기』에 따르면, 닷새 뒤에 사헌부에서 이 사건을 재론하고 있으나 앞선 결론을 뒤바꾸지는 못 했음을 확인할 수 있다.

사헌부에서 아뢰었다. "지난 번 경연(經筵) 중에 특진관 이선이 진달한 바대로, 해주의 요망한 무당이 역적 이남(李柟)을 위한 신당(神堂)을 세우고, 역적 허견(許堅)과 처경(處瓊)을 더불어 배향하였습니다. 이에 무

---

6 『肅宗實錄』권18, 숙종 13년 4월 정축. "御晝講 特進官李選言 海州妖巫 爲逆柟設神祠 且以逆堅及罪死僧人處瓊爲配 稱有靈驗 愚氓靡然輻輳 事極怪駭 按道之臣 雖已毁撤其祠 且治妖巫 而其罪不可不重治 上曰 事極驚駭 其巫女絶島定配"

녀를 멀리 외딴 섬으로 정배하라는 임금의 명이 있었습니다. 무격의 무리들이 은밀하게 사당을 세워 뭇 백성을 유혹하는 일이 어쩌다 있는 일이긴 하였지만, 흉악한 역모에 가담했던 신령을 취합하고 함부로 당우(堂宇)를 세우는 이러한 일이 어찌 있을 수 있겠습니까? 아마도 무녀가 스스로 건물을 세우고자 마음먹고 지었던 것은 아닐 것입니다. 그 범죄의 실상을 논해야 하므로 곧바로 정배시키는 것으로 그쳐서는 안 됩니다. 해당 관청으로 하여금 서울로 잡아오게 하고, 엄히 조사한 뒤 법에 따라 죄를 결정하기를 청합니다."[7]

사헌부의 입장에서도 무속의 만신전(萬神殿)이 지닌 광폭의 속성을 모르는 바는 아니었지만, 당대에까지 기억도 생생했던 역모자들을 신성의 대상으로 조합해낸 해주 무녀의 신당은 여전히 낯설고 의아하고 위협적일 수밖에 없었던 것이다. 사건의 배후와 공모를 밝히려는 사헌부의 의견에도 불구하고 무녀와 제당을 대중들로부터 분리시키는 기존의 조처가 그대로 유지되었을 뿐이었다. 사실, 역모자들의 신위가 조합된 배경과 공모자들을 밝혀낼 수 있다손 치더라도 결국 당시 왕통의 권위와 가치를 부정하는 담론과 실천을 확인하는 것 이외에 별다른 정치적인 소득을 얻을 수 없음은 분명하였을 것이다. 다소 미온적으로 보일지 모르나, 더 이상의 혼란 없이 왕권의 치부도 덮고 또다른 저항적 담론과 실천의 불씨를 차단하는 선에서 사건은 일단락되었다. 그 탓에 아쉽게도 처경은 더 이상 역사의 기록에 거론되지 않

---

7 『承政院日記』책322, 숙종 13년 5월 5일. "府啓 頃日筵中 伏聞特進官李選所陳達 海州妖巫 爲逆柟設神堂 配以逆堅及瓊 自上有巫女絶島定配之命 夫覡巫輩陰祠惑衆 雖或有之 而豈有聚合凶逆之神 肆然設置堂宇如是者哉 其造意營建 非巫女所自創爲 而論其情犯 不可直爲定配而止 請令該曹 拿致京獄 嚴加究問 依律定罪"

은 채 기억 속에서 사라져 갔다.

2. 소현세자의 유복자로 죽다

이름난 학승도 경건한 수도승도 아닌 내세울 것 없던 평범한 불승이었고, 더군다나 국가로부터 요망한 중이라 손가락질 받아가며 끝내 죄를 얻어 죽어야만 했던 처경이 죽은 지 11년이나 지난 뒤에도 여전히 해주의 무녀와 지역민들에게 기억될 수 있었던 토대와 동력이 궁금해질 수밖에 없다. 그것은 처경보다 4년 뒤에 역적으로 몰려 죽음을 당했던 이남과 허견이 그와 더불어 무녀의 신당에 나란히 의례화되었던 사건의 비밀이기도 하다.

11년전 처경을 죽음으로 몰아넣은 죄목은 조요서요언(造妖書妖言)이었다. 그는 도대체 어떤 요망한 말과 글로 대중을 미혹시켰기에 국가적 사범이 되어 참형을 받았던 것인가? 그것은 다름 아닌 '소현세사유복자설(昭顯世子遺腹子說)'로 요약되는 유언비어의 생산과 유통에 있었다. 처경은 강원도 평해(平海) 출신의 미천한 떠돌이 불승이었지만 소현세자의 유복자를 자처하며 서울의 왕실 및 고관과 접촉을 벌이다 관에 붙잡혀 국문장에 서게 된 것이었다. 심문과 형문 과정에서 소현세자유복자설의 생성과 유포에 대한 공방 뒤에 밝혀진 진실의 내용과는 상관없이, 처경은 무지한 아낙네들을 꼬드긴 요망한 떠돌이 불승이 아닌 소현세자의 유복자로 죽어간 것이다.

그에게 불승으로서의 뚜렷한 공적은 없었지만 유복자로서의 풀리지 않은 여한만은 가득했을 것이라 짐작된다. 오랜 8년간의 볼모생활을 마감하고 귀국한 소현세자가 1645년(인조 23) 석연치 않은 갑작스런 죽음을 맞이한 것도,[8] 이듬해 세자빈 강씨마저 인조의 총애를 얻은 소용(昭容) 조씨(趙氏)의 무고(誣告)로 사사된 것도, 심지어 소현의 나이 어린 아들들까지 제주도로 유배를 보내고 결국 두 형제를 죽게까지 한 것도 당시 사람들에게 쉽사리 잊혀질 수 없는 비극의 소재였다. 소현세자와 강빈을 둘러싼 잔념과 앙금은 시간이 지나가도 수그러들지 않고 돌출하기 일쑤였다. 그 한 예가 바로 과거 강빈 옥사의 억울함과 부당한 처사를 지적한 황해 감사 김홍욱(金弘郁)의 상소라 할 수 있다. 허심탄회하게 자신의 소회를 피력한 김홍욱은 효종의 강력한 처벌의지로 인해 형신을 받다 끝내 죽음에 이르고 말았다.[9]

민중들 사이에서도 소현세자를 둘러싼 여한의 담론이 유포되고 있었음을 알 수 있다. 이른바 '소현세자유복자 투기설' 또는 '소현세자유복자 생존설', 즉 소현세자의 유복자가 물에 던져졌지만 죽지 않고 여전히 생존해 있다는 설화가 적어도 서울과 인근지역 민중들 사이에서 회자되고 있었음을 짐작할 수 있다.

당초부터 제가 본 처경의 행동거지가 이상하여 시험 삼아 스님의 부모가 계신지 안 계신지의 여부를 물었더니, 모두 돌아가셔서 더는 의탁할 곳이 없다고 답하였습니다. 그러기에 저는 다시 "지나간 병술년(1646)

---

8 당시 국왕과 세자 사이의 심각한 대립과 갈등을 전제로 한 소현세자 독살설이 통용되기도 하지만, 최근 독살설보다는 병사설에 무게를 두는 논의가 있어 주목된다. 김남윤, 「《昭顯乙酉東宮日記》로 본 昭顯世子의 죽음」, 『규장각』32, 서울대학교 규장각한국학연구원, 2008 ; 신명호, 「《승정원일기》를 통해본 昭顯世子의 病症과 死因」, 『사학연구』100, 한국사학회, 2010.

9 『孝宗實錄』 권13, 효종 5년 7월 갑진.

에 함에 아기를 넣고 물 속에 던졌다는 설을 제가 일찍이 들었는데, 그 이가 바로 스님(師)이 아닌지요?"하고 했는데, 처경은 웃기만 할 뿐 대답하지 않았습니다. 다시금 강요하다시피 물었더니 처경은 복창군이 자신에게 사촌뻘 친척이라고 할 뿐이었습니다.[10]

위 인용문은 처경을 따라다니며 거사(居士) 노릇을 한, 당시 75세로 알려진 김자원(金自遠)의 진술 내용이다. 수원(水原) 군졸을 마친 김자원은 소현세자 사후 함 속에 넣어져 물 속에 던져졌던 아기에 관한 설화를 언급하며 그 이야기의 주인공을 처경과 동일시하려 하고 있다. 물론, 처경은 즉답을 회피한 채, '복창군의 사촌설'로 자신의 정체성을 대신하고 있다. 그러나 복창군은 인조의 3남 인평대군(麟坪大君)의 둘째아들이므로 복창군의 사촌이라면 곧 소현세자의 유복자를 암시하는 것이 된다.

소현세자의 유복자가 투기(投棄)되었지만 생존하고 있다는 설은 제가 서울에 있을 때에 실제로 들었던 것인데, 여기 이 중을 만나보고는 "혹시 스님(師)이 그분이십니까?"라고만 말했을 뿐입니다.[11]

위의 내용은 숙종 2년(1676) 당시 67세인 묘향(妙香)이 추문관의 질

---

10 『妖僧處瓊推案』, 병진 11월 4일, 金自遠 진술. "當初 矣身見處瓊行止之異 凡試問之曰 僧之父母在否 答曰 俱沒而更無依賴處是如爲白去乙 矣身又曰 泩在丙戌年間 以函盛兒投諸水中之說 我嘗聞之 矣此無乃師乎云爾 則處瓊唉而不答 又爲强問 則處瓊只云 福昌君於我爲四寸親也 云云是乎等以"

11 『妖僧處瓊推案』, 병진 11월 5일. "昭顯世子遺腹子 投棄生存之說 矣身在京之日 果得聞之故 見此僧謂曰 師或是耶 只如是爲言而已是如爲白齊"

문에 대답한 진술이다. 묘향의 진술은 소현세자유복자의 투기 및 생존에 관한 담론이 적어도 1650년대 중반 서울 지역에서 널리 공감을 얻고 있었음을 암시한다. 묘향은 이미 전날의 진술에서 자신이 서울에서 사노비로 지내다 안성의 역리(驛吏)인 김계종(金戒宗)과 혼인하면서 안성지역으로 이주해왔고, 20년을 그곳에서 지내고 있다고 밝힌 바 있다. 결국 추국이 열린 1676년을 기점으로 20년 전인 1656년 이전까지 묘향은 서울에서 지내며 소현세자유복자의 투기설과 생존설을 접하고 있었을 것이다. 그리고 서울에서 접했던 설화를 자신의 사승(師僧)인 처경의 삶에 적용시키려 하였던 것이다.

1645년 소현세자의 사망, 1646년 강빈에게 내려진 사약, 1648년 제주로 유배간 소현의 두 아들 석철과 석린의 죽음, 1654년 강빈의 원통함을 호소했던 김홍욱의 파면과 죽음, 그리고 1665년 유배에서 풀려나 경안군(慶安君)으로 책봉되었던 소현세자의 3남 석견의 죽음 등에 이르기까지 20여 년간 지속된 소현세자 일가의 비애 속에서 소현세자유복자의 투기설과 생존설은 힘을 잃지 않았다. 주목되는 것은 소현세자유복자설이 잘생긴 외모와 풍채를 지녔던 처경에 적용되기 시작했다는 점이다.

주변의 찬사와 부추김 속에서 처경은 점차 소현세자유복자로서의 정체성을 확립하여 나간다. 소현세자유복자를 암시하는 여러 담론이 처경 자신 혹은 처경 주변의 인물들 사이에서 점점 생성되어 유포되기 시작한다. 즉 처경이 국족(國族)임을 암시하는 '왕실지친설(王室至親說)'과 '복창군사촌설(福昌君四寸說)', 유복자의 투기와 생존 및 양육 과정에 관련된 '소현세자유복자의 투기설 및 생존설' 과 '유복자의 전달 및 수양설'[12], 처경의 외모와 풍채를 통해 왕실의 귀인임을 지시하는 '왕자외모설(王子外貌說)', 그리고 유복자의 출생비밀을 입증하는 '왜능화지설'[13] 과 '유복자의 표적설(表迹說)'[14] 등이 서울 지역에서 은밀하게 퍼져 나갔다. 이러한 담론을 통해 소현세자유복자의 정체성을 확립한 처경은 그간 떠돌이 중으로 겉돌 수밖에 없었던 버려진 유복자로서의 억울함을 해소하기 위해 자신의 숨겨진 과거를 인정해줄 수 있는 궁실과 대신들을 접촉하기에 이른다.

소현세자에 대한 여한 속에서 소현세자유복자에 대한 설화가 힘을 얻고, 소현세자유복자설이 처경이라는 주인공으로 구체화되는 데에 이르렀지만 끝내 처경은 용산의 당고개에서 쓸쓸이 죽어갔다. 소현세자가 그랬던 것처럼 소현세자유복자(처경)의 죽음도 커다란 여한으로 남을 수밖에 없었을 것이다. 해주의 무녀는 그것을 놓치지 않고 포착하여 종교적 의례로 승화시킨 것이다.

해주 무녀가 처경과 함께 모신 이남은 인조의 3남이자 소현세자의 동생인 인평대군(麟坪大君)의 셋째아들 복선군(福善君)을 말하며, 허견은 당시 영의정을 지낸 허적(許積)의 서자(庶子)로서 복선군 이남괴 혈맹을 맺고 반역을 결의한 역모의 공범자였다. 이남과 허견은 숙종 6년(1680) 숙종의 왕좌를 넘본 역모자로 몰려 죽음을 당하였으며, 이를 계기로 남인이 대대적인 숙청을 당하는 경신대출척이 시작된 것이다.

다 같은 인조의 후손이지만 공식적인 정통성을 지닌 왕통은 '인조―

---

12 유복자가 궁 안에서 궁 밖으로 은밀하게 전달된 과정에 대한 담론으로서, 유복자가 궁 나인에게서 여승 정씨에게로 전해졌고, 다시 여승 정씨로부터 묘향에게 건네져 양육되었다는 설화이다.

13 유복자가 착용했던 의대에 부착되어 있던 왜능화지(倭菱花紙)에 유아의 생년월일과 출생의 비밀이 적혀 있는 소지(小紙)와 관련된 담론이다.

14 소현세자의 유복자와 처경을 동일시할 수 있는 물적 증거와 관련된 담론을 말한다.

효종–현종–숙종'으로 이어진 봉림대군의 가계로 한정되었다. 그러나 그것을 심정적으로 쉬이 용인할 수 없는 저항이 소현세자 혹은 인평대군의 가계를 중심으로 한 유사–왕통론으로 전개되었던 것이다. 처경은 소현세자를 잇는 유복자를 자처하면서(인조–소현세자–처경), 복선군(허견)은 인평대군의 계통으로 숙종에게 계승되고 있는 권위를 대체하고자 하면서(인조–인평대군–복선군) 왕권에 위협을 가하였던 것이다. 이남, 허견, 처경은 '인조–효종–현종–숙종'으로 이어지던 왕통을 거스르려 했던 실패한 역모자였지만, 대중들에게는 그들에게 남아 있는 여한과 앙금을 통해 또 다른 정치적인 환기와 종교적 영성을 자극할 수 있는 조합가능한 상징이었다. 해주 무녀는 정치적으로는 실패한 역모자이지만 종교적으로는 아직 해소되지 않은 영적 자원을 비축한 이들 세 신령을 조합해낸 것이다. 처경이 해주 무녀의 제사를 받았던 것은 소현세자의 억울함이 중첩된 소현세자유복자로서 죽음을 당했기 때문이었다.

3. 살아생전 생불로 추앙을 받다

처경은 소현세자의 유복자를 자처하고, 또 그것을 왕실과 고위 관리들에게 공지시키려다 죽음에까지 이르는 운명을 맞이하였다. 그는 소현세자의 유복자로 죽음을 맞이하였지만, 살아생전에는 생불로 추앙받는 걸출한 불승이었다. 처경은 본래 강원 평해 지역에서 태어났으나 부친[15]을 일찍 여의고, 모친[16]과 함께 원주 지역으로 이주해온 외삼촌댁에 깃들어 살게 되었지만, 모친마저도 여의는 바람에 외조모의 손에 양육되다 어린 나이에 절로 들어가 스님을 따르는 상좌(上佐)가 되었다. 그 후 사승(師僧)을 떠나 여러 지역을 전전하다 안성, 죽산, 양지, 광주 등 경기 중부 지역을 거치며 준수한 외모와 종교적 영험성으로 인해 생불(生佛)로도 여겨지며 신앙자들의 뜨거운 주목을 받기에 이른다.

처경은 뛰어난 학식이나 끈질긴 수행을 통해 생불의 명망을 얻었다기보다는 비범하고 신이한 치유능력이나 의례적 연행능력을 통해 민중들로부터 살아있는 부처라는 찬사를 받았다고 할 수 있다. 처경의 치유능력은 그가 경산(京山)의 원통암(圓通庵)에 머물 때, 소지했던 옥불(玉佛)의 효험성과 직결되고 있다. 처경과 그를 따르는 거사(居士)를 접대했던 모의장(毛衣匠) 한천경의 진술을 통해 그러한 정황을 확인할 수 있다.

제가 나이 오십이 다되도록 자녀가 없었기에 사하리(沙河里) 약사(藥寺)에 기도하든가, 혹은 홍제원(弘濟院) 석불(石佛)에 기도하는 등, 여러 영험한 곳을 찾아가 기도하다가 마침 사내 하나를 얻었고, 지금 나이 아홉입니다. 사람들이 모두 기도하여 얻은 자식은 반드시 기도로써 복을 얻어야 한다고들 하기에 저는 매년 공불(供佛)하는 것을 상례화했습니다. 때마침 원통암(圓通菴)에 벙어리(啞者) 한 명이 옥불(玉佛)을 얻어 말할 수 있게 되었다는 얘기를 듣고 사람들이 모두 그에게로 달려가 기

---

15 처경의 부친은 평해에서 아전을 지낸 손도(孫燾)였다.

16 처경의 모친은 양녀인 소죽(所竹)이었는데, 처경의 외삼촌이 손씨 성을 가진 손윤후(孫胤後)였다는 점에서 처경의 양친은 모두 동성인 손씨였다고 할 수 있다. 이들 모두 평해에 근거를 둔 평해 손씨라면, 양친 모두 동성동본이었을 가능성도 배제할 수 없다.

도하였습니다. 저는 올 봄과 여름에 연이어 원통암에 가서 공불(供佛)하였는데, 단지 두 명의 중이 있었을 뿐이었고, 7월 그믐쯤에 세 번째로 공불을 하였을 때, 비로소 처경을 보았습니다. 그는 나이가 꽤 어렸고 용모는 청수(淸秀)하였습니다.[17]

경기 일대를 거쳐서 서울 지역에 이른 처경은 옥불의 신이한 능력을 통해 그를 따르는 거사(居士)나 신도들로부터 커다란 주목을 받고 있었다. 더구나 정릉의 불승들에게 그 옥불이 탈취될 정도로 옥불의 영이함은 대중들뿐만 아니라 경쟁관계에 놓인 불승들에게도 강한 호소력을 지니고 있었다.[18]

처경이 서울로 올라오기 전, 안성과 죽산 지역에 있을 때에도 이미 그가 지닌 비범성으로 인해 대중들로부터 생불로 추앙받고 있었다. 서울에서 사노비로 지내다 혼인을 하고 난 뒤, 안성 지역에 내려와 살고 있던 67세 묘향의 진술에서 그 단서를 확인할 수 있다.

지난 갑인년(1674) 쯤에 비로소 죽산(竹山) 땅 봉송암(鳳松菴)에 나이 어린 한 명의 중이 오대산(五臺山)으로부터 당도하여 수개월 동안 곡기를 끊고 먹지 않은 채 경문(經文)을 풀어주는데, 사람들이 모두 생불(生

---

17 『妖僧處瓊推案』병진(1676) 11월 4일, 모의장 한천경의 진술. "矣身年近五十 無一子女 故或禱于沙河里藥寺 或祈于弘濟院石佛 靈驗諸處 無不祈禱爲白如乎 適生一男 年今九歲 而人皆謂禱而得生者 必禱而獲福是白乎等 以 矣身每年 供佛率以爲常矣 適聞 圓通菴有一啞者 得玉佛而能言 人皆奔彼往禱 矣身於今年春夏 連往圓通庵供佛 則只有二僧是白如乎 七月晦日間 三次供佛時 始見處瓊 而年歲甚少 容兒淸秀是白去乙"

18 정릉의 불승들이 처경의 옥불을 탈취해갔다는 증언을 몇 군데에서 확인할 수 있다. 『妖僧處瓊推案』병진(1676) 11월 4일, 모의장 한천경의 진술.

佛)로 여긴다는 말을 들었습니다. 그래서 저도 뭇사람들을 따라 가서 만나보고 거사(居士)가 되고자 하였는데, 처경이 저에게 '묘향(妙香)'이라는 법명(法名)을 지어준 것입니다. 제가 비록 나이 먹어 늙었으나 이미 처경으로부터 계를 받았기에 그를 스승님(師)으로 높이 받들었으며, 그 이후로 서로 왕래하였습니다.[19]

처경은 오랫동안 곡기를 끊고도 원활하게 경문을 풀어주는 의례의 능력을 견지하였고, 그로 인해 그와 사제지간의 연을 맺어 거사(居士)로 활동하려는 적극적인 불교신앙인들이 그에게로 몰려들었다.[20]

잘 생긴 외모에 의례와 치유 능력을 갖춘 처경에게 두 가지 찬사가 뒤따랐다. 하나는 살아있는 부처의 이미지이고 다른 하나는 풍채 좋고 청수한 왕자의 이미지였다. 두 가지 이미지는 '앞모습은 생불(부처)같고 뒷모습은 왕자같다'는 한 마디 말로 표출되었다.[21] 처경이 대중들로부터 추앙받는 생불의 종교적 이미지에 만족했다면 그의 인생은 다른 궤적을 그렸을 수도 있다. 그러나 종교적이고 의례적인 생불의 이미지를 넘어 왕자의 정치적 이미지마저 포착하려 했던 처경은 당시

---

19 『妖僧處瓊推案』 병진(1676) 11월 4일, 노비 묘향의 진술. "去甲寅年分 始聞竹山地 鳳松菴 有一年少僧人 自五臺山來到 而絶穀不食者數月 且解經文 人皆稱生佛是白 去乙 矣身段置隨衆往見 願爲居士 則處瓊命矣身法名曰 妙香 矣身年雖老 旣受戒 於處瓊 故尊之爲師 自此以後 互相往來是白如乎"

20 처경을 사승(師僧)으로 모시며 그로부터 계를 받고 법명을 얻은 거사(居士) 혹은 보살거사(菩薩居士)만 해도 8명이 확인되고 있다. 『妖僧處瓊推案』을 통해, 우리는 처경을 따르는 거사 혹은 여거사로서 김선명, 박인의, 김자원, 묘향(백아개), 자옥(복녕군 나인), 자신(복창군 누이의 나인, 숙이), 자련(복녕군 나인, 애숙), 자현(영안위궁 나인, 말환) 등을 확인할 수 있다.

21 『妖僧處瓊推案』 병진(1676) 11월 4일 및 5일에 묘향(67세)이 진술한 내용 참조. "師之形容 自前視之則 似生佛 從後見之則 似王子者 何也";"自前視之 則釋佛也 從後見之 則王子也"

회자되던 소현세자유복자설을 포섭하여 소현세자의 숨겨진 말자(末子)로 행세하다 끝내 스물다섯이라는 젊은 나이에 죽음을 맞이해야 하는 사태에 직면하게 되었다.

살아생전에 생불로 추앙받고 소현세자의 유복자로 죽음을 맞이한 처경은 해주의 무녀에 의해 되살아났다. 해주 무녀의 의례는 이미 죽어버린 소현세자의 유복자를 다시 살려낼 수는 없었지만, 살아생전에 추앙받았던 생불에 대한 신앙만큼은 되살릴 수 있었다. 분명한 인과관계를 성립시킬 수는 없지만, 해주 무녀가 생불로 추앙받던 처경을 제사지내고 난 뒤, 황해도 일대에서는 생불신앙이 식지 않고 지속되었다. 가령, 해주 무녀가 절도로 유배되고 4년이 지난 1691년, 해주 인근의 재령 무녀가 이씨 왕조를 대신할 생불을 맞이하는 비밀스런 의례(天機工夫, 山間祭天)를 주도하다 죽음을 당하기도 하였고, 그로부터 6~70년 뒤에는 황해도 일대에 생불을 자칭하는 여인들이 나타나 무녀를 비롯한 지역민들의 열렬한 지지를 받다 효시형을 당하기도 하였다.[22]

4. 추국장에 끌려와 추문을 받다

처경은 강원도 평해에서 원주로 옮겨와 살다가 10대에 절간에 맡겨져 중이 된 이래, 경기도 중부 내륙을 유리하는 떠돌이 불승에 지나지 않았다. 그러나 비범하고 걸출한 의례능력을 바탕으로 그는 신도

---

22 해주 무녀에 이은 생불신앙에 대한 자세한 언급은 최종성, 「생불과 무당」, 『종교연구』68, 한국종교학회, 2012. 참조.

들로부터 생불로 추앙받기에 이른다. 아울러 준수한 외모로 인해 왕자와 귀인의 찬사를 받다가 드디어 소현세자유복자의 담론을 자신의 생애에 적용시키며 소현세자유복자를 자처하게 되었다. 그리고 자신이 설정한 소현세자유복자의 정체성을 공지시키기 위해 서울로 접근하였다가 급기야 훈련도감 북영에 설치된 추국장에 서게 되었다. 그토록 꿈에 그린 입성이었지만 왕자가 아닌 초라한 죄인의 모습으로 추문관 앞에 선 것이다.

추국의 과정을 통해 그의 이질적인 두 삶이 분명하게 구분되며 대립한다. 처경은 소현세자유복자설을 중심으로 그간 유기되었던 출생의 고귀함을 회복하기 위해 귀환하는 영웅으로 자신의 삶을 재구성하려 안간힘을 쓰고 있었다. 즉 본래 왕실의 자손으로 태어났다 불행 중 다행으로 은밀하게 궁 밖으로 전해져 양육되다 출생의 비밀을 깨닫고 궁을 향해 귀환하는 왕자라는 점을 부각시키는 담론들을 고집스럽게 밀고 나간다. 그러나 추문관들은 그가 불우한 환경 속에서 자라난 비천한 승려의 삶을 일거에 만회하기 위해 자신의 과거를 조작한 요승이라는 점을 입증하려 애썼다.

소현세자의 유복자를 자처했던 처경으로서는 자신의 출생지가 강원도 평해가 아닌 서울의 왕궁이며, 출생년도도 1652년(1676년 추국 당시 25세)이 아닌 소현세자 사망년도인 1645년(추국당시 32세)임을 강조한다. 처경은 자신이 소현세자의 유복자로 태어난 비범한 존재임에도 불구하고 태어나자마자 궁 밖으로 탈출하지 않으면 안 될 시련을 겪게 되는 신화주인공으로 설정한다. 이에 따라 처경은 추국 초기부터 자신이 태어나자마자 강보에 싸인 채 궁중 나인의 손을 거쳐 궁 밖의 여승(女僧) 정씨에게로 전달되고, 아이를 건네받은 여승 정씨는 아이를 궤 속에 넣어 물속에 던졌다고 하고는 강보에 싸인 아이를 수양인인 묘향(妙香)에게 다시 전달해주었다는 '유복자의 투기설 및 생존설'과 '유복자의 전달 및 수양설'을 강하게 주장한다. 뿐만 아니라 자신의 출생 비밀을 간직하고 있는 왜능화지[23]가 유아시절 입고 있던 의대에 부착되어 있었는데, 열 살 즈음 이를 수양인으로부터 전달받았음을 고집스럽게 밀고 나간다.

그러나 추문관들은 처경과 수양인으로 지목된 묘향 사이의 대질심문을 통해 '유복자의 전달 및 수양설'의 허구성을 드러내는 데에 성공했으며, 왜능화지에 적힌 소지의 내용에서 근본적인 모순을 찾아내기도 하였다. 즉 추문관들은 소지에 적힌 처경의 탄생일인 1645년 4월 9일이 소현세자의 사망일인 1645년 4월 26일보다 17일이 앞서므로 논리적으로 유복자가 될 수 없음을 밝혀내고 또 마지막 줄에 쓰인 '강빈'이라는 호칭도 당시에 사용되지 않았던 표현임을 꼬집어 내었다. 결국 처경으로부터 압수한 문서와의 필체확인을 통해 처경 자신이 왜능화지의 소지를 조작했다는 고백을 받아내기에 이른다. 남은 것은 실제적인 처경의 신원을 확정하는 것이었는데, 추국 후반부에 원주에서 나래된 처경의 외숙부와 사승(師僧)의 진술 과정에서 처경의 실체가 비로소 분명하게 드러나게 되었다. 신원이 확인된 처경에 대한 결안(結案)이 확정되었고, 법에 따라 용산 당고개에서 행형이 즉각적으로 이루어졌다.

---

23 왜능화지에 언문으로 씌어져 있는 내용 중에 주목되는 것은 첫머리의 '소현유복자 을유생사월초구일축시생' 과 마지막부분의 소현세자빈을 지칭하는 '강빈'이라는 구절이다. 이 소지는 소현세자유복자의 탄생비밀을 담고 있는 유일무이한 단서로 간주되었다.

5. 심문내용이 추안에 기록되다

처경에 대한 심문기록은 서울대학교 규장각한국학연구원에 소장된
『추안급국안(推案及鞫案)』(규15149) 78책, 『요승처경추안(妖僧處瓊推案)』
(이하 처경추안)에 실려 있다. 처경추안은 숙종 2년(1676) 11월 1일부터
같은 달 16일까지 대략 보름여 동안 진행된 추국의 과정을 기록하고
있다.[24] 처경추안의 주요 내용을 날짜별로 간추리면 아래 표와 같다.

일시	주 요 내 용
11월 1일	심문대상자 구금 및 죄인의 나래
11월 2일	죄인을 엄히 조사하라는 왕의 명령
11월 4일	추국의 개시. 죄인 7명(처경, 묘향, 김계종, 한천경, 김선명, 박인의, 김자원)의 1차 심문.
11월 5일	처경과 묘향의 대질심문(소현세자유복자설과 묘향의 수양설), 숙이의 1차 심문
11월 6일	죄인 3명(처경, 묘향, 김자원)의 1차 형문, 정윤주·정연주 형제의 1차 심문
11월 7일	처경과 정씨형제의 대질심문, 처경과 묘향의 2차 형문
11월 8일	추국의 일시중단, 추국청의 보고(처경과 궁중나인과의 접촉 증거: 서찰, 의복, 문서)
11월 9일	자현의 1차 심문, 자현과 처경의 대질심문, 자련과 자신의 2차 심문

---

24 『妖僧處瓊推案』은 11월 1일부터 11월 16일까지 기록을 이어가지만, 『肅宗實錄』
은 전체 추문과정과 경과를 11월 1일자에 종합적으로 요약하고 있으며, 『承政
院日記』는 11월 1일부터 11월 18일까지 처경 관련 주요 쟁점과 논의를 간략하게
싣고 있다.

11월 12일	추국중단, 추국청의 보고, 원주목사의 첩정(처경의 출생지, 출생년도, 가족사항, 사승관계)
11월 14일	처경의 외숙부인 손윤후와 사승인 지웅의 나래
11월 15일	추국개좌, 처경의 신원탄로, 처경의 자백과 결안, 기타 죄인의 처리(석방 및 정배)
11월 16일	처경 처형, 묘향에 대한 의금부의 조사 지속, 추국종료

[표1] 처경추안의 주요 내용

첫날의 기록에는 본격적인 추국이 전개되기 전, 핵심 심문 대상자의 신병을 확보하기 위한 논의가 전개되었다. 그에 따라 승 처경(處瓊), 거사 김선명(金善明), 주인 한천경(韓天敬) 등을 잡아 가두고, 추국 초기에 어린 처경을 양육한 것으로 알려진 김계종(金戒宗)과 묘향(妙香) 부부, 그리고 아직 구금하지 못한 거사 등의 나래를 위해 도사를 파견하였다.

이날 기록에서 주목되는 것은 의금부에서 처경을 조사해 작성한 문서(啓目)였다. 의금부의 계목에 실린 처경의 진술 내용은 자신이 왕실소생으로서 궁 밖의 묘향에게 건네져 수양되다가 10대에 이르러 승려가 되었고, 종국에는 서울에 이르러 거사들과 함께 영의정을 찾아 갔다는 것이었다. 그러나 이러한 처경의 진술은 추후 이어진 추국과 정에서 허위임이 드러난다. 즉 소현세자의 유복자로 태어났으나 왕실 로부터 묘향에게로 건네져 양육되다 승려가 되었다는 처경의 주장은 11월 4일 묘향의 진술과 11월 5일 처경과 묘향과의 대질심문에서 더 이상 인정될 수 없을 정도로 모순에 봉착하였다. 묘향은 처경을 수양한 적이 없으며, 다만 추국이 열리기 2년전 처경으로부터 계를 받아 제자가 된 이래 처경을 존숭하며 따르는 나이든 여인에 지나지 않았던 것이다. 한편, 추국이 종료되기 하루 전인 11월 15일 원주에서 나래된 증인들의 진술을 통해, 처경의 본명이 손태철(孫太鉄)이며, 강원도 평해에서 태어나 부모를 여의고 원주의 외조모에게 양육되다 12세 즈음에 원주 황산(黃山) 고자암(高自庵)에 거하는 사승(師僧)인 지웅(智膺)에 맡겨졌고, 16세에 삭발하여 처경이라는 승명을 얻게 되었음이 입증되었다.

두 번째 날의 기록에는 빈청의 논의 결과를 보고받은 국왕이 내린 명령이 짧게 언급되어 있을 뿐이다. 빈청의 회의 내용이 언급되고 있지 않으나 처경사건의 심각성, 사건연루자들의 구금 및 나래 상황, 그리고 죄인에 대한 추국의 필요성 등이 거론되었을 것으로 추정된다. 국왕이 고위 관료와 요직을 맡은 관리가 광범위하게 참여하는 추국의 개좌를 권한 바대로, 이틀 뒤인 11월 4일에 훈련도감 북영에서 의정부 대신 및 삼사의 주요 관리가 참석한 추국이 개좌되었다.

세 번째 날에는 훈련도감 북영에 마련된 추국장에 영의정 이하 31명의 고위 요직자 및 실무자가 참석한 가운데, 승 처경(32세), 처경을 수양했다고 지목된 묘향(67세)과 김계종(71세) 부부, 처경 일행의 숙박을 알선했던 주인 한천경(56세), 처경을 따르던 거사였던 김선명(64세)·박인의(65세)·김자원(75세) 등에 대한 1차 심문이 이루어졌다.

먼저, 처경은 소현세자의 유복자로 태어나 왕실로부터 여승 정씨에 이어 묘향에게로 건네져 양육되다 승려가 되었고, 도봉산 원통사로 옮겨온 뒤, 왕실 및 고관과의 접촉을 벌여온 상황들을 진술하였다. 이에 반해, 궁밖으로 전달된 어린 처경을 받아 키워온 수양인으로 지목된 묘향은 자신이 처경의 수양인이 아니라 비범성으로 인해 생불로 추앙받던 처경을 사승으로 모시는 신도에 불과하였다는 점을 강조하였다. 그러나 처경의 외모를 대하며, "앞에서 보면 생불같고 뒤에서 보면 왕자같다"는 묘향의 언급은 장차 처경으로 하여금 자신이 소현세자의 유복자라는 정체성을 확립하도록 부추긴 언사로 주목받을 소지가 충분하였다. 묘향의 남편인 역리 김계종도 아내(백아개)가 비범한 승려 처경을 추종하다 연비의식을 치루고 법명(묘향)을 받은 제자였다는 점을 밝히고, 명승으로 알려진 처경이 당시 안성지역의 양반과 갈등하다 관아의 조사를 받고, 잠시 자신의 집에 머물며 몸을 추스렸던 상황을 진술하였다.

한편 처경 일행의 숙박을 알선했던 주인 한천경은 여러 영험처를 돌며 기도한 끝에 느지막이 얻은 아들을 위해 원통암의 옥불에 공불하는 과정에서 처경을 만나게 되었고, 후에 처경 일행이 자신의 집에 머무를 때, 동행한 거사로부터 처경이 소현세자의 유복자이며 복창군의 사촌이라는 점을 듣게 되었다고 진술하였다. 처경과 함께 한천경의 집에 찾아왔던 거사 3인(김선명, 박인의, 김자원)은 걸승 노릇을 하며 처경과 동행한 사이였고, 간혹 처경으로부터 '소현세자의 막내아들' 혹은 '복창군의 사촌'이라는 신원정보를 직접적으로 들었다고 진술하였다.

이날의 심문기록에서 처경의 소현세자유복자설과 묘향수양설이 주목된다. 묘향수양설은 처경의 왕실출생의 비밀을 지시하는 주요한 고리이지만, 묘향과 김계종 부부의 진술을 통해 크게 의심을 받게 되었다. 소현세자유복자설은 처경이 안성지역에서 출중한 외모와 의례적인 권능으로 인해 주변인들로부터 생불과 왕실지친(왕자)의 찬사를 받게 되는 과정에서 점차 확립되었고, 처경이 서울에 근거지를 마련하면서 본격화되었다고 할 수 있다.

　네 번째 기록일인 11월 5일에는 전날 서로 엇갈린 진술을 했던 처경과 묘향 사이에 면질심문이 이루어졌고, 추문관들의 추가질문이 병행되었다. 양자 간의 대질심문 과정에서 문제가 된 것은 묘향수양설, 소현세자유복자설, 그리고 왜능화지의 출처설 등이었다. 왕실출생의 비밀을 뒷받침할 만한 고리 역할을 하는 묘향수양설은 묘향의 정연한 진술에 의해 일찌감치 깨지고 만다. 결국 처경은 자신이 묘향에 의해 수양되었다는 그간의 진술을 포기하지만, 자신의 출생의 비밀이 적혀 있는 능화지를 묘향이 전해주었다는 진술만큼은 포기하지 않으려 했다. 그러나 그것은 그다지 설득력을 얻지 못했다. 오히려 왜능화지에 적힌 조잡하고 모순된 표현들이 추문관들에 의해 파악되면서 그것이 누군가에 의해 허위로 조작되었음이 분명해졌다. 소현세자유복자설에 대해서는 발언의 진원지가 문제로 떠올랐다. 그러나 양자 간의 팽팽한 줄다리기가 이어진다. 대질심문을 통해 묘향은 자신이 처경을 수양했다는 혐의를 벗긴 했지만, 처경의 용모가 왕자와 유사하다고 언급하거나 버려진 소현세자의 아들을 처경으로 동일시하는 언사를 표함으로써, 처경의 소현세자유복자설을 부추긴 장본인으로 주목받게 되었다.

　한편, 전날 처경의 진술에서 거론된 복창군의 누이집 나인 숙이가 나래되어, 처경과 접촉하게 된 배경과 처경을 복창군과 대면시키려 유도했던 정황에 대해 심문을 받게 된다. 숙이는 원통암에서의 연등의식으로 인해 처경을 접했던 사실을 시인하기는 하나 처경과 복창군의 대면을 성사시키려 했다는 혐의는 부인하였다. 다만, 처경이 소현세자의 유복자라는 설을 처경을 수종하는 거사로부터 들었다고 진술한다. 결국 처경이 안성지역에 있을 당시에는 소현세자유복자설이 형성될 만한 빌미가 마련되기 시작하였고, 그가 서울 지역에서 활동할 당시에는 주변인들에게 이미 소현세자유복자설이 공공연하게 유포되었던 것으로 보인다.

다섯 번째 기록일인 11월 6일에는 양지(陽智) 현감의 두 아들이자, 처경과 접촉한 바 있는 정윤주·정연주 형제에 대한 1차 심문이 이루어졌고, 재심문 대상자인 처경, 묘향, 김자원 등에 대한 1차 형문이 벌어졌다. 아울러 복창군 누이집의 나인이었던 숙이와 동행하면서 처경과 접촉했던 복령군방 나인 애숙에 대한 나래가 결정되었다.

처경의 경우, 왕실지친의 근거가 되는 유아 전달과정, 출생의 비밀을 담고 있는 능화지의 입수경로, 실제적인 탄생년도와 출신지, 복창군과의 사촌관계설 등에 집중적인 추궁을 받았으나 형신을 참아가며 특별한 응답을 내놓지 않았다. 추문관들은 형문을 통해 소현세자유복자설의 허구를 들춰내려 노력하였다. 특히 능화지에 씌어진 어투나 논리적 모순에 주목하면서 조작가능성에 주목하기 시작했으며, 안성 관아에서 처경을 조사하며 작성했던 문안의 대조를 통해, 처경의 출생년도를 1645년이 아닌 소현세자 사후 7년째가 되는 1652년으로 의심하게 된다.

처경에 이어 묘향도 1차 형문을 받아가며 조사를 받는다. 묘향의 경우, 처경과의 면질을 통해 수양인의 혐의에서 벗어날 수 있었지만, 왕자외모설, 소현세자유복자의 투기설 및 생존설을 통해 처경의 왕실지친설을 부추긴 장본인으로 의심받게 된다. 그러나 묘향 역시 형신을 참아가며 별다른 자백을 내놓지 않았다.

처경을 따라 다닌 김자원은 소현세자유복자의 투기설에 등장하는 주인공을 처경과 동일시하는 질문을 처경에게 던지고, 처경으로부터 자기자신이 복창군과 사촌관계에 있다는 답을 들었던 배경에 대해 추문을 받았으나 형신을 참아가며 추가적인 답을 내놓지 않았다.

이날, 양지 현감을 지낸 정행일(鄭行一)의 두 아들(정윤주, 정연주)이 나래되어 심문을 받았는데, 처경으로부터 소현세자유복자설을 듣고 그에게 서울행을 권유했던 배경과 의도에 대해 집중적인 추궁을 받았다. 두 형제는 부친이 임지에 있던 시절, 서당에서 처경을 대면했던 경험담, 처경으로부터 소현세자유복자설을 접한 후 그와 거리를 두었던 상황, 그리고 처경의 괴이함을 알면서도 그를 관에 고변하지 못한 정황에 대해 진솔하게 응답하면서 처경의 서울행을 안내하거나 부추기지 않았음을 항변하였다.

여섯 번째 기록일인 11월 7일에는 복녕군방의 나인 애숙이 나래되어 1차 심문을 받게 된다. 아울러 전날 1차 심문을 받았던 정씨 형제(윤주, 연주)와 1차 형문을 소화한 처경 사이에 대질심문이 이루어졌다. 그 이후에는 처경과 묘향의 2차 형문이 이루어졌지만, 전날에 이어 특별한 진술이 보태지지 않았다.

먼저, 정씨 형제와 처경과의 면질 과정에서 처경이 주장했던 정씨 형제에 의한 서울행 유도설은 더 이상 신뢰받을 수 없게 되었다. 정씨 형제가 여러 구실로 처경을 멀리 하려 했으나 오히려 처경은 정씨 형제와 관계를 유지하면서, 그들을 기반으로 서울의 양반 및 고위관료들과의 인맥을 형성해 나가려 하였음이 드러났다. 정씨 형제는 처경의 서울행을 부추겼다는 혐의는 벗었으나 처경의 소현세자유복자설을 접하고도 고변하지 않은 것이 인정되어 구금의 상태로 결말을 기다리는 처지가 되었다.

이날 나래된 복녕군의 나인인 애숙은 1차 심문을 받으며 처경과의 접촉과정에서 그의 신원(소현세자유복자)을 듣고 그와 복창군과의 연결을 시도한 장본인으로 의심받는다. 그러나 애숙은 원통암의 연등의식에 참여하면서 거사들에게 처경의 신원에 대해 문답하고 후에 처경으로부터 자신이 소현세자의 유복자라는 답을 듣고, 또 그 사실을 복창군에게 공지해줄 것을 부탁받았다고 진술하였다. 그러나 그녀는 복녕군의 나인으로서 복창군에게 공지하는 일이 불가함을 역설하였다.

한편 2차 형문을 받은 처경과 묘향은 전날과 대동소이한 내용으로 조사를 받았으나 특별한 진술을 더하지는 않았다. 처경의 경우, 왕실지친의 근거가 되는 유아 전달과정, 출생의 비밀을 담고 있는 능화지의 입수경로, 실제적인 탄생년도와 출신지, 복창군과의 사촌관계설 등에 집중적인 추궁을 받았고, 묘향의 경우에는 왕자외모설과 소현세자유복자의 투기설 및 생존설을 통해 처경의 왕실지친설을 부추긴 정황에 대해 진술할 것을 요구받았다.

거듭된 형신에도 불구하고 답변을 거부한 처경과 묘향에게는 더욱 형문을 가할 것으로, 정씨 형제와 애숙에게는 잠시 가두어두면서 결말을 기다려 보는 것으로, 그리고 숙이에게는 처경과의 접촉 사실이 없다는 이유로 풀어주는 것으로 각각 결정되었다.

일곱 번째 기록일인 11월 8일에는 추국이 잠시 멈추었다가 저녁(酉時)에 다시 추국이 재개되었다. 이날 밤 추국이 재개되긴 했으나 죄인에 대한 심문은 이루어지지 않았고, 다만 의금부에서 지방(광주, 원주)에 하달한 분부사항과, 처경으로부터 압수한 문서의 조사내용을 담은 추국청의 보고서만이 기록되어 있을 뿐이다.

먼저, 의금부에서 광주와 원주에 하달한 내용은 처경과 서신교환을 하면서 숙질관계를 표명한 승려 쌍민(雙旻)을 체포하여 압송하라는 분부였다. 추문관들이 쌍민에 주목했던 것은 그가 의심받는 풍수승이기도 했지만 무엇보다 처경의 신원을 밝혀줄 인물로 파악했기 때문이었다. 그러나 이후 쌍민은 체포되지 않았다.

추국청의 보고사항에서 먼저 주목받은 것도 처경과 쌍민의 숙질관계의 여부였다. 처경은 몇 번의 서신교환과 직접적인 대면이 있었음을 인정했지만 쌍민의 신원에 대해서는 언급하지 않은 것으로 알려졌다. 두 번째로 주목받은 것은 궁중나인들과 처경이 주고받은 서신들이었다. 특히 처경으로부터 법명을 하사받은 자옥(自玉), 자신(自慎), 자련(自憐), 자현(自賢) 등은 소현세자유복자설과 관련된 서신과 물품을 주고받은 당사자로서 추문관의 집중적인 주목을 받았다. 자옥을 제외하고, 자신(숙이)과 자련(애숙)은 공동으로 처경과 서신을 주고받으며 긴밀하게 모의를 주도한 것으로 의심받았고, 자련과 자현(말환)은 소현세자유복자설을 뒷받침할 만한 유아용 복식을 처경에게 건네준 당사자로 지목되면서 3명은 다시 조사의 대상자로 떠오르게 되었다. 세 번째로 추문관들에게 주목받은 것은 능화지에 씌어진 필체와 일부 서신에서 확인되는 필체가 동일하다는 점이었다. 이점을 집중적으로 추궁받은 처경은 결국 자신이 원통암에 기거하는 동안 능화지를 자작하였다고 고백하는 데에 이르렀다.

여러 차례 심문과정을 통해 해결되지 않았던 소현세자유복자설의 자작극 논란이 압수된 문서의 조사를 통해 결정적으로 해소되기 시작한 것이다. 그리고 소현세자유복자설을 뒷받침할 만한 물적 표적을 마련하는 일들이 처경과 밀접한 관계를 유지했던 궁중나인에 의해 공모되었음이 드러나게 되었다. 이제 남은 것은 궁중나인을 조사하면서 유복자설의 실체에 다가서는 것과 처경의 실제적인 신원을 확보하는 것뿐이었다.

여덟 번째 기록일인 11월 9일에는 아직 해소되지 않은 처경의 신원에 대한 추적을 위해 처경의 사승으로 알려진 영휴를 찾아내도록 원주에 지시한 의금부의 하달 내용이 수록되었고, 아울러 전날 압수된 문서를 통해 그간 처경과 긴밀한 인적 관계를 형성했던 궁중 나인(말환, 애숙, 숙이)들이 나래되어 심문받은 내용이 실려 있다. 특히 궁중 나인들의 심문 및 대질심문을 통해 소현세자유복자설을 강화시켜줄 표적의 확보를 위해 처경과 그의 추종자들이 교류하고 논의했던 실상이 드러나게 되었다.

먼저, 영안위궁의 나인인 자현(말환)은 처경에게 남색 치마를 제공한 혐의를 받았으나 연등의식을 통해 처경과 접촉하기는 했으나 내밀한 대화를 나누거나 남색 치마를 준 적이 없다고 부인하였다. 자현의 심문에 이어 처경, 자현, 박인의 등이 참여한 면질 심문이 이어졌다. 삼자 간의 대질을 통해 남색 치마를 제공한 인물은 자현이 아니라 영안위궁의 유모를 지낸 매화였음이 드러났다. 자현은 혐의를 벗고 풀려났으며, 거론된 매화도 나래와 심문이 불필요하다고 결정되었다.

다음으로 자련(애숙)과 자신(숙이)은 공동의 이름으로 처경과 서신 교환을 지속하면서 긴밀한 관계를 유지하였다. 그들은 서신 교환을 통해 소현세자유복자설을 강력하게 입증할 만한 표적을 확보하는 데에 주력하였다. 특히 자련과 자신이 연명하여 처경에게 보냈던 편지 속에 들어 있던 표적에 관한 담론이 추문관들의 이목을 끌었다. 자련의 진술을 통해 처경의 소현세자유복자설을 복창군에게 공지하기 전, 이를 보증하기 위한 결정적인 증거물을 확보하는 데에 서로 공모하며 진력하고 있었음이 드러나게 되었다. 그리고 자신의 진술을 통해 드러나듯이, 그들은 소용동의 어느 거사의 집을 중심으로 유복자를 입증할 만한 표적물과 그에 대한 정보를 은밀하게 공유하고 있었다. 자련과 자신의 공초를 통해 소현세자유복자설과 관련된 여러 물질적 단서와 빈번한 인적 교류의 정황이 밝혀지게 되었다. 이제 추문관들에게 남은 문제는 처경의 신원을 확증하는 것뿐이었다.

아홉 번째 기록일인 11월 12일에는 죄인에 대한 심문 기록 없이 국왕에게 올린 의금부의 보고서, 지방에 하달된 의금부의 통지서, 원주목사가 보낸 첩정, 그리고 이에 대한 추국청의 보고서 등이 실려 있을 뿐이다.

먼저, 국왕에게 올린 의금부의 보고사항은 일찍이 지방에 하달된 의금부의 두 가지 공문(쌍민의 체포에 관한 건, 영휴를 통해 처경의 신원을 확보하는 건)이 제대로 접수되거나 처리되지 않아 문서수발 관계자와 수령에 대한 추고를 의뢰하는 것이었다. 결과적으로 원주목사를 파직하는 선조치를 취한 후에 추고하는, 이른바 선파후추(先罷後推)의 조처가 취해졌으나 뒤이어 도달한 원주목사의 첩정이 참작되어 직위를 이어갔던 것으로 보인다.

두 번째로 의금부에서 강원감사에게 하달한 내용은 공문의 접수와 처리에 대해 신속하고도 꼼꼼한 반응을 요구한 것이다. 이는 처경의 신원을 정확히 확인하는 작업만 남겨두고 있는 의금부의 입장에서 처경의 족계와 사승관계를 명확히 밝힐 쌍민과 영휴의 건은 막중한 것이었음에도 불구하고 지방의 일처리가 만족스럽지 못했음을 지적하는 것이었다.

세 번째로 원주목사 강수학이 올린 첩정은 쌍민과 영휴의 신병을 확보하기 위해 겪어야 했던 난관과 직간접적으로 얻어낸 첩보들을 상신한 것이었다. 원주목에서는 쌍민을 직접 구금하는 데에는 실패했으나 그의 족속인 손윤후를 추문하면서 쌍민의 신원은 물론 처경의 족계 및 종교적 사승관계를 얻어낼 수 있었다. 아울러 처경의 사승으로 잘못 알려졌던 영휴를 구금하여 추문함으로써 처경의 사승이 영휴가 아닌 지웅으로 확정될 수 있었다.

마지막으로 추국청에서는 원주목사의 첩정에 의거해 확보한 처경의 출생년도, 본명 및 법명, 사승관계 등에 대한 정보를 확정짓기 위해 처경의 외삼촌인 손윤후와 처경의 사승으로 알려진 지웅을 나래하여 추국할 것을 국왕에게 의뢰하여 허락을 받았다.

열 번째 기록일인 11월 14일에는 죄인과 관련된 심문기록이나 수발문서에 대한 소개가 이루어지지 않고 한 건의 추국청 보고만이 실려 있을 뿐이다. 이미 12일 밤늦게 나래된 손윤후와 지웅에 대한 추국이 열릴 예정이었으나 영의정이었던 허적의 심한 병세와 좌의정 권대운의 약방제조의 차출로 인해 추국의 개좌를 하루 연기하자는 논의에 따라 추국은 11월 15일에 다시 열리게 되었다.

열한 번째 기록일인 11월 15일에는 강원감사 정류이 올린 첩정을 맨 앞에 싣고 있다. 강원감사의 첩정은 의금부의 공문을 수신하고 처리했던 과정, 쌍민과 영휴의 처리를 둘러싼 처리과정, 그리고 구금자의 나래조치 등에 대한 내용을 담고 있으나 추국에 참조할 만한 특이 사항은 발견되지 않았다. 이미 처경의 신원을 밝혀줄 핵심 인물인 손윤후와 지웅이 나래되어 추국을 대기하고 있었기 때문이다.

다음으로 원주에서 나래된 손윤후와 지웅의 심문이 이어져 실려 있다. 처경의 외숙이었던 손윤후는 처경의 출생지(평해), 처경의 본명(태철), 출생연도(1652), 부모의 신상(평해 향리 손도, 양녀 소죽), 처경의 출가시기(1664), 출가 사찰(황산 고자암) 및 사승(지웅), 방랑기(1671년 이후) 등에 대한 명료한 진술을 내놓았다. 처경의 사승인 지웅 역시 손윤후와 대략 일치하는 내용을 언급하였다. 지웅은 12세의 처경을 데려다 16세에 삭발시키고 법명을 제공하였지만 19세 즈음에 처경이 자신을 떠나갔다고 진술하였다. 손윤후와 지웅은 처경의 결안이 마무리되자 더 이상 특별하게 조사받을 내용이 없다고 판단되어 풀려날 수 있었다.

8일만에 다시 추국장에 나타난 묘향은 세 번째 형문을 받지만 형신을 참아내며 추가적인 답변을 내놓지 않았다. 그러나 역시 8일만에 세 번째 형문을 감내해야 했던 처경은 달랐다. 그간 제기된 묘향수양설, 소현세자유복자설, 유복자의 표적설, 왜능화지 조작설 등뿐만 아니라 처경의 신원과 사승관계에 대한 최신의 정보까지 가미된 추문관의 문목을 대하던 처경은 더 이상 버틸 여력이 없었다. 드디어 자백을 시작하며 자신에게 쏟아진 모든 혐의를 인정하게 되었다. 결국 손도의 아들인 처경이 여러 부추김과 조작을 통해 소현세자의 유복지로 거듭나려 했던 것이 밝혀진 셈이다.

처경의 자백을 근거로 결안이 완성되었다. 처경이 자백한 내용 중에 핵심적인 죄상을 근거로 처경을 논죄하고 이를 법률에 근거하여 치죄하는 내용이 결안에 담겼다. 결국 처경은 조요서요언죄로 참수형에 처해질 운명을 맞이했다. 처경 이외의 사건 연루자들은 정배되거나 정상을 참작하여 훈방되거나 또는 수속(收贖) 처리되었다.

열두 번째 기록일인 11월 16일에는 죄인의 심문이나 결안의 작성 없이 사건을 마무리짓기 위한 조처들을 논의하고 결정하였다. 전날 조요서요언죄로 참수형이 결정된 처경이 이날 용산 당고개에서 처형되었다. 처경의 행형 과정에서 임무를 게을리하고 회피한 금부도사가 처벌을 받기도 하였다. 처경의 행형 이후에 아직 결안을 받지 않은 묘향은 의금부가 맡아서 형추하기로 결정되었다.[25] 마지막으로 문제가 된 것은 정배형을 받은 거사 김자원이었다. 그의 나이 75세를 신뢰한다면 그가 정배형을 면하고·수속(收贖)[26]의 대상이 되기 때문이었다. 그러나 당시 영의정이던 허적은 김자원의 실제 나이가 60세에 불과할 것이라 의심하며 수속법의 대상에서 제외시키고 호적과 오가통에 누락된 정황을 고려하여 형조로 이감시켜 조사할 것을 요청하였고, 국왕이 이를 승인하였다. 이 논의를 마지막으로 11월 1일에 시작되어 보름을 넘게 끌었던 추국이 최종 마무리 되었다.

구분	인적사항	인원수
심문	처경(불승), 묘향(노비), 김계종(역리), 한천경(모의장), 김선명(거사), 박인의(거사), 김자원(거사), 숙이(사노비), 정윤주(양반), 정연주(양반), 애숙(사노비), 말환(나인), 손윤후(역리), 지웅(불승)	14
면질	처경-묘향, 처경-정윤주·정연주, 처경-말환	5
형문	처경, 묘향, 김자원	3
결안(참형)	처경	1
형문중 사망	묘향	1

---

25 『승정원일기』에 의하면, 실제로 묘향은 다음날 의금부에서 한 차례의 형문을 더 받은 것으로 되어 있다. 아울러 『숙종실록』은 묘향이 형신을 받던 중에 사망했다고 기록하고 있다. 『承政院日記』 책257, 숙종 2년 11월 17일 ; 『肅宗實錄』 권5, 숙종 2년 11월 기묘.

26 형벌 대신 돈을 받아 죄인의 죄를 면해주던 조치를 말한다.

유배형	한천경(춘천), 김선명(충주), 박인의(전주), 숙이(삼수), 애숙(정의)	5
수속(收贖)	정윤주, 정연주	2
석방	말환, 손윤후, 지웅, 김계종	4
불체포자(보류)	쌍민(불승), 영휴(불승)	1

*김자원의 경우 유배형에 처해졌는지 수속의 조치를 받았는지는 불확실하다.

[표2] 처경추안의 연루자들

위에서 살펴보았듯이 처경추안은 1676년 11월 1일부터 동년 동월 16일까지 약 보름간 12일의 일정으로 추국의 과정을 기록하고 있다. [표2]에서 보듯이, 처경사건을 계기로 국청의 심문을 받은 인물은 모두 14명이고, 이중 형문까지 추가로 받은 죄인이 3명이며, 끝내 결안을 받고 조요서요언죄로 참형에 이른 죄인이 1명(처경)이다. 처경 이외에 주요 죄인으로 거론되던 묘향은 본 추국이 종료된 이후에도 의금부의 형문을 한 차례 더 받다 사망하였다. 결국 처경사건은 두 명의 사망자와 5명의 유배자, 그리고 2명의 보석자를 남긴 채 일단락되었다. 그러나 진정한 의미에서 처경사건은 일단락되지 않았다. 살아생전에 생불로 추앙되던 처경이 다시 해주 무녀에 의해 되살아났고, 그 이후 황해도 일대에서 생불신앙과 의례를 통해 또 다시 사회를 진동시킬 만한 조짐이 일기 시작한 것이다.

요승처경추안
(妖僧處瓊推案)

1676년 11월 1일의 기록에는 처경處瓊과 그를 따르는 거사居士, 그리고 이들에게 거처를 마련해주었던 주인主人 등을 구금하고, 처경의 수양인收養人으로 알려진 묘향妙香을 나래하기 위해 도사를 파견한다. 한편 추국의 발단이 될 처경에 대한 일차적인 조사 내용이 실린 의금부의 계목에는 자신이 왕실소생으로서 궁 밖의 묘향에게 건네져 수양되다가 승려가 되었고, 도봉산 원통암에 거하며 여러 거사들과 함께 영의정의 처소를 방문하게 되었다는 처경의 진술이 소개되어 있다.

❀ 강희 15년(1676)[1] 병진 11월 1일

康熙十五年, 丙辰十一月初一日

임금께서 전교하여, 승(僧人) 처경, 거사(居士)[2] 2인, 그리고 주인(主人)[3] 한천경(韓天敬) 등을 잡아 가두라고 의금부에 하달하셨다.

傳旨, '僧人處瓊, 居士二人, 主人韓天敬, 並拿囚爲只.' 爲下義禁府爲良如敎

❀ 같은 날, 좌승지 정중휘(鄭重徽)[4]가 임금을 뵙고 아뢰고자 입시(入侍)하였을 때, 임금께서 '승 처경을 맡아 키웠던 사람들(收養人)의 거주지와 성명을 오늘 당장 상세하게 캐어 물은 뒤, 도사(都事)를 보내어 그들을 나래(拿來)[5]해 올 일'을 의금부에 분부하셨다.

○ 同日, 左承旨鄭重徽, 請對入侍時, 上曰, '僧人處瓊收養人等居住姓名, 今日坐, 詳細究問, 發遣都事拿來事.' 分付禁府.

❀ 같은 날, 의금부에서 아뢰었다.

---

1 康熙(1662-1722)는 중국 청나라 성조(聖祖) 때에 사용된 연호로서 강희 15년은 1676년(숙종 2)에 해당된다.

2 거사(居士)는 본래 속세에 거하는 남자 신도인 '우바새'를 지칭하는 말이다. 대개 특정의 스님을 따르는 속세의 신도를 의미한다고 할 수 있다.

3 여기에서의 주인(主人)은 경주인(京主人)이나 사주인(私主人)과 같이 직업이나 직책을 뜻하는 것이 아니라 빈객을 맞이해 머물도록 접대해주는 사람을 뜻한다. 참고로 한천경의 본업은 털옷을 만드는 모의장(毛衣匠)이었다.

4 정중휘(1631-1697)는 형조참판, 도승지, 경기관찰사를 역임한 문신으로서 본 추국이 있던 숙종 2년 7월 당시 왕명의 출납을 담당했던 승지(承旨)의 직책을 역임하기 시작했다.

5 나래(拿來)는 중앙에서 파견한 도사(都事)가 죄인을 의금부로 압송해 오는 일을 말한다. 중앙에서 파견된 도사 없이 지방에서 직접 죄인을 압송해 올 때에는 흔히 영래(領來)라 하였다.

　승 처경과 거사 2인, 그리고 주인 한천경 등을 나래하여 가두라는 전지(傳旨)를 하달하시고 도사를 내보내게 하신 바 있습니다. 승 처경과 거사 2인 중 하나인 김선명(金善明)과 주인 한천경 등은 나래하여 가두었으나 아직 거사 1인은 양식을 구걸하기 위해 떠나가 버려 향방을 알 수 없다고 합니다. 따라서 이제부터는 그를 수색하여 잡아들이고자 하는 뜻을 감히 아룁니다.

　임금께서 알았다고 하셨다.

○ 同日, 禁府啓曰: "僧人處瓊, 居士二人, 主人韓天敬, 並拿囚事', 傳旨啓下, 卽爲發遣都事. 僧人處瓊, 居士二人中, 金善明, 主人韓天敬, 則拿來囚禁, 而居士一人乞粮次出去, 不知所向云. 故今方搜捕之意, 敢啓." 傳曰: "知道."

❀ 같은 날, 좌승지 정중휘가 아뢰었던, 의금부에서 당일에 차관(次官)으로 개좌(開坐)하자는 건이 어전 회의를 통해 결정되었다.

○ 同日, 左承旨鄭重徽所啓, 禁府當日內, 以次官開坐事, 榻前定奪.

❀ 같은 날, 의금부의 계목(啓目)을 살펴보니 다음과 같았다.

　승 처경 32세.

　죄인을 수양했던 사람들의 거주지와 성명을 상세하게 캐어물을 일을 전교하신 바 있다. 사연을 숨김없이 일일이 바른 대로 고하도록 추고하라 전교하셨기에 다음과 같이 죄인의 진술을 받았다.

　제가 강보에 싸여 있을 때, 나인(內人)이 여승(女僧) 정씨(丁氏)에게 내어 주었고, 정씨는 다시 창동(倉洞)에 거하는 김 첨지(僉知)라 칭하는 사람의 처인 묘향(妙香)에게 건네주었습니다. 그러다가 묘향은 안성(安城) 동면(東面)[6] 역촌(驛村)[7]으로 이주해 온 뒤로 지금껏 두 부처(夫妻)가 이곳에 생존하고 있습니다. 제 나이 10세에 이르렀을 때, 묘향이 이름을 알 수 없는 승려에게 저를 보내었다가 그 뒤 철원 보개산(寶盖山)[8] 용화사(龍華寺)[9]에 거하는 제월당(濟月堂)이라 불리는 승려 석숭(釋崇)의 거처로 갔습니다. 채 1년이 지나지 않았을 때 다시 태백산(太白山) 청량사(淸凉寺)[10]로 데려 갔습니다. 13세가 되었을 때 비로소 머리를 깎게

6　본문은 '안동성면(安東城面)'으로 되어 있으나 '안성동면(安城東面)'을 잘못 기록한 것이다.

7　묘향의 지아비는 역리(驛吏)인 김계종이었으므로 역촌에 거주했던 것은 당연할 것이다. 『新增東國輿地勝覽』에 따르면, 안성의 강부역(康富驛)은 군에서 동쪽으로 5리 떨어진 곳에 위치하고 있었다.

8　보개산(877m)은 당시 철원부의 남쪽 17리에 떨어져 있었으며, 현재에는 경기도 연천시 신서면과 포천시 관인면의 경계를 이루고 있다.

9　『新增東國輿地勝覽』에 의하면, 철원 보개산에는 석대사(石臺寺), 지장사(地藏寺), 심원사(深原寺), 성주암(聖住菴), 지족암(知足菴), 운은사(雲恩寺), 용화사(龍華寺) 등과 같이 철원부내에서 이름났던 불우(佛宇)들이 자리잡고 있었음을 알 수 있다(『新增東國輿地勝覽』 권47, 鐵原都護府, 佛宇). 한편, 18세기 말 정조 대의 『梵宇攷』(강원도, 철원)에는 용화사가 보개산에 있었으나 당시 폐해졌다고 기록되어 있다.

10　청량사(淸凉寺)라 이름하는 절은 전국적으로 여러 군데 소재하고 있지만, 태백산에 소재하는 청량사는 확인할 수 없다. 다만, 태백산이 강원도 삼척부, 경상도 안동부, 봉화현 등의 광범위한 지역을 아우르는 광의의 표현이라면, 현재 경북 봉화군 청량산에 소재하는 청량사를 가리키는 것일 수도 있지 않을까 짐작할 뿐이다.

되었습니다.[11] 석승이 죽은 지 이미 오래되었고, 그 후 마음 가는 대로 여기저기 두루 다니다가 금년 5월 보름 뒤에 양주(楊洲) 도봉산(道峯山) 원통암(圓通菴)[12]에 와서 김 거사와 박 거사와 함께 거하였습니다. 지난달 19일에 박 거사와 함께 입경하여 한천경의 집에 머물렀으며 서울에 거하는 김 거사와 박 거사와 함께 영의정 댁을 찾아갔습니다.

이상 상고하여 시행할 (죄인의) 진술이다.[13]

전에 처경이 공초함이 이와 같으니 수양인들을 나래한 후에 재가를 얻어 처리하는 것이 어떻습니까?

---

11 처경이 진술한 이상의 내용은 이어진 추국과정에서 허위임이 드러난다. 즉 소현세사의 유복자로 태어났으나 왕실로부터 묘향에게로 건네져 양육되다 승려가 되었다는 처경의 주장은 11월 4일 묘향의 진술과 11월 5일 처경과 묘향과의 대질심문에서 더 이상 인정될 수 없었다. 묘향은 처경을 수양한 적이 없으며, 다만 추국이 열리기 2년전 처경으로부터 계를 받아 제자가 된 나이든 여인에 지나지 않았던 것이다. 한편, 11월 15일 원주에서 나래된 증인들의 진술을 통해, 처경의 본명이 손태철(孫太銕)이며, 강원도 평해에서 태어나 부모를 여의고 원주의 외조모에 의해 양육되다 12세 즈음에 원주 황산(黃山) 고자암(高自庵)에 거하는 지웅(智膺)에게 맡겨졌고, 16세에 삭발하여 처경이라는 승명을 얻게 되었음이 입증되었다.

12 『新增東國輿地勝覽』 권11, 楊洲牧, 佛宇 조에 의하면, 도봉산에는 청룡사(青龍寺), 망월사(望月寺), 회룡사(回龍寺), 영국사(寧國寺), 원통사(圓通寺) 등이 있었다고 한다. 아마도 원통암은 원통사를 가리키는 것으로 보인다. 『梵宇攷』(경기도, 양주)에도 원통사(圓通寺)로 되어 있다.

13 본문의 '相考施行教味白侤是白臥乎在亦'에서 相考施行 뒤의 '教味白侤是白臥乎在亦(이선맛숣다짐이숣누온이여)'는 이두식의 표현으로서 현대적인 감각으로는 "~라는 뜻으로 아뢴 증언(다짐)인 것입니다"로 이해하면 좋으리라 판단한다.

강희 15년 11월 1일 동부승지 권유(權愈)가 담당했던(次知)[14] 판부(判付)[15]에, 아뢴 대로 윤허한다고 되어 있었다.

○ 同日, 府啓目推考次.

僧人處瓊, 年三十二, 白等.

矣身收養人等居住姓名, 詳細究問事, 傳敎敎是置. 傳敎, '內辭緣, 隱諱良除, 一一直招亦.' 推考敎是臥乎在亦.

"矣身在襁褓時, 內人出授於女僧丁氏, 丁氏移給, 於倉洞居金僉知稱號人妻妙香爲白有如可, 妙香移居於安東城面[16]驛村, 夫妻, 時方生存是白齊. 矣身年至十歲, 妙香送于名不知僧人處爲白有如可, 又往于鐵原寶盖山龍華寺居, 僧濟月堂稱號名釋崇處. 未過一年, 率往于太白山淸凉寺. 十三歲, 始爲剃髮. 釋崇段身死已久, 其後任意周行爲白如可, 今年五月望後, 來住于楊州道峯山圓通菴, 與金居士·朴居士, 同居爲白如乎. 去月十九日良中, 與朴居士入京, 止接于韓天敬家, 與京居金居士及朴居士, 偕進于領議政家爲白有置."

相考施行敎味白侤是白臥乎在亦.

"向前處瓊所供如此, 待其收養人拿來後, 稟處何如?"

康熙十五年, 十一月初一日, 同副承旨臣權愈次知判付內, 依允.

---

14 본문에 '次知'로 되어 있는 것을 의역한 것이다. 본래 차지는 궁방이나 관청의 일을 맡아 보는 사람이나 상전의 형벌을 대신 받는 이를 뜻하기도 하며, 간혹 이두식의 표현에서는 사무를 담당하거나 책임을 맡은 이를 의미하기도 한다. 여기에서는 임금의 재가 사항을 공지하는 담당자의 역할을 중시하여 문맥에 맞춘 것이다.

15 판부(判付)는 임금에게 올렸던 안을 임금이 허락하는 것을 말한다.

16 원문의 '安東城面'을 내용에 맞게 '安城東面'으로 바로 잡아 번역하였다.

🪷 같은 날, 의금부에서 아뢰었다.

처경과 동행했던 거사 2인을 전교하신 뜻에 따라 잡아와 가두었습니다. 처경의 공초를 살펴보니 먼저 감금했던 거사 김선명(金善明)은 원통암으로부터 막 도착한 자이고 영의정의 집에 함께 갔던 거사는 김자원(金自遠)이라고 합니다. 김자원도 잡아와 가두고자 하는 뜻을 감히 아룁니다.

임금께서 알았다고 전교하셨다.

○ 同日, 禁府啓曰: "僧人處瓊, 同行居士二人, 因傳教拿囚矣. 即見處瓊供辭, 則先囚居士金善明, 則自圓通菴纔到者, 而偕往領議政家居士, 則乃金自遠云. 自遠亦爲拿囚之意, 敢啓." 傳曰: "知道."

🪷 의금부에서 아뢰었다.

승 처경을 거둬 키운 수양인들의 거주지와 성명을 금일 당장에 상세하게 캐어 묻고 도사를 보내어 나래하는 일을 전교하신 바 있습니다. 처경의 공초에 따르면, 수양인은 김 첨지라 칭하는 사람의 처 묘향이며, 그들 부부는 지금도 안성 동면 역촌에 살고 있다고 합니다. 전교하신 바에 따라 도사를 파견하여 나래하고자 감히 아룁니다.

임금께서 알았다고 전교하셨다.

○ 禁府啓曰: "'僧人處瓊收養人等居住姓名, 今日坐, 詳細究問, 發遣都事拿来事', 傳教矣. 處瓊招內, 收養人金僉知稱名人妻妙香, 夫妻, 時方

生存, 居生于安城東面驛村云. 依傳教, 發遣道事拿来之意, 敢啓." 傳曰:
"知道."

🪷 같은 날 삼경[17]쯤에 묘향 등을 나래하는 일로 도사 양섬(梁暹)이
출발했다.

○ 同日, 三更量, 妙香等拿来事, 都事梁暹出去.

---

17 三更은 밤 11시에서 새벽 1시 사이에 해당한다.

보충

  첫날의 기록에는 본격적인 추국이 전개되기 전, 핵심 심문 대상자의 신병을 확보하기 위한 논의가 전개되었다. 그에 따라 승 처경(處瓊), 거사 김선명(金善明), 주인 한천경(韓天敬) 등을 잡아 가두고, 추국 초기에 어린 처경을 양육한 것으로 알려진 김계종(金戒宗)과 묘향(妙香) 부부, 그리고 아직 구금하지 못한 거사 등의 나래를 위해 도사를 파견하였다.

  이날 기록에서 주목되는 것은 의금부에서 처경을 조사해 작성한 문서(啓目)였다. 의금부의 계목에 실린 처경의 진술 내용은 자신이 왕실소생으로서 궁 밖의 묘향에게 건네져 수양되다가 10대에 이르러 승려가 되었고, 종국에는 서울에 이르러 거사들과 함께 영의정을 찾아갔다는 것이었다. 그러나 이러한 처경의 진술은 추후 이어진 추국과정에서 허위임이 드러난다. 즉 소현세자의 유복자로 태어났으나 왕실로부터 묘향에게로 건네져 양육되다 승려가 되었다는 처경의 주장은 11월 4일 묘향의 진술과 11월 5일 처경과 묘향과의 대질심문에서 더이상 인정될 수 없을 정도로 모순에 봉착하였다. 묘향은 처경을 수양한 적이 없으며, 다만 추국이 열리기 2년전 처경으로부터 계를 받아 제자가 된 이래 처경을 존숭하며 따르는 나이든 여인에 지나지 않았던 것이다. 한편, 추국이 종료되기 하루 전인 11월 15일 원주에서 나래된 증인들의 진술을 통해, 처경의 본명이 손태철(孫太鉄)이며, 강원도 평해에서 태어나 부모를 여의고 원주의 외조모에 의해 양육되다 12세 즈음에 원주 황산(黃山) 고자암(高自庵)에 거하는 사승(師僧)인

지웅(智膺)에게 맡겨졌고, 16세에 삭발하여 처경이라는 승명을 얻게
되었음이 입증되었다.

병진년 11월 2일

11월 2일의 기록에는 별다른 옥사의 전개 과정은 보이지 않고 빈청賓廳의 논의와 그에 대한 왕의 답변만이 짤막하게 소개되어 있다. 이날 빈청賓廳의 회의 내용을 보고 받은 임금은 사건 연루자들의 나래가 완료되는 대로 엄한 조사를 벌이라는 답변을 내린다.

❁ 병진 11월 2일

빈청(賓廳)[18]의 회의내용을 가지고 아뢰었더니, 임금께서 답을 주셨다.

　이번 사태는 실로 등한시 할 일이 아니다. 사건을 입증할 만한 연루자들의 나래를 기다린 후에 전·현직[19]의 대신(大臣),[20] 육경(六卿),[21] 삼사(三司)[22] 등이 모두 모여 진위를 엄히 조사하는 것이 마땅할 듯하다.
○ 丙辰十一月初二日, 以賓廳會議啓辞, 答曰: "今此擧措, 實非等閑之事. 待其所證引人拿来後, 時任原任大臣, 六卿三司, 會同推覈真偽, 似乎得宜矣."

---

18 3정승을 포함한 정 2품 이상의 고위직들로 구성된 회의 모임.
19 원문에 현직은 '時任'으로 전직은 '原任'으로 기록되어 있다.
20 영의정, 좌의정, 우의정 등 정승급의 고위직을 일컫는다.
21 육조의 장을 맡은 판서를 말한다.
22 여기에서 말하는 삼사는 사간원과 사헌부의 양사(兩司)에 홍문관을 더한 것을
　　의미한다.

보충

　두 번째 날의 기록에는 빈청의 논의 결과를 보고받은 국왕이 내린 명령이 짧게 언급되어 있을 뿐이다. 빈청의 회의 내용이 언급되고 있지 않으나 처경사건의 심각성, 사건연루자들의 구금 및 나래 상황, 그리고 죄인에 대한 추국의 필요성 등이 거론되었을 것으로 추정된다. 국왕이 고위 관료와 요직을 맡은 관리가 광범위하게 참여하는 추국의 개좌를 권한 바대로, 이틀 뒤인 11월 4일에 훈련도감 북영에서 의정부 대신 및 삼사의 주요 관리가 참석한 추국이 개좌되었다.

병진년 11월 4일

11월 4일의 기록에는 훈련도감 북영에서 진행된, 승 처경(32세), 처경을 수양했다고 지목된 묘향(67세)과 김계종(71세) 부부, 처경 일행의 숙박을 알선했던 주인 한천경(56세), 처경을 따르던 거사였던 김선명(64세)·박인의(65세)·김자원(75세) 등에 대한 1차 심문의 내용이 소개되어 있다. 이들 심문·내용 중에, 자신이 소현세자의 유복자로 태어나 왕실로부터 묘향에게로 건네져 승려가 되기에 이르렀다는 처경의 주장과, 불과 2년전에 승 처경과 알게 되어 사제 관계를 맺게 되었을 뿐이라는 묘향의 진술이 크게 엇갈렸다

❀ 병진 11월 4일

　파루(罷漏)[23] 후 도사 양섬(梁暹)이 죄인 김계종(金戒宗)과 묘향 등을 나래하였다.

○ 丙辰十一月初四日, 罷漏後, 都事梁暹, 罪人金戒宗・妙香等拿来.

❀ 같은 날, 의금부낭청이 삼공(三公)[24]의 의견을 가지고 아뢰었다.

　처경이 공초를 통해 끌어들인 김계종과 묘향 등이 이제야 비로소 나래되었습니다. 마땅히 전에 어전회의를 통해 결정한 대로, 신들과 더불어 의금부 당상, 육경, 삼사 등이 한 자리에 모여 조사하고, 이것이 (처경의) 추국 사실과 차이가 날 경우에 반드시 상세하게 심문하고 기색을 살펴서 그 허실을 얻어야 합니다. 또 외부인(外人)들로 하여금 사태를 듣고 알 수 있게 해야 합니다. 그런데 의금부의 청사(廳事)는 깊숙한 곳(深邃)에 있어 죄인을 힐문하는 데에도 불편함이 있고, 또 외부인들로 하여금 사태를 짐작하게 할 만한 가능성도 희박합니다. 결국 대다수의 의견은 훈련도감 북영(北營)이 가장 적합한 심문처라고들 합니다. 북영으로 정하고자 하는 뜻을 감히 아룁니다.

　임금께서 알았다고 전하셨다.

○ 同日, 義禁府郞廳, 以三公意啓曰: "處瓊所援引之人, 金戒宗・妙香等, 今纔拿来矣. 當依前日定奪, 臣等與禁府堂上, 六卿三司, 同會驗問, 而此

---

23 파루(罷漏)는 금지되었던 야간 통행을 재개하기 위해 종으로 알렸던 것으로 5경 3점에 거행되었다.

24 영의정, 좌의정, 우의정 등 3정승을 일컫는 말이다.

與推鞫有異, 必須詳細盤問, 兼察気色, 庶可得其虛實. 且不可不使外人, 聞知事狀. 禁府則廳事深邃, 不但不便窮詰, 外人亦無由知之. 群議皆以爲訓鍊都監北營, 最爲便當云. 處所定於北營之意, 敢啓" 傳曰: "知道."

❀ 병진 11월 4일 북영의 참석여부[25]

의정부영의정 허적: 참석

영중추부사 정치화: 병(病)

행판중추부사 정지화: 참석

의정부좌의정 권대운: 참석

의정부우의정 허목: 참석

행병조판서 김석주: 참석

판의금부사 유혁연: 참석

호조판서 오시수: 참석

행사헌부대사헌 김휘: 참석

이조판서 목내선: 참석

형조판서 정익: 참석

지의금부사 이지익: 참석

동지의금부사 이홍연: 참석

동지의금부사 경최: 참석

행사간원대사간 오시복: 참석

홍문관부제학 오정창: 참석

---

25 이날 추국장에는 병에 걸리거나 외지에 있거나 당직에 들어가거나 다른 업무로 차출된 관리를 제외한 31명이 참여하였다.

승정원동부승지 권유: 참석

사헌부집의 유명현: 참석

사간원사간 김환: 참석

사헌부장령 이일정: 참석

사헌부장령 박정설: 참석

사간원헌납 신익상: 외지에 있음

사헌부지평 유지: 참석

사헌부지평 송정렴: 참석

홍문관교리 권환: 감시시관으로 나감

홍문관부교리 목창명: 당직에 들어감

사간원정언 임당: 참석

사간원정언 박진규: 참석

홍문관수찬 강석빈: 참석

홍문관부수찬 유명견: 당직에 들어감

별문사낭청(別問事郞廳)

이조좌랑 유하익: 참석

이조좌랑 이담명: 참석

별형방(別刑房)

도사 심양필: 참석

도사 이두광: 참석

문서색(文書色)

도사 김성최: 참석

도사 김석: 참석

○ 丙辰十一月初四日, 北營進不進

議政府領議政 許 積 進

領中樞府事 鄭致和 病

行判中樞府事 鄭知和 進

議政府左議政 權大運 進

議政府右議政 許 穆 進

行兵曹判書 金錫冑 進

判義禁府事 柳赫然 進

戶曹判書 吳始壽 進

行司憲府大司憲 金 徽 進

吏曹判書 睦來善 進

刑曹判書 鄭 楷 進

知義禁府事 李之翼 進

同知義禁府事 李弘淵 進

同知義禁府事 慶 㝡 進

行司諫院大司諫 吳始復 進

弘文館副提學 吳挺昌 進

承政院同副承旨 權 愈 進

司憲府執義 柳命賢 進

司諫院司諫 金 奐 進

司憲府掌令 李日井 進

司憲府掌令　朴廷薛　進
司諫院獻納　申翼相　在外
司憲府持平　柳　楮　進
司憲府持平　宋挺濂　進
弘文館校理　權　瑍　監試試官　進
弘文館副校理　睦昌明　入直
司諫院正言　任　堂　進
司諫院正言　朴鑌圭　進
弘文館修撰　姜碩賓　進
弘文館副修撰　柳命堅　入直

別問事郎廳

吏曹佐郎　俞夏益　進
吏曹佐郎　李聃命　進

別刑房

都事　沈良弼　進
都事　李斗光　進

文書色

都事　金盛最　進
都事　金　碩　進

❀ 같은 날, 의금부낭청이 여러 대신들의 의견을 가지고 아뢰었다.

본래 문사낭청을 2명으로 재가받았습니다. 그러나 힐문했던 초서의 문안을 정서로 정리할 때 군색하거나 소홀히 할 폐단(窘速苟簡之弊)이 있으니, 2명을 더 내어주시길 감히 아룁니다.[26]

임금께서 알았다고 답하셨다.

同日, 義禁府郎廳, 以諸大臣意 啓曰: "問事郎廳, 初以二員, 啓下矣. 詰問起草正書之際, 有窘速苟簡之弊, 二員加出之意, 敢啓" 答曰: "知道."

❀ 같은 날, 승 처경 32세[27]

다음과 같은 추문내용을 임금께 아뢰었다.[28]

죄인은 스스로 왕실과 가까운 친척(王室至親)이라 칭하며 행동거지가 수상했다. 그뿐만 아니라 의금부의 추문을 받을 때에, 죄인은 자신이 강보에 싸여 있을 적에 나인(內人)이 여승(女僧) 정씨(丁氏)에게 내

---

26 실제로 11월 5일의 추국 때에 문사낭청이 두 명에서 네명으로 늘어난다.

27 1676년을 기준으로 처경의 나이가 32세라면 을유생(1645년)을 전제로 한 것이다. 그러나 당시 그의 실제적인 나이는 25세로서 임진생(1652년)이었다. 처경이 자신의 나이를 7년이나 늘려 잡은 것은 자신이 소현세자의 유복자임을 강조하기 위해 소현세자가 서거한 1645년을 자신의 생년으로 맞추려 했기 때문이다. 11월 15일의 기록에서 처경의 나이가 비로소 25세로 바로 잡히게 된다.

28 원문에는 '同日僧人處瓊年三十二白等'으로 되어 있다. 마지막 부분의 '白等'은 이두식 표현으로서 축자적으로는 '사뢰오되'로 해석될 수 있으나 내용적으로는 32세의 승 처경에 대한 공초 내용을 임금에게 아뢰는 맥락을 고려해 "다음과 같은 추문내용을 임금께 아뢰었다"로 풀이했다.

어 주었고, 정씨는 다시 창동(倉洞)에 거하는 김 첨지(僉知)라 칭하는 사람의 처인 묘향(妙香)에게 건네졌다고 하였다. 그렇다면 무슨 근거로 자칭 왕실지친이라고 했는가? 어떤 일을 하던 나인이 여승에게 내어 준 것인가? 이미 말한 대로 강보에 싸여 있을 때라면 죄인이 그때의 일을 스스로 알 수 없을 것이 분명할 터인데, 어떤 사람에게 들었기에 이런 진술을 한 것인가? 소위 묘향은 정씨에게 어떤 사람이기에 정씨로부터 아이를 전달받은 것인가? 묘향은 본래 어디 사람이며, 언제 안성으로 이거한 것이고, 안성으로 이거하기 전에는 어느 곳에 거주하며 죄인을 양육한 것인가? 묘향의 집에서 몇 년을 살다가 언제쯤 어느 곳에서 중이 되었는가? 중이 된 후에는 어느 곳으로 왕래하다가 지금에 이르러 경성에 들어와 이와 같은 말을 발설하였는지, 그간의 곡절과 아울러 죄인의 생월일을 일일이 상세하게 밝히라.[29]

임금께서 이 같은 내용을 추문하라 하셨기에, 다음과 같이 죄인의 진술을 받았다.[30]

제가 왕실지친이 되는지의 여부를 어찌 스스로 알았겠습니까? 제가 10세 때에 비로소 저의 수양 여인인 묘향이 제게 말하기를, "너는

---

29 원문 상으로는 문단 전체가 이두식의 연결어미로 이어져 하나의 문장으로 구성되어 있지만, 편의상 문장을 끊어서 내용을 전달하고자 하였으므로 원문의 표점과 번역문 사이에 차이가 있음을 밝힌다.

30 원문에는 '推問教是臥乎在亦'으로 되어 있다. '教是臥乎在亦'는 이두식 표현으로서 '이시누온견이여'로 읽히며 의미상으로는 '하옵시라는 것이기에' 정도로 해석될 수 있다. 문맥을 고려할 때 앞에서 추문관이 제시한 질의사항에 대해 임금이 추문할 것을 허락하는 내용이며, 이 뒤에는 추문관의 질의에 대한 죄인의 진술이 이어진다.

소현세자(昭顯世子)의 유복자(遺腹子)이며, 태어나자마자 나인이 여승 정씨에게 내어 주었고, 정씨가 아이를 궤(樻) 속에 넣어 물 속에 던져 버렸다고 속여 말하고는 나에게 넘겨주었으며, 이 일로 정씨는 매를 맞다 죽었고, 내가 너를 양육한 지 10년이 되었다.”고 하였습니다. 그 런 뒤 왜능화지에 씌어진 소지(小紙)를 저에게 주었습니다. 그 종이에 는 저의 생년월일시가 언문으로 씌어져 있었는데, 연월은 자획이 분 명하여 을유년(乙酉年)[31] 사월(四月)임을 알 수 있었지만, 일과 시는 자 획이 깨져 상세히 알 수 없었습니다. 묘향의 말에 따르면, 그 능화지 는 제가 입고 있던 의대(衣帶)에 달려 있던 것인데, 거기에 씌어진 필 적이 정씨의 것인지는 알 길이 없습니다. 그리고 정씨에게 있어 묘향 이 어떤 관계에 있는 사람인지도 모릅니다. 묘향이 저를 수양할 때 창 동에 거하다가 제가 나이를 조금 먹은 뒤에 비로소 안성으로 내려왔 으며, 김 첨지에게 시집와 살게 되었습니다. 저의 나이 10세 이전엔 묘 향의 집에 있었지만, 10세 이후에는 묘향이 저를 이름 모를 어느 중의 집에 보냈습니다. 그 뒤 경상도로 갔다가 다시 철원 보개산(寶盖山)의 용화사(龍華寺)에 거하며 제월당(濟月堂)이라 불리우는 승려 석숭(釋崇) 의 거처로 갔습니다. 13세가 되었을 때 비로소 태백산(太白山) 청량사 (清凉寺)에서 중이 되었습니다.[32] 그 후로는 뜬 구름처럼 여러 산을 돌 아다니며 정처 없이 거하였습니다. 그러다가 작년 5월 안성에 가서 머 무를 적에, 함께 거하던 중이 안성향교의 교노(校奴)를 유인하여 행자

---

31 1645년을 가리킨다.

32 처경은 자신이 철원 용화사(龍華寺)의 석숭(釋崇)에게 맡겨졌고, 태백산(太白山) 청량사(淸凉寺)에서 중이 되었다고 진술하고 있으나, 추국이 막바지에 이르자 결국에는 강원도 평해에서 태어나 외가가 있던 원주로 옮겨 온 뒤, 원주 황산(黃 山) 고자암(高自庵)의 지응(智膺)에 맡겨져 중이 되었다고 털어놓는다.

(上佐)로 삼은 뒤 영남으로 도망가버렸습니다. 이로 인해 안성 관아에서는 그 교노를 찾아내고자 하였는데, 저를 오인(錯認)하여 끌여들이고자 감사(監司)에게 보고하는 바람에 저는 두 차례의 형추(刑推)를 받고 풀려났습니다.[33] 8월경에 안성으로부터 양지(陽智)[34] 대해산(大海山)[35] 묘희암(妙喜庵)으로 옮겨 갔습니다. 본현에 나아가 현감 정행일(鄭行一)을 만나 뵈었더니 현감의 몸에 병이 있어 제게 불공(佛供)을 드리도록 여러 번 왕래하였습니다. 12월(臘月)경 현감이 직을 마치고 돌아갈 때에 그의 두 아들 윤주(潤周)와 연주(演周)를 만나보게 되었습니다. 그 두 아들이 제게 이르기를, "경산(京山)[36]은 살만하니 올라와 도봉산(道峯山) 원통암(圓通庵)에 머물러 지내라"고 하였습니다. 복창군(福昌君)[37]의 누이댁 나인이 부처님께 공양드리는 일로 왔다가 저의 신분(根脚)[38]을 물었습니다. 처음에는 모른다는 답만 했지만, 그 후

---

33 처경은 자신이 오해를 받아 안성에서 형추를 받았다고 하였으나 당시 영의정을 지낸 허적(許積)은 처경이 안성에 있을 때에 토굴을 만들고 연소한 여인들을 몰래 유인하여 자주 음행을 벌인 결과, 안성관아로부터 형신을 받게 되었다고 대조적으로 언급한 바 있다. 『承政院日記』숙종 2년 11월 8일. "積曰 處瓊 在安城時 作土窟 潛誘年少女人 多行淫亂 安城官刑訊處瓊 亦以此也"

34 동쪽으로 이천과, 남쪽으로 죽산 및 안성과, 서쪽으로 용인과, 북쪽으로 광주 등과 경계를 이루었던 경기도의 양지현(陽智縣)을 말한다.

35 광주목과 양지현 경계에 위치했던 해발 644m의 산으로서 현재 태화산으로 불린다. 『新增東國輿地勝覽』에는 광주목의 산천조에 설명되어 있다.

36 특정 지역명이기보다는 서울 부근의 산을 가리키는 것으로 보인다.

37 복창군(?~1680)의 이름은 정(楨)이며, 인조의 3남인 인평대군(麟坪大君)의 아들이므로, 인조의 장남이었던 소현세자에게는 조카가 된다. 인평대군의 차남이었던 복창군에게는 위로 복녕군(福寧君)과 아래로 복선군(福善君) 및 복평군(福平君)의 형제들이 있었다. 남인이 동생 복선군을 추대하여 역모를 꾀한다는 서인 측의 무고에 휩쓸려 아우 둘과 함께 역모죄로 유배를 당하여 종국에 사사되고 말았다.

38 신원 정보에 해당하는 출생과 거처 등의 인적사항을 말한다.

나인들이 세 번에 걸쳐 오가며 전과 같이 다시 물었습니다. 이에 저
는 간략하게 저의 출신(根派)[39]을 언급했습니다. 그랬더니 나인은 "만
약 서울 안으로 들어오면 복창군을 만나뵐 수 있어, 그간의 응어리를
풀어낼(伸暴) 방도가 있을 뿐만 아니라 서울 곳곳의 불공(佛供)을 저에
게 몰아올 수 있을 것"이라 말하였습니다. 이로 인해 정릉에 거하는
중의 무리들이 시샘과 투기하는 마음이 없지 않았던 것입니다. 저는
자칭 복창군의 사촌이라고 한편으론 큰 소리로 떠들어 대기도 하고,
한편으론 공갈(恐喝)도 쳤습니다. 그리고 탈취당한 옥불(玉佛)을 (되찾
기 위해) 참봉에게 부탁하기까지 했습니다. 양주관아에서 승역(僧役)
을 트집 잡아 추궁해대는 터에 더 이상 버티지 못한 채 장차 심산(深
山)으로 피해 들어가려 했지만 원억(寃抑)을 없애는 것은 불가능하였
습니다. 전에 나인이 말한 바대로 복창군을 찾아뵙고자 하였지만 복
창군을 뵐 수 없었으며 결국 이름을 알리지도(納名)[40] 못했습니다. 제
가 아직 삭발하지 않았을 때에 사승(師僧)을 따라 충주를 왕래했을
적에 일찍이 청룡사(靑龍寺)[41] 반야암(般若庵)에서 영의정을 뵌 적이 있
으므로 영상 댁에 가서 진정(陳情)할 것을 청하고, 이어 저의 신분을
간략하게 말하였습니다.

---

39 근각(根脚)과 뜻이 통하는 것으로 개인적인 신원 정보와 출신계통을 의미하는
　　것으로 보인다.

40 納名은 윗 사람에게 찾아 왔다는 뜻으로 이름을 알리는 것을 말한다.

41 실제로 처경의 실제적인 사승이었던 지웅(智膺)이 추국이 벌어질 당시 충주 청룡
　　사에 기거하고 있었다. 청룡사는 조선시대 말까지 충주지역의 대표적인 사찰이
　　었으나 현재 충북 충주시 소태면 청계산에 옛 터가 남아 있을 뿐이다. 조선후기
　　정조대에 나온 『梵字攷』, 忠州 조에 청룡사가 "충주에서 북쪽으로 5리에 있다
　　(在忠州北五里)"고 기록되어 있다.

상고하여 시행하실 일.

○ 同日, 僧人處瓊, 年三十二, 白等.

矣身, 自稱王室至親, 行止殊常是沙餘良, 及至禁府, 推問之日, 矣身在襁褓時, 內人出授於女僧丁氏, 丁氏移給於倉洞居金僉知稱號人妻妙香是如爲有臥乎所, 何所據而自稱 王室至親是旀, 以何事內人出授於女僧是喻, 旣曰在襁褓時, 則矣身必不能自知其時事狀, 得聞於何人, 而有此招是旀, 所謂妙香於丁氏爲何許人, 而傳授於丁氏是旀, 妙香初以何處之人, 何年間移居安城是旀, 未及移居於安城之前, 則居在何處而養育矣身是旀, 居在妙香家者幾年是如可, 何年間爲僧於何地是旀, 爲僧之後, 則往來於何處是如可, 到今始入京城, 乃發如此之言是喻, 其間曲折, 矣身生月日, 幷以一一詳細現告亦.

推問敎是臥乎在亦.

矣身之爲王室至親與否, 豈能自知乎? 矣身年十歲時, 矣身收養女人妙香, 始爲言說於矣身, 曰: "汝以昭顯世子遺腹子, 始生之初, 內人出給女僧丁氏, 則丁氏托稱盛於樻中投諸水中, 移授於我, 而丁氏則因此事, 死於杖下, 我養育汝者十年"是如爲白遣. 仍取倭綾花所書之小紙, 給與矣身. 其紙中, 以諺書, 書矣身生年月日時爲白有乎矣, 年月則字畫分明, 知爲乙酉年四月, 而日與時則字畫多缺, 不能詳知是白在果, 同綾花紙段, 妙香言內, 矣身所着衣帶良中, 現佩是旀, 所書筆迹段, 丁氏所書是喻, 知不得是如爲白齊. 妙香之於丁氏爲何許人事段置, 亦爲不知是白齊. 妙香亦矣身收養時, 居在倉洞爲白如可, 矣身年歲稍長之後, 始爲下去安城, 與金僉知交嫁居生是如爲白齊. 矣身十歲以前, 則在妙香處, 十歲以後, 則妙香始給矣身于名不知僧人處. 仍往慶尙道, 其後轉往鐵原寶盖山龍華寺居名釋崇稱號濟月堂僧處. 十三歲爲僧, 于太白山淸凉寺. 自是以後, 雲遊諸山, 不定厥居爲白如可, 上年五月往留安城之時, 同居僧人誘引安城校奴, 爲其上佐, 逃往嶺南. 故本官欲爲現出其校奴, 錯認矣身之招引是白乎可, 報監司, 刑推二次後, 放送是白去乙, 八月間自安城移往陽智大海山妙喜菴. 委進本縣, 見縣監鄭行一, 則縣監身有疾病, 使矣身供佛, 因爲往來. 騰月間, 縣監遞歸時, 見其兩子潤周·演周矣. 其兩子謂矣身曰, "京山可居是如爲白去乙, 矣身上來住接于道峯山圓通庵"爲白有如乎, 福昌君妹家內人, 以供佛事出來爲白有如可, 問矣身根脚是白去乙, 矣身初則答以不知而已. 其後, 上項內人等三巡出來時, 又問如前是白去乙, 矣身略言根派, 則內人言, "若入來京中, 得見福昌君, 則庶有伸暴之路是如分叱不喩, 京中諸處佛供, 偏集於矣身"是白乎等, 以貞陵居僧輩, 不無猜忌之心. 矣身自稱福昌君四寸云云是如, 一邊喧說, 一邊恐喝, 而至嘱參奉, 奪取玉佛爲白乎旀, 楊州官段置, 僧役侵責是白乎等, 以不能支保, 將欲避入深山, 而不能無冤抑之意. 依前日內人之言, 欲見福昌君, 則福昌君不見, 而終不得納名是白遣. 矣身未及削髮時, 隨師僧往來忠州之際, 曾見領議政於靑龍寺般若庵是白乎等, 以進去領相家, 請謁陳情, 仍爲略言矣身之根派爲白有置. 相考施行敎事.

❀ 같은 날, 노비 묘향 67세

다음과 같은 추문내용을 임금께 아뢰었다.

승 처경의 진술에 따르면, 자신이 강보에 싸여 있을 때, 나인(內人)이 여승(女僧) 정씨(丁氏)에게 내어 주었고, 정씨가 그를 죄인(묘향)에게 건네 주었다고 한다. 처경이 점차 나이 먹고 성장한 뒤에는 죄인이 그를 데리고 안성 땅으로 내려갔으며, 나이 겨우 10세 때에 어떤 중의 처소로 보냈다고 하였다. 처경은 자신의 출신에 관한 것을 죄인으로부터 들었으며, 죄인이 왜능화지에 씌어진 소지를 건네주면서 "이것은 처경이 아기였을 때, 의대(衣帶) 속에 달려 있던 글이었다"고 말하였다고 한다. 그 글 중에, '유복자 모년월 생산(生産)'이라는 말이 씌어 있었다고 하는데, 처경이 진술한 내용 안에 있는 사연을 숨김없이 일일이 바르게 고하라.

임금께서 이 같은 내용을 추문하라 하셨기에, 다음과 같이 죄인의 진술을 받았다.

제가 소위 처경을 아이였을 때부터 수양하였기는커녕[42] 누가 그를 길렀는지에 대해서도 전혀 알지 못합니다. 지난 갑인년(1674) 쯤에 비로소 죽산(竹山) 땅 봉송암(鳳松菴)에 나이 어린 한 명의 중이 오대산(五臺山)으로부터 당도하여 수개월 동안 곡기를 끊고 먹지 않은 채 경문(經文)을 풀어주는데, 사람들이 모두 생불(生佛)[43]로 여긴다는 말을 들었습니다. 그래서 저도 뭇사람들을 따라 가서 만나보고 거사(居

---

42 원문에는 "矣身所謂處瓊自兒時收養新反"으로 되어 있는데, '新反'은 '새로이', '오히려', '커녕'등의 의미를 지니는 이두식의 표현이다.

43 생불(生佛)은 말 그대로 살아 있는 부처를 의미하지만, 대체로 세 가지 용례로 구분된다. 먼저, 생불은 불덕을 높이 쌓고 자비심이 뛰어난 명망 있는 승려를 일컫는 찬사로 여겨진다. 둘째, 민중들 사이에서 비범하고 신이한 구제론적 능력을 갖춘 신승(神僧)이나 성승(聖僧)을 생불로 일컫기도 한다. 셋째, 승려의 성격보다는 진인(眞人)이나 신인(神人)과 상통하는 비범성을 지닌 메시아적 성격을 지닌 인물을 생불로 간주하기도 한다. 처경의 경우는 두 번째의 범주에 해당한다고 할 수 있다. 처경은 살아생전에 생불로 추앙받았고, 죽어서는 해주무당의 신당에서 의례화되어 대중들의 주목을 받기도 하였다. 조선후기 생불에 대한 무당의 의례화는 처경과 같이 생불로 불리다 죽은 불승을 제사하거나 미래의 주역이 될 신화적인 미지의 생불을 대망하는 의례를 통해 역모를 주기하기도 하거나 아예 무업을 포기하고 생불이라 불리는 대상자에게 귀의하기도 하였다. 이에 대해서는 최종성, 「생불과 무당」, 『종교연구』68, 한국종교학회, 2012. 9. 참조.

士)[44]가 되고자 하였는데, 처경이 저에게 '묘향(妙香)'이라는 법명(法名)을 지어준 것입니다. 제가 비록 나이 먹어 늙었으나 이미 처경으로부터 계를 받았기에 그를 스승님(師)[45]으로 높이 받들었으며, 그 이후로 서로 왕래하였습니다. 작년 4월 그 지역 양반네들이 안성 석남사(石南寺)[46]에 모여 마실 적에, 처경이 평범한 중이 아님을 듣고 서로 만나보고자 하여 사람을 보내 그를 초대하려 했습니다. 그런데 처경은 주식(酒食)의 모임에 중이 동참하는 것은 불가하다고 여기었고, 몇 차례 오가며 반복해서 뜻을 전하였으나 그곳에 나아가지 않았습니다. 그랬더니 양반네들이 분노하며 잡으러 와서 그를 결박하고 구타한 후에, 적승(賊僧)이라 칭하며 터무니없이 관에 고발하였습니다. 결국 두 차례의 형추(刑推)를 받은 후에 풀려났습니다.[47] 그가 잡혀 심문을 받을

---

44 거사(居士)는 본래 속세에 거하는 남자 신도를 뜻하지만, 여기에서는 남녀를 가리지 않고 스님을 따르는 속세의 신도를 의미하는 것으로 보인다. 선조 40년의 기록을 참조하면, 남자를 거사(居士)로 여자를 사당(社堂)으로 각각 지칭하기도 했음을 알 수 있다(『宣祖實錄』 권211, 선조 40년 5월 병인). 본문에서와 같이 거사가 남녀 통칭으로도 사용되고 있지만, 여자의 경우에는 여거사(女居士) 혹은 보살거사(菩薩居士)로 구분되기도 하였다.

45 원문에 나오는 '師'는 불가에서 스승(師僧)을 의미하는 '스님'으로 표현할 수 있다. 불가의 사제 관계를 지시할 때에는 '스승님'으로, 호칭의 경우에는 '스님'으로 각각 옮길 것이다. 그 밖에 '僧', '僧人', '僧主'의 경우에도 문맥에 따라 '스님'으로 옮겼음을 밝힌다.

46 석남사(石南寺)는 안성군 남쪽 20리 떨어져 있는 서운산(瑞雲山)에 위치한 절이었다. 『新增東國輿地勝覽』 권10, 安城郡, 佛宇 ; 『梵宇攷』 경기도, 안성, 석남사.

47 묘향은 처경이 안성에서 두 차례 형추받은 것이 유자들의 회식연에 처경이 불참한 데에 기인한다고 진술하고 있으나, 당시에 영의정이었던 허적(許積)은 "처경이 안성에 있을 때, 토굴을 만들고는 나이 어린 여인네들을 몰래 끌어 들여 음란한 행위를 많이 벌이다 안성 관아가 처경을 형신하게 된 것이라" 하였다(『承政院日記』 숙종 2년 11월 8일). 한편, 처경은 앞선 심문과정에서, 전에 동거하던 중이 안성향교의 교노(校奴)를 행자로 삼은 뒤 도망가버리는 바람에, 자신이 오해를 받아 형추를 당하게 되었다고 진술하였다.

때에 자신의 신원에 대해 질문을 받았는데, 아비는 원주(原州) 교생(校生)[48]으로 이씨 성의 사람이고 어미는 원주 장(張) 호장(戶長)[49]의 딸이라 진술하였다고 합니다.[50] 그가 형을 받고 풀려난 후에 돌아갈 곳이 없다며 저에게 구걸하기에, 즉시 저희 집으로 데려와 치료해 주었는데, 때 마침 관가의 하인(下人)이 저의 집에 들러 죄인을 거두었다고 으르며 구짖는 바람에, 처경을 저희 집 뒤쪽, 초목이 무성하고 빽빽한 곳에 옮겨 놓고, 은밀하게 구호해 주었습니다. 그러다가 오히려 그것이 탄로 날까 두려워 장차 내보내고자 할 때, 차고 추운 것이 가련하여 저의 지아비가 알아채지 못하도록 은밀히 바지 한 벌을 만들어 주었더니, 곧 처경은 저의 집에서 죽산 땅 기동(基洞)의 이(李) 첨지(僉知)라는 사람의 집으로 옮겨갔습니다. 그 뒤 양지(陽智)와 죽산 땅을 오가다, 경산(京山)으로 올라와서 저에게 만나보고자 한다는 글을 보내왔습니다. 그러나 저는 병이 있어 가서 만나볼 수 없다고 하였습니다. 또 금년 9월에 경산의 불당(佛堂)으로부터 글을 보내 저의 안부를 물었을 뿐입니다. 저는 일찍이 처경에게 왕래하였을 때, 그 용모와 행동거지를 보고는 그가 보통의 평범한 중이 아니라 여겼고, 그가 빈번히 눈물 흘리는 모습을 보고는 의아스럽기만 했습니다. 그 근인(根因)[51]이 무엇이

---

48 교생(校生)은 본래 상민(常民) 출신으로서 향교에 다니며 유학 교육을 받은 생도를 말한다.

49 지방의 아전을 관장하는 우두머리 향리를 말한다.

50 묘향이 처경의 부친을 원주(原州) 교생(校生)으로, 모친을 원주 장(張) 호장(戶長)의 딸이라 전하고 있으나 나중에 밝혀지듯이, 실제로 처경의 부친은 원주 교생이 아닌 평해(平海) 향리 손도(孫燾)였고 모친은 원주 장호장의 딸이 아닌 평해의 양녀(良女) 소죽(所竹)이었다.

51 근인(根因)이 가계의 뿌리를 의미한다는 점에서, 의미상 근각(根脚)이나 근파(根派)와 대동소이하다.

지 물었더니 상세하게 답하기를 꺼렸습니다. 제가 "스님(師)의 용모는 앞에서 볼 때는 생불(生佛)같고 뒤에서 볼 때는 왕자(王子)같은 데 어째서 그러합니까?"라고 여러 차례 끈덕지게 물어도 끝내 분명히 말해주지 않았습니다. 다만 "주인(主人)께서는 경안군(慶安君)[52] 을 아십니까?"하고 묻기에, 저는 "그렇다면 경안군이 스님(師)에게 동생이 되십니까?"라고 되물었으나 처경은 웃을 뿐 답이 없었습니다. 단지, "나의 근인(根因)을 어떻게 상세하게 알 수 있겠는가?"라고 말할 뿐이었습니다. 저는 본래 서울 양반집의 사환노비(使喚婢子)였었는데, 30년 전에 안성 역리(驛吏) 김계종(金戒宗)과 혼인하여 수각교(水閣橋)[53] 상전댁에 살다가 김계종을 따라 안성으로 내려가 거의 20 여년을 살았습니다. 제가 일찍이 정씨가 어떤 사람인지 알지 못했는데, 정씨가 제게 처경을 건네주었다는 설은 전혀 근거가 없습니다. 이 외에 허다하게 속이고 꾸며낸 진술들에 모두 다 논변할 가치가 없습니다.

　상고하여 시행하실 일.

○ 同日, 婢妙香, 年六十七, 白等.

僧人處瓊招內, 其矣身在襁褓時, 內人出授於女僧丁氏, 丁氏移給於矣身,

---

52 경안군(1644-1665)은 소현세자의 셋째 아들로서 이석견(李石堅)을 말한다. 1646년 모친인 강빈(姜嬪)이 무고사건에 연루되면서 4세의 어린 나이에, 각각 12세와 8세였던 형 이석철·이석린과 함께 제주도로 유배를 당하였었다. 이석철과 이석린은 제주도에서 죽었고 이석견만이 살아남아 강화도로 이배되었다가 풀려나 복권된 뒤 1659년 경안군으로 책봉되었다. 그러나 1665년 온양온천으로 목욕을 하러 갔다가 병을 얻어 죽음에 이르렀다(『顯宗實錄』권11, 현종 6년 9월 신축).

53 수각교는 서울 남부(南部) 양생방(養生坊)에 위치하며, 청계천으로 흘러드는 창동천을 가로지르는 다리로서 숭례문 안쪽 대로(大路)의 요지(要地)에 놓여 있었다. 다리에 정자(水閣)가 있었기 때문에 수각교라 불리었을 것이다. 『漢京識略』권2, 橋梁, 水閣橋. 참조.

而處瓊年歲稍長之後, 矣身率處瓊下去安城地, 處瓊年才十歲, 出送於僧人處爲有矣. 其矣根派段, 得聞於矣身處爲有旀, 矣身且給倭綾花所書小紙於處瓊曰, “此是處瓊兒時, 衣帶中所佩之書”云云. 而其書中, 有‘遺腹子某年月生産’等語是如爲白昆, 處瓊所供內辭緣, 隱諱除良, 一一直告亦. 推考敎是臥乎在亦.

矣身所謂處瓊自兒時, 收養新反, 元不知其爲何樣人是白如乎. 去甲寅年分, 始聞竹山地鳳松菴, 有一年少僧人, 自五臺山來到, 而絶穀不食者數月, 且解經文, 人皆稱生佛是白去乙, 矣身段置隨衆往見, 願爲居士, 則處瓊命矣身法名曰, ‘妙香’. 矣身年雖老, 旣受戒於處瓊, 故尊之爲師, 自此以後, 互相往來是白如乎. 上年四月, 其地兩班輩, 會飮於安城石南寺之時, 聞處瓊之非凡僧, 欲爲相見, 送人招之, 則處瓊以爲酒食之會, 僧人不可洰參是如, 往復累次, 從不進去, 則兩班輩發怒, 捉來結縛歐打之後, 稱以賊僧, 構陷告. 刑推二次後, 放送. 而方其囚推之時, 問其根脚則, 父段原州校生李姓人, 母則原州張戶長之女是如, 納招云云爲白乎旀, 及其受刑蒙放之後, 無所可歸, 乞救於矣身爲白去乙, 卽爲率來矣家而救療, 則官家下人, 適到矣家, 容接罪人是如, 多般恐嚇是白去乙, 移置處瓊於家後, 草樹茂密之處, 而潛爲救護爲白如可, 猶惧其現露, 將爲出送之際, 憐其寒冷, 使矣夫不知, 密密造給一袴, 則處瓊自矣家, 移往竹山地名基洞李僉知稱號人家. 轉往陽智竹山等地, 仍爲上來京山是如, 書報於矣身, 要與相見爲白乎矣. 矣身病不得往見爲白有如乎. 又於今年九月, 自京山佛堂, 書問矣身安否而已是白在果. 矣身曾與處瓊往來之時, 觀其容兒擧止, 似非常流凡僧, 且見其頻頻涕泣之狀, 不能無疑訝之心. 問其根因, 則不肯詳言是白去乙, 矣身曰: “師之形容, 自前視之, 則似生佛, 從後見之, 則似王子者, 何也?” 累次固問, 終不明言, 但曰: “主人知慶安君乎?” 矣身曰: “然則, 慶安君於

師爲同生乎?” 處瓊笑而不答, 只曰: “吾之根因詳知何爲”云云是白在果. 矣
身本以京中兩班家使喚婢子, 三十年前, 交嫁安城驛吏金戒宗, 居生于水閣
橋上典宅爲白有如可, 隨戒宗下去安城, 亦幾二十餘年是白置. 矣身旣不
知丁氏之爲何許人, 丁氏授處瓊於矣身之說, 千萬無據, 此外許多誣飾之
招, 皆不足多卞是白置.
相考分揀施行敎事.

🪷 같은 날, 역리(驛吏) 김계종 71세

다음과 같은 추문내용을 임금께 아뢰었다.

승 처경이 강보에 싸여 있을 때, 죄인의 처인 묘향이 여승(女僧) 정씨
(丁氏)로부터 전해받아 길러 주었으며, 처경이 점차 나이 먹고 성장한
뒤에는 어느 중의 처소에 주었고, 또 처경에게 출생한 연월이 씌어진
소지를 주었다고 하는데, 제 처가 저지른 일을 죄인이 모를 리 없으니
그간의 일을 상세하게 밝히라.

임금께서 이 같은 내용을 추문하라 하셨기에, 다음과 같이 죄인의
진술을 받았다.

저는 본래 양재(良才) 역리(驛吏)였는데, 삼십삼사 년 전에 서울 수각교
(水閣橋) 아래에 거하는 양반집의 사환노비(使喚婢子)인 백아개(白了介)[54]

---

54 백아개는 묘향의 본명이었다.

와 혼인하고 안성 땅으로 내려갔습니다. 그 뒤 지금까지 구화역(仇火驛)에서 20여년간 지내왔습니다. 갑인년(1674)에 어느 이름난 한명의 중이 죽산(竹山)의 보산굴(普山窟)에 이르렀는데, 제 몸이 늙고 병들어 찾아가 뵙지를 못했습니다. 저의 처 백아개가 한번 찾아가 만나보았고, 두 번째로 가서 연비(燃臂)[55]의 의식을 치루고 그를 스승님(師)으로 삼았습니다. 그 후 그 이름난 중이 우리집을 찾아왔었는데, 그의 용모를 살펴보니 평범한 중의 류가 아니었고, 행동거지와 언어도 다른 데가 있는 듯하였습니다. 그래서 그의 근인(根因)을 물었더니 단지 일찍이 부모를 여의고 빌어먹는 사람(丐乞之人)일 뿐이라 하며 분명한 대답을 주지 않기에 더 이상 강요해서 묻지 않았습니다. 작년 오뉴월 사이에 안성의 한 마을 양반들이 석남사(石南寺)에 모였을 때, 이름난 중이 가까운 암자(傍菴)에 와 있다는 말을 듣고 사람을 보내 불러오게 하였으나 그 중은 끝내 가보는 것이 마땅하지 않다고 여겼습니다. 이에 양반네들이 분노하여 나이 어린 비구니를 이끌고 가서 그를 터무니 없이 모함하여 관에 고발하였습니다. 그는 두 차례의 형문을 벌인 후에 비로소 풀려났으나 돌아갈 곳이 없어 저희 집에 왔습니다. 저의 처는 형문 받은 그를 가련하게 여겨 머무르게 하며 잘 보살펴주었습니다. 그러다가 마을 양반과 관인들이 죄인을 받아들여 보호한다고 공갈(恐喝)의 말을 마구 퍼부었습니다. 결국 그를 내보내려고 할 때, 저의 처가 솜 바지와 장삼을 만들어 주었습니다. 그 중은 저희 집에서 죽산 기동(基洞)의 이 첨지라 칭하는 사람의 집에 갔다가 이내 다른 곳으로 옮겨갔다고 합니다. 저는 본래 그 중의 이름이 어떻게 되

---

55 연비(燃臂)는 팔뚝을 향불로 태워 입도의 맹세를 보여주는 입문의례라 할 수 있다.

는지, 그리고 나이가 얼마쯤 되는지 알지 못하였으며, 단지 저희 집에 내왕했을 때, 관례에 따라 적당히 대했을 뿐입니다. 저의 처는 본명이 백아개이며, 소위 묘향이라는 것은 중이 지어준 법명입니다. 어려서부터 수양해왔다는 사항에 대해서는 전혀 근거가 없으며, 결코 알지 못하는 것입니다.

　상고하여 시행하실 일.

○ 同日, 驛吏金戒宗, 年七十一, 白等.

僧人處瓊在襁褓時, 矣妻妙香傳授於女僧丁氏而養育, 年歲稍長之後, 出給於僧人處, 且給處瓊生産年月, 所書之小紙是如爲有昆, 矣妻所爲之事, 矣身必無不知之理, 其間事狀, 詳細現告亦.

推考教是臥乎在亦.

矣身本以良才驛吏, 三十三四年前, 京中水閣橋下居, 兩班家使喚婢子白了介交嫁, 下去安城地, 仇火驛于今二十餘年是白在果, 甲寅年, 有一名僧, 來在竹山普山窟是如爲白乎矣. 矣身段, 老且病不得往見爲白遺, 矣妻白了介一番往見, 再往燃臂, 仍以爲師爲白有如乎. 其後同所謂名僧, 來矣身家爲白有去乙, 矣身觀其容兒, 非常僧之比, 行步言語亦似異凡, 而問其根因, 則只答以'早失父母丐乞之人'是如爲白遺, 不肯明言爲白乎等, 以不爲强問爲白有如乎. 上年五六月間, 安城一鄕兩班, 會于石南寺之時, 聞名僧之來在傍菴, 送人招之, 而其僧終不宜往, 則兩班輩發怒, 聚率年少女尼是如, 構誣告官. 施以二次之刑始爲放送, 而無所於歸, 來矣家是白去乙, 矣妻憐其受刑, 留置善護爲白如可, 一鄕兩班及官人輩, 容護罪人是如, 多有恐喝之語是白乎等以, 卽爲出送之際, 矣妻造給襦袴及長衫是白乎旀, 同僧人自矣家, 往竹山基洞李僉知稱號人家, 仍爲轉向他處是如爲白在果.

矣身段, 本不知僧名之爲何僧, 年之幾許, 而只於往來矣家時, 循例者過而已. 矣妻段本名白了介, 而所謂妙香者, 卽僧人所命之法名也. 至於自少收養, 一欸千萬無據, 全然知不得.

相考分揀施行敎事.

🪷 같은 날, 모의장(毛衣匠)[56] 한천경 56세

다음과 같은 추문내용을 임금께 아뢰었다.

행동거지가 황당한 중 처경을 죄인의 집에 맞아 들였다가 잡혔으니, 그 중의 신원(根脚)을 모를 리 없을 것이니, 사실대로 바르게 고하라.

임금께서 이 같은 내용을 추문하라 하셨기에, 다음과 같이 죄인의 진술을 받았다.

제가 나이 오십이 다되도록 자녀가 없었기에 사하리(沙河里)[57] 약사(藥寺)에 기도하든가, 혹은 홍제원(弘濟院)[58] 석불(石佛)[59]에 기도하는 등, 여러 영험한 곳을 찾아가 기도하다가 마침 사내 하나를 얻었고,

---

56 모의장은 털옷을 만드는 장인을 일컫는다.

57 신덕왕후의 능이 있던 지역으로 현재의 정릉동에 해당한다.

58 중국 사신들이 성안으로 들어오기 전에 묵던 공관을 말한다.

59 문종 대의 기록에 의하면, 홍제원 석불에 대한 신앙이 당시에 굉장한 인기를 얻었던 것으로 보인다. 본래 땅 속에 묻혀 있던 것을 발견하여 다시 세운 것이라 알려졌는데, 사람들이 영험함을 믿고 매일 천여명이 찾아와 기도하였다고 한다. 『文宗實錄』 권6, 문종 원년 3월 신해, 임자.

지금 나이 아홉입니다. 사람들이 모두 기도하여 얻은 자식은 반드시 기도로써 복을 얻어야 한다고들 하기에 저는 매년 공불(供佛)하는 것을 상례화했습니다. 때마침 원통암(圓通菴)에 벙어리(啞者) 한 명이 옥불(玉佛)을 얻어 말할 수 있게 되었다는 얘기를 듣고 사람들이 모두 그에게로 달려가 기도하였습니다. 저는 올 봄과 여름에 연이어 원통암에 가서 공불(供佛)하였는데, 단지 두 명의 중이 있었을 뿐이었고, 7월 그믐 쯤에 세 번째로 공불을 하였을 때, 비로소 처경을 보았습니다. 그는 나이가 꽤 어렸고 용모는 청수(清秀)하였습니다. 제가 그의 성명과 출신을 물었더니 모른다고 답했습니다. 제가 두 세 차례 강요하다시피 물었지만 끝내 아무 말도 없었습니다. 그러다가 금년 10월 쯤에 박(朴) 거사와 김(金) 거사, 그리고 또 다른 김 거사 등 세 사람이 처경과 더불어 저의 집에 왔었습니다. 저는 중이 어떤 일로 경성에 들어왔는지 물었습니다. 이에 처경은 정릉(貞陵)의 중들이 갑자기 시기하는 마음이 일어 원통암의 옥불을 공연히 탈취하였기에, 분한 마음을 이기지 못하고 형조(刑曹)에 알리려 왔다고 답하였습니다. 저는 영이(靈異)한 부처가 어찌 정해진 주인이 있겠으며, 반드시 되찾고자 하는 것이 가능한지도 알 수 없다고 답하였습니다. 저는 내역(內役)으로 매우 바빴으며, 처경과 거사들은 10일을 머물렀는데, 5일간은 저의 집에서 유숙하고 나머지 5일은 다른 집으로 갔습니다. 저는 처경이 간 곳을 추적하였는데, 하루는 대사동(大寺洞)[60]에 있는 정(鄭) 참판의 집에 갔고, 또 하루는 주자동(鑄字洞)[61]에 거하는 여(呂) 생원의 집에 갔

---

60 대사동(大寺洞)은 탑사동(塔寺洞)으로도 불리는데, 아마도 원각사(圓覺寺)라는 큰 절이 있었던 곳이어서 대사동으로 명명된 것이리라 짐작된다. 『漢京識略』 권 2, 各洞, 大寺洞. 참조.
61 한성부 남부 훈도방에 속하며 주자소(鑄字所)가 있던 지역이다.

으나 유숙하지 않은 채, 나이 들어 제대한 포수(砲手) 정가(鄭哥)의 집
으로 옮겨가 투숙하거나 혹은 건천동(乾川洞)[62]에 있는 권(權) 거사의
집에 갔습니다. 소위 권 거사의 이름은 모르지만 그의 집은 어디인지
알고 있는데, 그 집은 일찍이 여러 거사들이 머물렀던 주인(主人)집이
었습니다. 처경의 신원에 대해서는 제가 살펴 물었지만 끝내 말하지
않았습니다. 박 거사 및 두 김 거사에게 물었을 때, 비로소 그가 소현
세자(昭顯世子)의 유복자로서 복창군(福昌君)의 사촌이라고 처경의 출
신을 말해주었습니다. 저는 그것을 듣고 놀랍고 이상스러웠습니다. 하
루는 귀가리개(耳掩)를 만드는 일로 복창군의 집에 가서 복창군에게,
"원통암에 처경이라는 자가 있는데 용모가 청결하여 흡사 양반과 같
으나 절대로 자신의 신원에 대해서는 말하지 않지만, 집으로 불러다
물으면 혹시 알 수도 있지 않을까요?" 라고 말하였습니다. 그랬더니
복창군이 "과연 그렇다하더라도 어찌 양반이 중이 될 수 있겠는가?"
라고 하였습니다. 그 후 영상대감이 저를 불러 물어보실 때, 저는 위
에서 말한 사항의 곡절(曲折)을 하나하나 대답하였습니다.

　상고하여 시행하실 일.

○ 同日, 毛衣匠韓天敬, 年五十六, 白等.

行止荒唐僧人處瓊, 容接於矣身家而被捉, 則僧人根脚宜無不知之理, 從
實直告亦.

推考教是臥乎在亦.

矣身年近五十, 無一子女, 故或禱于沙河里藥寺, 或祈于弘濟院石佛, 靈驗

諸處, 無不祈禱爲白如乎, 適生一男, 年今九歲, 而人皆謂禱而得生者, 必禱而獲福是白乎等以, 矣身每年, 供佛率以爲常矣. 適聞, 圓通菴有一啞者, 得玉佛而能言, 人皆奔彼往禱. 矣身於今年春夏, 連往圓通庵供佛, 則只有二僧是白如乎, 七月晦日間, 三次供佛時, 始見處瓊. 而年歲甚少, 容兒淸秀是白去乙, 矣身問其姓名根脚, 則答以不知. 矣身再三强問, 而終不言說是白如可, 今十月分, 朴居士·金居士又金居士, 並三人與處瓊, 來到矣家. 矣身問僧人, ‘何事入京城耶?’. 處瓊答以‘貞陵僧人輩, 遽生猜忌之心, 圓通玉佛, 公然奪取, 不勝憤憤, 欲呈刑曹而來’云是白去乙, 矣身答以‘靈異之佛, 寧有定主, 而必欲還推, 未知其可’是如爲白遣. 矣身則以內役奔忙爲白如乎, 處瓊及居士等, 仍留十日, 而五日則留宿矣家, 五日則出往他處, 而矣身踵處瓊之所往, 一日則往于大寺洞鄭參判家, 一日則往于鑄字洞呂生員家, 而不爲留宿, 轉往投宿于老除砲手鄭哥之家, 或往于乾川洞權居士家. 所謂權居士, 名雖未知, 家則知之, 而諸居士所嘗主人之處是白齊. 同處瓊根脚段, 矣身又加詳問, 而處瓊則終不言爲白遣. 問於朴金三居士, 則始言處瓊根派, 而以爲昭顯世子遺腹子, 福昌君之四寸云是白去乙, 矣身聞之驚恠. 一日, 以耳掩造作事, 往于福昌君房, 言于福昌君曰: “圓通庵有僧處瓊者, 顔兒淸潔, 有似兩班, 而絶不言其根脚, 自家招問之, 則或可知之.” 福昌君答曰: “果然則, 無乃以兩班爲僧者耶?”云云是白齊. 其後, 領相大監, 招問矣身之日, 矣身以上項曲折, 一一對答爲白有置. 相考施行教事.

✿ 같은 날, 거사 김선명 64세, 박인의 65세, 김자원 75세.

다음과 같은 추문내용을 임금께 아뢰었다.

죄인들은 승 처경과 도처를 다니면서 좌우를 떠나지 않았고, 그 행동거지에 있어서도 지극히 수상함이 있었을 뿐만 아니라 한천경의 진술에 따르면, 죄인들이 자신에게 "이 스님은 소현세자의 유복자이므로 복창군과는 사촌형제가 된다"고도 하였다 한다. 처경은 어떤 중이며, 어느 곳에 거주하다가 서울에 들어온 것이며, 죄인들은 어떻게 그 중의 신원을 알고 한천경에게 전하였는지, 그리고 죄인들의 신원이 어떻게 되는지도 사실대로 바르게 고하라.

임금께서 이 같은 내용을 추문하라 하셨기에, 다음과 같이 죄인들의 진술을 받았다.

김선명(金善明): 저는 양반집의 노비로서 양주(楊洲) 해등촌(海等村)[63]에 거했습니다. 나이 마흔을 넘긴 후, 비로소 거사가 되어 빌어먹는 것으로 삶의 밑천을 삼았습니다. 작년쯤엔가 다른 거사 2명과 여자 거사[64] 2명과 같이 원통불당(圓通佛堂)에 갔었습니다. 그런데 금년 5월에 승 처경도 광주(廣州) 약사전(藥師殿)으로부터 그 불당에 이르렀기에, 그에게 근인(根因)을 물었더니 자칭 걸승(乞僧)이라 하였습니다. 걸승이라 하기에 그와 더불어 같은 곳에서 수개월을 함께 지냈습니다. 양주관아에서 처경을 산성을 수비하는 중(義僧)[65]으로 보내려 하자 처경은 "내가 복창군의 사촌인데 어찌 관역(官役)에 침해당할 수 있는가?"라고 말하였습니다. 제가 "어떻게 복창군과 더불어 사촌이 되는

---

63 현재 노원구 방학동에 해당되는 지역으로, 『新增東國輿地勝覽』 양주목의 기록
에 따르면 양주목 남쪽으로 30리에서 50리 사이에 위치한 마을이었다.

64 여자 신도의 경우에도 거사(居士)라는 말을 사용하고 있다.

가?"하고 물었습니다. 그랬더니, 처경은 "내가 곧 소현세자의 막내아들이다"라고 대답하였습니다. 저는 이 말을 한천경에게 얘기했습니다. 이 외의 신원에 대해서는 알지 못하거니와 이번에 처경이 입성했을 때에 저는 따르지 않았습니다. 그러다가 양주관아에서 기우리(忌憂里)의 도로를 수리하는 일로 처경을 화주(化主)[66]로 차정하였다기에, 제가 이 기별을 알리기 위해 원통암으로 들어와 있다가 함께 잡혀온 것입니다.

상고하여 시행하실 일.

○ 同日, 居士金善明, 年六十四, 朴仁義, 年六十五, 金自遠, 年七十五, 白等.

矣徒等, 與僧人處瓊, 到處隨行, 不離左右爲臥乎所, 其爲行止極爲殊常是沙餘良, 韓天敬所供內, 矣徒等, 言於天敬曰: "此僧乃昭顯世子遺腹子, 故與福昌君爲四寸兄弟"云云是如爲有置. 處瓊段, 以何樣僧, 住在何處是如可, 入來京中是旀, 矣徒等, 何以知僧人根派, 而傳說於天敬是如乎喻, 矣徒等根脚幷以從實直告亦.

---

65 본문에 나온 '義僧'은 산성을 지키는 역을 진 승려를 말한다. 임진왜란 때 전국적으로 승군이 모집되어 참전한 이래, 북한산성과 남한산성의 축조와 방어는 승군 입역(入役)으로 관례화 되었다. 처경 당시에 남·북한산성의 승군은 각지의 승려들이 교대로 입역하며 신역(身役)에 가담했을 것이다. 이러한 상황은 양인의 감소로 인한 요역(徭役)의 결핍을 승역이 보충할 수밖에 없었던 17세기의 사회적 배경과 맥을 같이 한다. 산성의 축성, 궁궐의 조영, 산릉의 조성 등과 같은 토목공사에 참여함으로써, 도첩이나 호패를 지급받아 공인된 승려의 자격을 얻을 수 있었던 것이 당시 조선후기의 상황이었다(이종영, 「僧人號牌考」, 『동방학지』 17, 연세대학교 동방학연구소, 1963).

66 화주(化主)는 보통 시물(施物)을 걷어 사찰에 제공하는 시주승과 상통하나 여기에서는 노동력을 동원해 도로 수리, 건축물의 건립, 조형물의 제작 등을 도맡은 책임자를 뜻하는 것으로 보인다.

推考敎是臥乎在亦.

金善明段, 矣身以兩班家奴子, 居在楊州海等村是白在果, 年過四十之後, 始爲居士, 丐乞資生爲白如乎. 上年分, 與他居士二人, 及女居士二人, 同住於圓通佛堂是白如乎. 今年五月, 同僧人處瓊, 亦自廣州藥師殿, 來到佛堂是白去乙, 問其根因, 則自稱乞僧, 故與之同處者, 數月矣. 楊州官, 以處瓊定送義僧于山城, 則處瓊言曰: "我是福昌君四寸, 何以見侵於官役?"云云是白去乙, 矣身問曰: "何以與福昌君爲四寸乎?"處瓊答曰: "我則昭顯世子末子"云云是白乎等以, 矣身以此言說于韓天敬爲白遣. 此外根脚知不得爲白在果, 今番處瓊入城時段, 矣身則不爲隨行爲白有如可, 楊州官, 以忌憂里道路修治事, 處瓊身乙, 差定化主是白去乙, 矣身爲通此奇, 自圓通入來爲白有如可, 混同被捉爲白有置.

相考分揀施行敎事.

🏵 박인의(朴仁義): 저는 본래 남양(南陽)[67]에 살고 있는 사람입니다. 나이 먹어 군역에서 제대한 후, 처자식 없이 제 한 몸뿐이었습니다. 그러므로 작년에 거사가 되기 위해 도봉산 원통암에 들어갔습니다. 김선명과 더불어 단 둘이 함께 지내다가 금년 4월경에 처경이 삼전포(三田浦)[68] 약사사(藥師寺)로부터 그곳에 이르렀는데, 김(金) 거사라는 자도 처경의 옷 보따리를 지고 함께 왔습니다. 처경의 사람 됨됨이를 살펴보니 그 용모가 청수하여 보통의 중과는 같지 않았습니다. 밥을 먹는데 숟가락을 사용하지 않고 단지 젓가락만으로 몇 차례 밥을

---

67 지금의 화성지역으로 조선시대에는 남양도호부(南陽都護府)로 일컬어졌으며, 동쪽의 수원부와 경계를 이루고 있었다.

68 현재 송파지역의 나루로서 당시에는 광주목에 속하였다.

먹고는 그쳤을 뿐이며, 데운 것이나 찬 것을 마시지 않았습니다. 그가 먹은 것을 보니 기력을 지탱하고 보존할 수 없는 듯했지만, 송경(誦經)을 이끌어 가는 그 목청만큼은 매우 맑았습니다. 절에 중이 없어 불공(佛供)하러 오는 이가 없었는데 처경이 오자 많은 사람들이 그를 만나보러 왔습니다. 힘들고 괴로운 일을 벗어내려는 마음을 가지고 저희들도 머물렀으며, 매우 간절하게 그를 높이 받들었습니다. 이번 10월경에 저는 양식을 구걸하기 위해 먼저 서울로 들어갔고 수일이 지난 후에 처경이 따라 올라왔습니다. 제가 그에게 올라온 이유를 물었더니, 그는 정릉의 중이 원통암의 옥불을 탈취하여 완전히 능욕(凌辱)하는 지경에 이르렀기에 달리 참지 못하고 옥불을 되찾고자 들어오게 되었다고 답하였습니다. 그가 왕래한 곳은 안국동(安國洞)의 정(鄭) 판서댁과 주자동(鑄字洞)의 여(呂) 진사댁이었는데, 정 판서댁은 영안위궁(永安尉宮)[69] 뒤쪽이었습니다. 처경의 신원에 대해서는 처음엔 두루뭉술하게 서울에 있던 족속이라고 했으나 오랜 후에는 복창군이 자신의 동성 사촌이라고 하였습니다. 저는 실제로 이것을 한천경에게 선해주었고, 영상대감께서 저를 불러 물어보셨을 때에도 이것으로 진달하였습니다. 소현세자의 유복자라는 설과 궤에 넣어 물에 던져졌다는 설은 거사 김자원(金自遠)이 말한 것이지 저는 일찍이 그것을 입 밖에 낸 적이 없습니다.

　상고하여 시행하실 일.

○ 朴仁義, 矣身段, 本以南陽居生之人. 老除軍役之後, 無妻無子, 一身單

69　영안위궁(永安尉宮)은 선조의 딸인 정명공주(貞明公主)와 결혼하여 영안위(永安尉)에 봉해졌던 홍주원(洪柱元, 1606-1672)의 집안을 말하는 것으로 보인다.

獨乙仍于, 自上年爲居士, 來接于道峯山圓通庵. 與金善明, 只二人同居爲白如乎, 今年四月分, 同處瓊, 自三田浦藥師寺來, 而金居士者爲處瓊, 負衣袱偕至是白去乙, 觀處瓊之爲人, 容皃淸秀, 不似凡僧. 喫飯不用匙, 只以著數次取飯喫, 如是而止, 又不飮熟冷. 自其所喫者見之, 則似不能支保氣力, 而引導誦經, 其聲甚亮叱分不喩, 寺若無僧, 佛供不來, 故處瓊則人多來見. 有厭苦避往之意, 而矣身等留之, 頗懇仍爲尊事之矣. 今十月分, 矣身則爲乞糧資, 先入京中爲白有如乎, 後數日, 處瓊隨而入來爲白去乙, 矣身問其來由, 則答以'貞陵僧人, 奪取圓通玉佛, 凌辱備至乙仍于, 殊不堪忍, 欲爲還推玉佛, 入來'云云. 而其所往來之處, 卽安國洞鄭判書家, 及鑄字洞呂進士家, 而鄭判書家則在永安尉宮後是白齊. 同處瓊根脚段, 初則泛稱, 京中自有吾族屬云, 而久後乃言, '福昌君, 是吾之同姓四寸'云云是白去乙, 矣身果以此傳說於韓天敬爲白遣, 領相大監, 招問之時, 亦嘗以此爲達爲白有置. 至於昭顯世子遺腹子, 及盛樻投水之說段, 居士金自遠之所達, 而矣身則未曾發口是白去乎.

相考施行敎事.

✿ 김자원(金自遠): 저는 수원(水原) 군졸로 나이 들어 제대한 후에 마땅히 연명할 길이 없어 갑진년(1664)에 거사가 되어 동서로 다니며 구걸하는 것으로 명을 부지해왔습니다. 그러다가 작년에 드디어 양주 원통불당(圓通佛堂)에 들어와 살게 되었고, 광주(廣州) 약사전(藥師殿)에 수륙재(水陸之會)[70]가 있다는 것을 듣게 되었습니다. 약사전에 가서 수륙재를 보았을 때에 승 처경도 거기에 있었는데, 용모와 언동이

---

70 문자적으로는 물과 육지에서 방황하는 영혼을 구제하기 위한 불교적인 공양(供養) 의식을 말하며, 원혼을 위로하고 천도시키는 불교적인 사령제라 할 수 있다.

평범한 중들과는 달랐습니다. 이에 마음이 매우 기뻐 함께 동거할 뜻을 말하였더니 처경이 곧바로 허락하여 마침내 그와 더불어 모두 불당으로 오게 되었습니다. 양주관아에서 처경을 산성을 수비하는 중으로 보내려 하자 처경은 한통의 편지를 써서 저에게 주고는 안국동의 정 판서댁에 전달하라고 시켰습니다. 저는 곧바로 그 편지를 정 판서댁에 전달했으나 그 댁에서 답장을 주지는 않았습니다. 제가 돌아와 처경에게 말하였더니 처경이 친히 입성하여 정 판서를 만나 보고 난 다음에 사직동(社稷洞)에 갔었다고 합니다. 당초부터 제가 본 처경의 행동거지가 이상하여 시험 삼아 스님의 부모가 계신지 안 계신지의 여부를 물었더니, 모두 돌아가셔서 더는 의탁할 곳이 없다고 답하였습니다. 그러기에 저는 다시 "지나간 병술년(1646)에 함에 아기를 넣고 물 속에 던졌다는 설을 제가 일찍이 들었는데, 그이가 바로 스님(師)이 아닌지요?"하고 했는데, 처경은 웃기만 할 뿐 대답하지 않았습니다. 다시금 강요하다시피 물었더니 처경은 복창군이 자신에게 사촌뻘 친척이라고 할 뿐이었습니다. 저는 이것을 실제로 한천경에게 전하였습니다.

　상고하여 시행하실 일.
○ 金自遠段, 以水原軍卒, 老除之後, 無以聯生乙仍于, 甲辰年爲居士, 東西行丐, 以爲命是如可, 上年分, 始爲來住於楊州圓通佛堂, 而聞有廣州藥師殿水陸之會, 往觀之際, 同僧人處瓊亦在其中, 而容兒言動異於常僧, 故心甚悅之, 以偕往同居之意言之, 則處瓊卽許之, 遂與之偕來佛堂是白如乎. 楊州官, 以處瓊定送義僧於山城, 則處瓊作爲一封書, 授矣身, 使之往傳於安國洞鄭判書家是白去乙, 矣身卽傳其書於所謂鄭判書家, 則其家不爲答書. 矣身歸言於處瓊, 處瓊親爲入城往見鄭判書, 而仍往社稷洞是白遣. 當初, 矣身見處瓊行止之異, 凡試問之曰: “僧之父母在否.” 答曰: “俱沒而更無依賴處”是如爲白去乙, 矣身又曰: “泩在丙戌年間, 以函盛兒投諸水中之說, 我嘗聞之, 矣此無乃師乎?”云爾, 則處瓊咲而不答, 又爲强問, 則處瓊只云, “福昌君, 於我爲四寸親也”云云是乎等以, 矣身以此, 果爲傳說於韓天敬是白置.

相考施行敎事.

❀ 같은 날, 의금부낭청이 여러 대신들의 의견을 가지고 아뢰었다.

국옥(鞫獄)의 사체(事體)가 지엄합니다. 그런데 중죄인들을 각기 별도의 처소에 둠으로써 서로 통할 수 없게 하는 것은 전부터 지켜온 규례입니다. 더구나 오늘에 있어서도 신들은 특별히 신칙(申飭)하여 죄인들을 각각 나누어 두게 했습니다. 그러나 거사 세 명을 가까운 자리에 섞어 두어 서로 볼 수 있는 상황이 되고 말았습니다. 이로써 추문의 내용이 탄로라도 난다면 일이 매우 놀랄 만합니다. 해당 금부도사를 먼저 파직한 후에 추고하는 것(先罷後推)[71]이 어떻겠습니까?

임금께서 일이 지극히 괴롭고 놀라우니 (금부도사를) 나문(拿問)[72] 하여 처리하라고 답하셨다.

○ 同日, 義禁府郎廳, 以諸大臣意啓曰: “鞫獄事體至嚴. 且重罪人各置別

---

71 조사한 후에 파직 여부를 결정하는 것이 아니라 먼저 파직시키고 난 후에 조사하게 하는 선조치 후조사를 말한다.

72 죄인을 잡아다 심문하는 것을 말한다.

處, 使不得相通, 乃是從前規例. 況今日則臣等別爲申飭, 使之各置. 而居
士三人, 混置近處, 致令相見之狀. 自爾現露於推問之時, 事甚可駭. 當駁
禁府都事, 先罷後推, 何如?" 答曰, "事極痛駭, 拿問處之."

🪷 같은 날, 아뢰었다.[73]

　처경을 공초할 때에 제대로 인정하지 않았고, 질문에 따라 즉시 답
한 것에도 교묘하게 꾸며낸 상황이 많습니다. 특히 그가 입수한 소지
(小紙)에 있어서는 더욱 의심의 여지가 많아 마땅히 상세하게 진달되
어야만 합니다. 그러나 처경이 진술한 바에 따르면, 그가 강보에 싸여
있을 때, 나인(內人)이 여승(女僧) 정씨(丁氏)에게 내어 주었고, 정씨가
다시 묘향(妙香)에게 건네주었으며, 그 뒤 10세 이전까지 묘향에 의해
양육되었는데, 묘향이 그를 어느 중에게 보낼 때에, 비로소 왜능화지
에 그의 생년월일시가 씌어져 있는 소지(小紙)를 주면서, 그것이 그의
의대에 매어져 있었던 것이라고 말해 주었다고 합니다. 상세하게 알려
진 치경의 신원내용이 묘향이 진술한 것과는 전혀 같지 않습니다. 묘
향이 진술한 바에 따르면, 갑인년(1674)에야 비로소 어느 나이 어린 중
이 곡기를 끊고 먹지 않는다는 말을 듣게 되었고, 사람들이 그를 생
불이라 칭하기에 무리를 따라 가서 만나보게 되었으며, 연비와 수계의
식을 치른 후, 그를 스승님(師)으로 삼아 우러러 모셨을 뿐이지, 정씨
가 어떤 사람인지 전혀 모르고, 정씨로부터 처경을 전해받았다는 설
도 완전히 근거 없는 것이라 합니다. 두 사람의 진술이 서로 어긋나고

---

73 보고의 주체가 나와 있지 않으나 위에서 보고했던 의금부낭청에서 다시 임금께
　　아뢴 내용으로 보인다.

있으므로 반드시 한 곳에서 면질(面質)함으로써 한결같은 결론을 얻어야 합니다. 김계종, 한천경, 김선명, 박인의, 김자원 등 5인이 진술한 내용은 다시 심문하는 일이 없이도 죄로 간주할 만한 실마리들이 있지만, 이들 모두 지엽(枝葉)에 불과하므로 잠시 처경 등의 죄상을 가린 후에 다시 재가를 얻어 처리하여도 늦지 않습니다. 이른바 죽산의 이 첨지는 비록 묘향의 공초에 나오기는 했으나 단지 '처경이 안성에서 형을 받은 후에 그 집에서 이씨네 집으로 옮겨 갔다'는 말만 있었을 뿐입니다. 따라서 그 말이 그도 굳게 얽혀 있었음을 드러내 주는 증언이라고 하기에는 별로 관련성이 없어 보이므로 잠시 내버려 두는 것이 마땅하다고 봅니다. 또 각 죄인들이 진술했던 정 판서나 정 참판은 그 말의 맥락을 헤아려 볼 때, 아마도 한 사람을 가리키는 듯합니다. 이른바 여 진사나 여 생원 역시 한 사람입니다. 처경이 말한 정행일(鄭行一)은 예조참판 정지호(鄭之虎)의 아들입니다. 정씨와 여씨 양가는 모두 공불양질(供佛禳疾)[74]로 인해 처경을 알고 지내던 사이이긴 하지만 미리 심문해야 할 단서가 없으므로 이들도 처경 등을 면질하여 죄상을 가려내기를 기다린 후에 다시 재가를 얻어 처리하는 것이 마땅할 듯합니다. 복창군의 누이집의 종은 처경의 발언들을 듣고도 신고하지 않았을 뿐만 아니라 처경을 서울로 이끌고 들어와 억울함을 풀어내도록(伸暴) 유도하였습니다. 우선적으로 이 여자를 잡아들여 심문하는 것이 어떻겠습니까?

임금께서 보고한 대로 거행하라고 답하셨다.

---

74 부처를 공양하며 치병하는 의식을 말한다.

5경(更) 3점(點)[75]에 잠시 추국을 파하였다.

○ 同日, 啓曰: "處瓊供招之際, 不肯, 隨問卽告, 多有修飾之狀. 其所納小紙尤涉可疑. 此則從當詳細陳達, 而處瓊所供則曰, 渠在襁褓時, 內人出授於女僧丁氏, 丁氏移給於妙香, 十歲以前爲妙香之所養育, 妙香給渠於僧人之時, 仍給倭綾花所書之小紙, 其紙中書, 渠之生年月日時, 而妙香言, 此紙繫於渠之衣帶云云. 詳知處瓊根派者, 宜莫如妙香, 而妙香所供則曰, '甲寅年, 始聞有年少僧人, 絶穀不食, 人稱生佛, 隨衆往見, 燃臂受戒, 尊以爲師而已, 旣不知丁氏之爲何許人, 傳受處瓊於丁氏之說, 千萬無據' 云. 兩人所供, 若是其相左, 必須一處面質, 方可歸一. 金戒宗·韓天敬·金善明·朴仁義·金自遠等五人所供, 不無更問之事, 亦有可罪之端, 而此皆枝葉, 姑待處瓊等卜覈後, 稟處未晚. 所謂竹山李僉知, 雖出於妙香供辭中, 不過曰, '處瓊在安城受刑後, 自渠家移往李家.' 別無關緊現出之語, 姑置宜當. 且各人供辭, 所謂鄭判書·鄭參判, 觀其語脉, 似是一人. 所謂呂進士·呂生員, 亦是一人. 處瓊所謂鄭行一, 卽禮曹參判鄭之虎之子, 而鄭呂兩家, 皆因供佛禳疾, 雖與處瓊相識, 姑無先問之端, 此亦待處瓊等面質卜覈後, 稟處似當. 而至於福昌君妹家婢子, 不但不告處瓊之所言, 且有指揮處瓊, 入來京中, 伸暴之語. 此則爲先拿問, 何如?" 答曰: "依啓."

五更三點, 姑罷.

보충

　세 번째 날에는 훈련도감 북영에 마련된 추국장에 영의정 이하 31
명의 고위 요직자 및 실무자가 참석한 가운데, 승 처경(32세), 처경을
수양했다고 지목된 묘향(67세)과 김계종(71세) 부부, 처경 일행의 숙
박을 알선했던 주인 한천경(56세), 처경을 따르던 거사였던 김선명(64
세)·박인의(65세)·김자원(75세) 등에 대한 1차 심문이 이루어졌다.

　먼저, 처경은 소현세자의 유복자로 태어나 왕실로부터 여승 정씨에
이어 묘향에게로 건네져 양육되다 승려가 되었고, 도봉산 원통사로
옮겨온 뒤, 왕실 및 고관과의 접촉을 벌여온 상황들을 진술하였다. 이
에 반해, 궁밖으로 전달된 어린 처경을 받아 키워온 수양인으로 지목
된 묘향은 자신이 처경의 수양인이 아니라 비범성으로 인해 생불로
추앙받던 처경을 사승으로 모시는 신도에 불과하였다는 점을 강조하
였다. 그러나 처경의 외모를 대하며, "앞에서 보면 생불같고 뒤에서 보
면 왕자같다"는 묘향의 언급은 장차 처경으로 하여금 자신이 소현세
자의 유복자라는 정체성을 확립하도록 부추긴 언사로 주목받을 소지
가 충분하였다. 묘향의 남편인 역리 김계종도 아내(백아개)가 비범한
승려 처경을 추종하다 연비의식을 치루고 법명(묘향)을 받은 제자였
다는 점을 밝히고, 명승으로 알려진 처경이 당시 안성지역의 양반과
갈등하다 관아의 조사를 받고, 잠시 자신의 집에 머물며 몸을 추스렸
던 상황을 진술하였다.

　한편 처경 일행의 숙박을 알선했던 주인 한천경은 여러 영험처를
돌며 기도한 끝에 느지막이 얻은 아들을 위해 원통암의 옥불에 공불

하는 과정에서 처경을 만나게 되었고, 후에 처경 일행이 자신의 집에 머무를 때, 동행한 거사로부터 처경이 소현세자의 유복자이며 복창군의 사촌이라는 점을 듣게 되었다고 진술하였다. 처경과 함께 한천경의 집에 찾아왔던 거사 3인(김선명, 박인의, 김자원)은 걸승 노릇을 하며 처경과 동행한 사이였고, 간혹 처경으로부터 '소현세자의 막내아들' 혹은 '복창군의 사촌'이라는 신원정보를 직접적으로 들었다고 진술하였다.

이날의 심문기록에서 처경의 소현세자유복자설과 묘향수양설이 주목된다. 묘향수양설은 처경의 왕실출생의 비밀을 지시하는 주요한 고리이지만, 묘향과 김계종 부부의 진술을 통해 크게 의심을 받게 되었다. 소현세자유복자설은 처경이 안성지역에서 출중한 외모와 의례적인 권능으로 인해 주변인들로부터 생불과 왕실지친(왕자)의 찬사를 받게 되는 과정에서 점차 확립되었고, 처경이 서울에 근거지를 마련하면서 본격화되었다고 할 수 있다.

병진년 11월 5일

11월 5일에는 추국이 다시 열려, 전날 서로 진술이 엇갈렸던 처경과 묘향 사이에 대질심문이 진행되고, 이어 사노비인 숙이의 심문이 계속되었다. 처경과 묘향 간의 대질 과정에서 소현세자유복자설과 묘향수양설이 추문관의 주목을 끌었다. 결국 처경은 자신이 묘향에 의해 수양되었다는 그간의 진술을 포기하였지만, 자신의 출생의 비밀이 적혀 있는 능화지를 전해준 이를 묘향이라고 지목하였다. 묘향은 처경을 수양했다는 혐의를 벗긴 했지만, 처경의 용모가 왕자와 유사하다고 언급하거나 버려진 소현세자의 아들을 처경으로 동일시함으로써, 처경의 소현세자유복자설을 부추긴 장본인으로 지목받았다.

🪷 병진 11월 5일 북영의 참석여부[76]

의정부영의정 허적: 참석

영중추부사 정치화: 병(病)

행판중추부사 정지화: 참석

의정부좌의정 권대운: 참석

의정부우의정 허목: 참석

행병조판서 김석주: 참석

판의금부사 유혁연: 참석

호조판서 오시수: 참석

행사헌부대사헌 김휘: 참석

이조판서 목내선: 참석

형조판서 정익: 참석

지의금부사 이지익: 참석

동지의금부사 이홍연: 참석

동지의금부사 경최: 참석

행사간원대사간 오시복: 참석

홍문관부제학 오정창: 참석

승정원동부승지 권유: 참석

사헌부집의 유명현: 참석

사간원사간 김환: 참석

사헌부장령 이일정: 참석

---

76 이날 추국장에는 병에 걸리거나 외지에 있거나 당직에 들어가거나 다른 업무로
차출된 관리를 제외한 33명이 참여하였다.

사헌부장령 박정설: 참석

사간원헌납 신익상: 외지에 있음

사헌부지평 유지: 참석

사헌부지평 송정렴: 참석

홍문관교리 권환: 감시시관으로 나감

홍문관부교리 목창명: 당직에 들어감

사간원정언 임당: 참석

사간원정언 박진규: 참석

홍문관수찬 강석빈: 참석

홍문관부수찬 유명견: 당직에 들어감

별문사낭청(別問事郞廳)

종부시정[77] 이유: 참석

성균관직강 이봉징: 참석

이조좌랑 유하익: 참석

이조좌랑 이담명: 참석

별형방(別刑房)

도사 심양필: 참석

도사 이주징: 참석

---

77 종부시(宗簿寺)는 왕실의 계보를 기록하고 왕족의 실정을 조사하던 기관이다. 그 기관의 상관인 시정(寺正)이 새롭게 별문사낭청으로 참석하게 된 것은 심문 과정에서 돌출한 처경이 소현세자의 유복자라는 설과 그리고 처경과 복창군과 의 접촉이 드러났기 때문인 것으로 보인다.

문서색(文書色)

도사 김성최: 참석

도사 김석: 참석

○ 丙辰十一月初五日, 北營進不進

議政府領議政 許 積 進

領中樞府事 鄭致和 病

行判中樞府事 鄭知和 進

議政府左議政 權大運 進

議政府右議政 許 穆 進

行兵曹判書 金錫胄 進

判義禁府事 柳赫然 進

戶曹判書 吳始壽 進

行司憲府大司憲 金 徽 進

吏曹判書 睦來善 進

刑曹判書 鄭 楷 進

知義禁府事 李之翼 進

同知義禁府事 李弘淵 進

同知義禁府事 慶 㝡 進

行司諫院大司諫 吳始復 進

弘文館副提學 吳挺昌 進

承政院同副承旨 權 愈 進

司憲府執義 柳命賢 進

司諫院司諫 金 奐 進

司憲府掌令 李日井 進

司憲府掌令 朴廷薛 進

司諫院獻納 申翼相 在外

司憲府持平 柳 楷 進

司憲府持平 宋挺濂 進

弘文館校理 權 瑍 監試試官進

弘文館副校理 睦昌明 入直

司諫院正言 任 堂 進

司諫院正言 朴鎭圭 進

弘文館修撰 姜碩賓 進

弘文館副修撰 柳命堅 入直

別問事郞廳

宗簿寺正 李濡 進

成均館直講 李鳳徵 進

吏曹佐郞 兪夏益 進

吏曹佐郞 李聃命 進

別刑房

都事 沈良弼 進

都事 李周徵 進

文書色

都事 金盛最 進

都事 金 碩 進

❀ 같은 날, 중 처경과 사노비 묘향을 한 자리에서 면질(面質)시켰다.

묘향(67세)이 처경(32세)에게 말했다.

나는 갑인년(1674)에 시주승(化主)으로부터 죽산 봉송암(鳳松庵)에 나이가 스물네다섯 되는 한 중이 곡기를 끊고 먹지 않는다는 이야기를 들었지요. 그해 6월 13일에 봉송암에 가서 처음으로 당신을 만나 뵙고 연비(燃臂) 의식을 행하고자 하였으나 때마침 몸에 병이 있어 행하지는 못했지요. 유두일에 다시 가서 만나 뵙고 비로소 연비와 수계(受戒) 의식을 거행하였지요. 그러면서 제가 당신에게 말하기를, "스님(師)은 연소하고 제 나이 늙었지만 저는 스님(師)의 어짊을 공경하오니 스님(師)을 저의 스승님(師)으로 삼고자 합니다"고 하였는데, 어떻게 내가 당신을 수양했다고 하시는지요? 나는 본래 사노비로서 상전인 민 영감댁에서 사환 노릇을 하다가 영감의 몸이 병고가 있은 후에 별실택(別室宅)[78]에서 사환 노릇을 했어요. 그러나 별당(別堂)에 자식이 없었으므로 적실 자식의 처자인 첨사(僉使) 의량(義亮)의 집에서 사환 노릇을 하였지요. 그러다가 나이 들어 역에서 풀려난 후 안성으로 내려가 지금까지 20여 년을 지냈지요. 저의 상전은 눈에 띄는 양반이라 모두가 알아보는데, 어찌 사대부가의 사환노비가 그대를 숨겨가며 양육할 리가 있겠습니까? 평생토록 여승 정씨에 대한 이야기는 일찍이 들어본 적이 없는데, 정씨가 제게 아이를 전해주었다는 말을 어찌 전혀 근거도 없이 거론하셨습니까?

---

78 별실(別室)은 첩의 집을 일컫는다.

처경이 묘향에게 말했다.

소현세자의 유복자를 나인이 여승 정씨에게 전해주었고, 정씨가 어느 중에게 건네주었다는 사연에 대해서는 비록 자세하게 알지 못 하지만, 병술년(1646) 즈음에 나를 창동(倉洞)에 사는 묘향의 집으로 전해주었고, 3세후에 다시 어느 지나가던 중에게 주었다는 설을 들은 듯하오. 소현세자의 설은 진정 그대가 내게 말하게 되면서 내가 비로소 알게 된 것인데, 그대는 어찌 감히 속이려 하시는가?

묘향이 말했다.

제가 언제 창동에 거한 적이 있습니까? 내가 상전을 따라 처음에 저전동(苧前洞)에 살다가 장흥동(長興洞)으로 이사한 후에 수각교 아래에서 거하였지요. 그러다가 제 아들이 장가들었을 때에 상전 댁의 행랑에서 행례하는 것을 며느리의 집에서 꺼렸으므로 사섬동(司贍洞)[79]의 포수(砲手)의 집을 산 후에 그리로 이사하여 성례(成禮)하였지요. 서울에 있을 때엔 알고 지내던 스님(僧)이 전혀 없었는데 어찌 스님(僧)과 왕래함이 있었겠으며 또 어느 스님(僧人)에게 당신을 전해줄 일이 있었겠습니까?

처경이 말했다.

---

[79] 명칭상으로 사섬시(司贍寺)가 있던 동부 숭교방(崇教坊) 부근이었을 것으로 추정된다. 사섬시는 저화(楮貨)의 주조와 외거노비(外居奴婢)의 공포(貢布) 등의 일을 관장하던 기관이었다.

　　그대가 창동에 거주했는지의 여부는 내가 어릴 때의 일이므로 어찌 상세히 알 수 있겠소? 다만 내가 열 살이 되기 전까지 그대에게 양육된 것만은 분명하오.

묘향이 말했다.

　　그대가 언제나 늘 부모가 없다 하기에 고집스레 물었더니, 걸인(乞人)으로 지내다 어느 골짜기에 처박혀 죽었는지 모른다고 말하였지요. 기필코 자세하게 알고자 하여 매번 간절하게 물었더니, 원주(原州)에 거주한다고들 하는데 상세히는 알 수 없다고 하지 않았습니까?[80] 제가 또 그대에게 묻기를, “당신의 부모가 이미 어렸을 때 돌아가셨다면 그 존함과 사세(事勢)를 알지 못하는 것이 당연할 터이지만, 그대가 스스로 자랄 수 없었다면 양육해준 사람이 있었을 텐데, 비록 남이 길러 주었다 해도 어찌 당신을 길러준 사람을 모를 수 있겠습니까?”라고 하였지요.[81] 그랬더니 당신께서 “내가 절에 들어가[82] 배움을 받을 때에 다른 아이가 삭발(削髮)하는 것을 보고 나도 머리를 깎고자 했더니 스승되시는 스님(師僧)께서 머리 깎고 중이 되는 것을 허락하셨다”고 답하셨지요.[83] 당신이 안성에서 형을 받고 난 후 하루 지나 제게 “중 노릇하는 것이 어려우니 환속하려 한다”고 말하셨지요. 제가 제 남편의 망건(網

---

80 이후 11월 15일에 진행된 추국과정에서 처경의 부친은 평해(平海) 향리 손도(孫燾)이며 모친은 양녀인 소죽(小竹)이었음이 드러난다.

81 실제로 처경이 세살 때에 아비인 손도가 사망하였고, 그후 모친과 함께 원주의 외삼촌집에 의탁하여 살았으며, 4-5년 뒤에 모친마저 사망하게 되자 처경은 외조모에 의해 양육되었다.

82 원문에 ‘上寺’로 되어 있는데, 특정한 절의 이름이라기보다는 불공을 드리러 산사(山寺)에 오르는 일을 표현한 것이라 보고 ‘절에 들어가’로 번역하였다.

巾)과 갓(笠子)을 가져다 당신이 착용하도록 하면서, 당신에게 "스님(僧)이든 속인이든 간에 용모와 거동이 다 좋습니다. 앞에서 보면 석가모니 부처님이고, 뒤에서 보면 왕자님이십니다."라고 말했지요. 당신께선 웃기만 할 뿐 대답이 없지 않았습니까?

처경이 말했다.

어렸을 때 당신의 집에서 수양되었는지의 여부에 대해서는 당신이 분명하게 말하지 않긴 했지만, 소현세자의 유복자라는 설과 나인이 정씨에게 전해주고 정씨가 어느 중에게 전해주었다는 설은 당신이 어찌 말하지 않았다고 하는가?[84]

묘향이 말했다.

유복자에 관한 얘기는 갑인년(1674) 이후가 되어서야 비로소 당신에게 말했었지요. 그런데 당신이 어릴 때에 서로 만나보지도 못했는데, 어떻게 그것을 말할 수 있었겠습니까? 제가 일찍이 당신에게 "스님(師)의 행동거지는 왕자의 모양과 아주 유사한데, 스님(師)은 여러 왕자의 가까운 친속(親屬)이 아닌지요? 소현세자에게 아드님이 셋[85]이 있었는

---

83 실제로 처경이 나이 12세에 이르러, 원주의 황산(黃山) 고자암(高自庵)에 거하는 지웅(智膺)에게 맡겨져 중이 된 것으로 확인된다.

84 처경은 묘향수양설에 대해서는 한발 물러서고 있으나 소현세자유복자설과 정씨 전달설의 진원지가 묘향이라는 주장에 대해서는 여전히 물러서지 않고 있다.

85 소현세자의 세 아들은 이석철(李石鐵), 이석린(李石麟), 이석견(李石堅) 등을 말한다.

데 전란 때에 그중 한 분을 잃으셨다고 하는데, 스님(師)이 그분 아닌지요?"고 말했지요. 그랬더니 당신께서 그대가 경안군(慶安君)[86]을 아느냐고 물으셨지요. 그래서 제가 경안군에 대해서도 들어봤다고 했더니, 당신이 "온양 온천[87]에서 목욕을 하고 돌아올 때, 중도에서 사망하였다"고 말하지 않았습니까?

처경이 말했다.

　스님(師)이 실제로 소현세자의 아들이라고 했던 설에 대해서는 그대가 왜 분명하게 말하지 않는가?

묘향이 처경의 팔뚝을 치면서 말했다.

　이 무슨 소리인가?

이에 처경은 더 이상 답하지 못 했습니다.

추문관[88]이 처경에게 질문했다.

　네가 이미 묘향에 의해 수양되었다고 했으니 묘향과 그대는 곧 모자

---

86 소현세자와 강빈 사이에 셋째 아들로 태어난 이석견(李石堅)을 말한다. 석철과 석린은 제주도 유배시절에 일찍 사망하였으며, 석견은 강화도로 이배되었다가 귀양에서 풀려난 뒤 1659년에 경안군으로 봉해졌지만 1665년 사망하고 말았다.

87 원문에는 '溫陽溫井'으로 되어 있다.

88 원문에는 '臣等'으로 되어 있으나 대질심문의 흐름을 관찰자적 시점으로 기술하려는 취지에서 1인칭 표현을 '추문관'으로 바꾸어 번역하였다.

(母子) 사이가 되거늘, 연비와 수계를 통해 어미를 제자로 삼는 것은 무슨 도리(道理)인가?

처경이 대답했다.

묘향은 비록 수양 어미이긴 하지만 불가에서 스승이 제자를 삼거나 제자가 스승을 삼을 때, 이러한 일은 매우 흔한 것입니다.

(추문관이) 또 물었다.

네가 묘향에 의해 수양되었다는 설은 이미 무망한 것으로 알려졌거니와 소현세자의 유복자라는 설도 지금 너희들이 서로 다투는 말을 들어 보건대, 묘향이 왕자와 유사하다고 했던 말로부터 감히 이런 계략을 만들어낸 것이다. 신속히 바른 대로 고하라.

처경이 대답했다.

제가 입산하여 중이 된 후 죽산에 가 있을 때, 묘향뿐만 아니라 다른 이들도 찾아와서는 모두 저의 근인(根因)에 대해 자세하게 캐물었지만, 저는 모르겠다고 대답했습니다. 소현세자에게 유복자가 있다는 설과 또 과부로 지내는 딸[89]이 있었다는 설은 묘향이 제게 말해준 것이며, 그로 인해 저도 듣게 된 것입니다.

---

89 원문에는 '寡居女'로 되어 있다.

(추문관이) 또 물었다.

네가 묘향에 의해 수양된 것이 아니라는 사실이 이미 명백하게 드러났으니 실제로 너를 수양한 사람이 누구인지 속히 바른 대로 고하라.

처경이 대답했다.

아기였을 때 묘향에 의해 수양된 일에 대해서는 진실로 제가 상세하게 알 수 없으며, 묘향도 그것을 말하지는 않았습니다. 그러나 묘향에게 전해졌다는 말을 듣고 마치 그 당시에 수양된 것이라고 여겼기 때문에 묘향이 수양했던 양 납초한 것입니다. 소현세자의 유복자라는 설은 정말로 묘향으로부터 듣고 알았습니다.

(추문관이) 또 물었다.

능화지에 적힌 것이 어떤 사람에게서 나온 것인가? 반드시 어떤 뜻을 품고 조작하여 네게 주었을 것이다. 그것이 아니라면 기필코 네가 스스로 조작하였을 것이다. 사실대로 바르게 고하라.

처경이 대답했다.

능화지에 적힌 글은 실제로 묘향이 준 것이 아닙니다. 조금 성장한 후에 제가 아기였을 때 입었었던 옷의 띠에서 얻은 것입니다. 그런데 그 옷을 어느 누가 주었는지는 기억하지 못합니다.

(추문관이) 또 물었다.

그 옷이 어떤 모양이고 그것을 준 사람이 누구인지 모를 리가 없다. 사실대로 바르게 고하라.

처경이 말을 바꿔가며 대답했다.

의복과 능화지로 된 소지는 묘향이 준 것입니다.

(추문관이) 또 물었다.

안성현에서 추문하였을 때, 네가 이미 원주(原州) 교생(校生) 이(李) 가의 자식이며 장(張) 호장(戶長)의 외손이라고 진술했던 문안(文案)이 있는데도 너는 어째서 감히 숨기느냐?

처경이 대답했다.

저는 본래 부모를 알지 못하기 때문에 안성에서 추문받을 때, 마땅히 지적할 만한 곳이 없어 이씨 성의 부친과 강씨 성의 모친으로 진술했던 것입니다.[90] 이른바 장씨의 설은 제가 진술한 것이 아닙니다.

(추문관이) 또 물었다.

---

90 부모의 성을 이씨와 강씨라 진술했다는 처경의 대답은 다분히 소현세자와 강빈을 염두에 두고 있는 것과 무관하지 않은 듯하다.

네가 입경한 후에 여 진사 집을 빈번하게 갔다고 하는데, 여씨의 이름은 무엇이며, 여씨와 서로 만났을 때 임금의 혈족이라는 설[91]도 언급되었는지 사실대로 바르게 고하라.

처경이 대답했다.

여 진사는 그 이름이 필하(必夏)[92]이며, 사는 마을의 이름은 알지 못합니다. 몸에 오랫동안 앓던 병이 있어 『옥추경(玉樞經)』[93]을 가지고 원통암을 방문한 적이 있습니다. 제가 처음으로 만나보고 입성한 후에 다시 가서 만나보긴 했지만, 유숙하지는 않았습니다. 임금의 혈족이라는 설은 여 진사가 묻지 않았고 저도 말하지 않았습니다. 단지 정릉암(貞陵庵)의 옥불(玉佛)을 되찾기 위해 신고하고자 하는 마음으로 문서작성을 상의하였습니다.

(추문관이) 또 물었다.

정 참판의 집은 몇 번 방문하였고, 그집 아들 양지(陽智) 현감 정행일(鄭行一)과 그의 손자 윤주(潤周)와 연주(演周) 등은 너와 어떻게 서로 알

---

91 원문에는 '國族之說'로 되어 있다.

92 유학(幼學) 여필하(呂必夏)는 당시에 실재하던 인물로서, 추국이 진행되던 당시보다 2년 후인 숙종 4년(1678)에 말싸움 끝에 부인 안(安)씨를 칼로 찔러 중상을 입혔던 일로 형조의 추문을 받아 유배되었다(『肅宗實錄』권7, 숙종 4년 9월 갑진).

93 『옥추경』은 도교의 초제(醮祭)에 읽는 도가류의 경전이며, 본래의 경전 명칭은 『구천응원뇌성보화천존옥추보경(九天應元雷聲普化天尊玉樞寶經)』이다. 치병뿐만 아니라 축원과 제액을 위한 맹인 독경의식에 두루 사용되던 주요 경문 중의 하나였다.

게 되었는가? 이번에 찾아갔을 때에 무슨 말들이 있었는지 다시금 바르게 고하라.

처경이 대답했다.

정 참판은 제가 본래 알지 못하였지만 그 아들 행일이 양지 현감이 되었을 때, 몸에 질병이 있어 저로 하여금 양재기복(禳災祈福)을 위한 불사를 진행하게 하였고, 그때마다 누차 경산(京山)으로 와서 지내도록 (권)하였습니다. 행일의 아들 윤주와 연주가 언젠가 저의 근인(根因)을 물어본 바가 있습니다. 이에 저는 제가 태어난 곳도 모르지만, 안성에 있을 때에 묘향이라는 여자가 '소현세자의 유복자가 물 속으로 던져졌는데 지금도 여전히 생존해 있다'는 말을 내게 했었다고 하였습니다. 그러자 연주 등이 그렇다면 그것을 입증할 만한 표적이 있느냐고 물었습니다. 저는 왼 손 장지(長指)의 상처난 곳을 보여주면서 이것이 표적이라고 했습니다. 그랬더니 윤주 등이 "우리 조부께서 재상이므로 알고지내는 재상들이 우리집에 많이 왕래하는데, 그들이 알아보게 할 수 있을 것이며, 또한 만약 그대가 경산에 거하며 성안에 출입한다면 사대부들이 그대를 알아볼 방도가 어찌 없겠는가?"라고 말하였습니다. 제가 이번에 정 참판을 찾아갔을 때, 윤주 등이 이미 전에 나누었던 화제를 참판에게 언급했으리라 짐작하고 참판에게 그 말을 아뢰었습니다. 그러자 참판은 영상이 만약 저의 근인에 대해 물어본다면 다행히 이 말을 가지고 대답할 것이라 하였습니다.

(추문관이) 또 물었다.

죽산의 이 첨지라 칭하는 자의 이름은 무엇이고, 그가 사는 곳에 갔을 때에 너의 근인에 대해 언급했는가?

처경이 대답했다.

이 첨지는 사실 상놈이며 이걸(李傑)이라고 불리는 자입니다. 근인에 대해서는 결코 언급하지 않았습니다.

(추문관이) 묘향에게도 물었다.

처경은 네가 아름다운 용모와 거동이 왕자와 유사하다고 기렸던 너의 말로부터 감히 간계를 낸 것이다. 처경은 소현의 유복자라는 설을 비로소 너의 말에서 들은 것이라고 하였다. 네가 처경을 가리켜 소현의 유복자라 한 것은 무슨 뜻인지 사실대로 바르게 고하라.

묘향이 대답했다.

소현세자의 유복자가 투기(投棄)되었지만 생존하고 있다는 설은 제가 서울에 있을 때에 실제로 들었던 것인데,[94] 여기 이 중을 만나 보고는

---

94 묘향의 진술을 신뢰한다면, 적어도 소현세자유복자설 및 투기생존설은 1650년대 중반 서울 지역에 광범위하게 유포되었던 것이다. 11월 4일 추국에서 묘향과 김계종 부부는 서로 혼인한 후 안성지역으로 이사해 20여년을 함께 살아왔다고 각각 진술한 바 있는데, 추국이 열린 1676년을 기점으로 20년 전인 1656년경에 이들 부부가 안성에 기거하기 시작했을 것이므로, 적어도 묘향은 1656년 이전까지 서울에서 지냈다고 할 수 있다.

"혹시 스님(師)이 그분이십니까?"라고만 말했을 뿐입니다.

同日, 僧人處瓊, 私婢妙香, 一處面質令是白乎矣.

妙香謂處瓊曰: "我於甲寅年, 因化主聞有一僧, 來在竹山鳳松庵, 年可二十四五, 而絶穀不食. 其年六月十三日, 往鳳松庵, 始與汝相見, 欲爲燃臂, 而適有身病未果. 流頭日, 再往見之, 始燃臂受戒. 而吾謂汝曰, '師則年少, 我則年老, 而我敬師之賢, 及以師爲師'云云爲有去等, 我何曾養育汝耶? 我本以私婢, 使喚於上典閔令監家, 令監身故之後, 使喚於別室宅. 別室無子故, 又爲使喚於嫡室子之妻子, 僉使義亮家爲如可, 年老放役後, 下去安城, 于今二十餘年. 我之上典, 乃是表表兩班, 人皆知之爲去等, 以士夫家使喚之婢子, 隱匿汝而養育, 寧有是理哉? 平生未嘗聞, 女僧丁氏之說是去等, 丁氏傳授汝於我之說, 又何無據之甚耶?"

處瓊謂妙香曰: "昭顯遺腹子, 內人傳授女僧丁氏, 丁氏移授某僧辭緣, 雖未詳知, 似聞丙戌年間, 傳給我於倉洞居妙香處, 過三歲後, 更給何樣過去僧云云之說是在果, 昭顯子之說, 汝丁寧言及於我, 故我始得知之爲有去等, 汝何敢欺罔乎?"

妙香曰: "吾何曾居倉洞耶? 我隨上典, 初居苧前洞, 移居長興洞後, 居水閣橋下爲有如可, 吾子娶婦之時, 以婦家不欲行禮於上典行廊之故, 始爲買得司瞻洞砲手家, 而移居成禮爲有旀, 在京之時, 則本無相識之僧是去等, 寧有與僧往來, 而傳授汝於僧人之事哉?"

處瓊曰: "汝之居在倉洞與否, 吾在幼時, 何以詳知? 但吾十歲前, 養育於汝矣."

妙香曰: "汝常時每言無父母, 而固問則曰: '不知乞人何處塡壑而死'云. 必欲詳知, 每每懇問, 則汝不曰 '居在原州云, 而不能詳知'云乎? 我且謂汝曰: '汝之父母, 旣死於汝之幼時, 則汝之不知其名事勢固然, 而但汝必不能自養, 必有養汝之人, 雖他人養之, 豈不識養汝之人乎?' 汝又答曰: '吾於上寺, 受學之時, 見他兒削髮, 吾亦願爲削髮, 則師僧許削爲僧'云矣. 汝於安城受刑之後一日, 語我曰: '爲僧亦苦, 吾欲還俗'云. 我取吾夫網巾笠子, 使汝着之, 仍謂汝曰: '爲僧爲俗, 容儀皆好, 自前視之, 則釋佛也, 從後見之, 則王子也.' 汝不笑而不答乎?"

處瓊曰: "兒時, 收養於汝處與否, 汝雖不明言, 昭顯遺腹子之說, 及內人傳給丁氏, 丁氏傳給僧人之說, 汝豈不言之乎?"

妙香曰: "遺腹之說, 甲寅年後, 始言於汝, 汝之兒時, 則未得相見, 安得言之? 我嘗言於汝曰: '師之擧止, 酷似王子貌樣, 師無乃諸王子之親屬耶? 昭顯之子有三, 而亂時遺失其一云, 師其是耶?'云, 則汝卽曰: '汝知慶安君乎?' 我答曰: '慶安君吾亦聞之矣.' 汝又不曰 '溫陽溫井, 沐浴還來時, 中道死亡'云乎?"

處瓊曰: "師宗昭顯子之說, 汝豈不分明言之乎?"

妙香以手捄處瓊之臂曰: "此何言也?"

處瓊不能答是白去乙, 臣等問於處瓊曰: "以汝旣爲妙香所收養, 則妙香於汝, 便是母子是去乙, 使之燃臂受戒, 以母爲弟子, 此何道理耶?"

處瓊對以, "妙香雖爲收養之母, 師或爲弟子, 弟子爲師, 佛家多有如此之事"是如爲白乎旀,

又問, "汝之爲妙香, 收養之說, 旣已知其誣罔是在果, 昭顯世子遺腹子之說, 今聞汝等相詰之言, 必因妙香有似王子之言, 而敢生此計是置, 從速直招"云,

則處瓊對以, "矣身入山爲僧後, 往在竹山之時, 不但妙香一人而已, 他人之來見者, 亦皆盤問矣身根因, 而矣身皆以不知答之矣. 昭顯有遺腹子, 且有寡居女之說, 妙香言說於矣身爲白去乙, 果爲聞之"是如爲白乎旀,

又問, "汝非妙香之所收養, 旣已明白現露, 則收養之人, 從速直告"云,

則處瓊對以, "兒時收養於妙香事段, 矣身果未能詳知, 妙香亦不言之, 而得聞妙香所傳之言, 似是其時收養者, 故以妙香收養樣, 納招爲白有旀, 昭顯遺腹子之說段, 宗爲聞知於妙香"是如爲白乎旀,

又問, "綾花紙所書者, 出於何人是喩, 必有用意造作, 以給汝者是旀, 不然, 則汝必自爲造作, 從宗直告"云,

則處瓊對以, "綾花紙所書, 果非妙香之所授. 稍長後, 得於兒時所服衣紐中, 而其衣段, 亦不能記其何人所給"是如爲白乎旀,

又問, "其衣卽何樣衣, 給衣之人亦無不知之理, 從宗直告"云,

則處瓊又爲變辭曰: "衣服及綾花小紙, 亦是妙香之所給"是如爲白乎旀,

又問, "安城縣推問時, 汝旣以原州校生李哥之子, 張戶長之外孫, 納招文案在爲有去等, 汝何敢如是牢諱乎?"

處瓊對以, "矣身本不知父母, 故自安城推問時, 無可指的之處, 乃以父李母姜納招, 而所謂張哥之說, 非矣身所招"是如爲白乎旀,

又問, "汝於入京之後, 頻往呂進士家是如爲置, 呂之名字爲誰是旀, 呂哥相見之時, 國族之說亦爲發言是喩, 從宗直告"云,

則處瓊對以, "呂進士段, 其名必夏是旀, 所居洞名, 矣身亦未知之, 而身有宿病是如, 手持玉樞經, 來訪於圓通爲白去乙, 矣身始得相見, 入城之後, 亦嘗再次往見, 而不爲留宿爲白遣. 國族之說段, 呂進士無所問, 矣身亦不言之. 只以, 貞陵庵玉佛推還事, 欲呈所志, 相議搆草"是如爲白乎旀,

又問, "鄭參判家幾度往訪是旀, 其子陽智縣監鄭行一, 其孫潤周・演周等, 汝何以相識, 而今番往見之時, 亦有何言乎? 更爲直告"云,

則處瓊對以, "鄭參判段, 矣身初不相識, 而其子行一爲陽智縣監時, 身有疾病, 使矣身禳災祈福作爲佛事, 仍使矣身來住京山爲白乎旀, 其子潤周

演周等, 嘗問矣身根因爲白去乙, 矣身以爲吾之生地, 吾亦不知, 而曾在安城時, 妙香爲名女人, '昭顯世子遺腹兒, 投諸水中, 尙今生存之說, 言於矣身'云云, 則演周等曰, '然則有可表之迹乎?' 矣身出示, 左手長指傷處曰, '此是表迹'云云, 則潤周等曰, '吾之祖父是宰相, 故相識宰相多有往來吾家者, 可使知之, 且汝若居京山, 出入城中, 則士夫亦豈無知汝之路乎?'云云是白去乙, 矣身今番往見鄭參判時, 意潤周等, 已傳前日說話於參判, 仍白其語曰, '領相若問矣身根因, 幸以此語答之'"是如爲白乎旀,

又問, "竹山李僉知稱號者名字, 及往住其家時, 言及根因與否?"

則處瓊對以, "李僉知乃是常漢李傑爲名者, 而根因則從不爲言及"是如爲白乎旀,

又問妙香曰: "處瓊, 必因汝稱美容儀, 有似王子之言, 敢生奸計爲有在果, 昭顯遺腹子之說, 處瓊亦以爲始聞於汝云. 汝之以處瓊, 指謂昭顯遺腹子者, 何意是喩, 從宗直告"云,

則妙香對以, "昭顯世子遺腹子, 投棄生存之說, 矣身在京之日, 果得聞之故, 見此僧謂曰, '師或是耶?' 只如是爲言而已"是如爲白齊.

❀ 같은 날, 도사 김석(金碩)이 숙이(淑伊)를 나래하였다.
○ 同日, 都事金碩, 罪人淑伊, 拿來.

❀ 같은 날, 사노비 숙이 50세

다음과 같은 추문내용을 임금님께 아뢰었다.

승 처경의 진술에 따르면, 그 자신이 한때 원통암(圓通庵)에 머물러 지냈는데, 복창군의 누이집 나인이 부처님께 공양드리는 일로 드나들다 자신의 신원에 대해 물었다고 한다. 그는 모른다고 답했지만, 그 후로 나인들이 세 번 째로 찾아왔을 때에도 전과 같은 질문을 하기에 대략적으로 자신의 신원(根派)을 말해주었다고 한다. 그러자 나인이 만약 서울에 들어와 복창군을 만나보면 마음의 응어리를 풀어낼(伸暴) 방도가 있을 것이라고 말했다고 한다. 소위 신원이라는 것은 곧 자칭 소현세자의 유복자라는 설이며, 나인이라는 것은 곧 죄인을 말한다고 하는데, 죄인은 이미 처경이 언급한 놀랄 만한 말들을 듣고도 어째서 알리지 않은 채, 도리어 서울로 들어와 억울함을 풀어내도록 유도했던 것인지 그간의 사정을 숨김 없이 실상대로 바르게 고하라.

임금께서 추고하라고 전교하셨기에, 죄인의 진술을 받았다.

저는 금년(1676) 4월경에 연등(燃燈)의 일로 원통암에 갔었던 것은 전후로 두 번에 불과하며, 단지 거사가 그 암자에 있다는 것을 알았을 뿐 본래 스님(僧人)이 들어와 머물고 있다는 사실은 알지 못 했습니다. 그러다가 암자에 당도한 후에 비로소 지금 말하는 처경이라는 스님(僧人)을 보게 되었는데, 그가 아무 말도 하지 않기에 저도 물어볼 일이 없었습니다. 뿐만 아니라 복창군의 집에서는 불가(佛家)의 일을 엄격하게 금하였기 때문에 그가 암자에 들르는 일에 대해 알까봐 오히려 두렵기까지 했던 마당인데, 어떻게 이 중을 서울로 끌어들여 복창군을 만나보게 함으로써 그간의 응어리를 풀어내라는 제안을 할 수 있었겠습니까? 전혀 근거가 없습니다. 9월에 구걸하는 거사가 와서 원통암에 있는 스님(僧)이 소현세자의 유복자라고 하기에 저는 그 말을 듣고 무척 놀랐습니다. 그 말이 요망하고 괴이하다고 여기긴 했지만, 집안의 사사로운 이야기 거리일 뿐인데, 여기에 무슨 진실을 파악하여 알릴 일이 있었겠습니까? 이 외에는 전연 알지 못 합니다.[95]

　상고하여 시행하실 일.

○ 同日, 私婢淑伊, 年五十, 白等.

僧人處瓊所供內, 渠住接于圓通庵是如乎, 福昌君妹家內人, 以供佛事出來, 問渠根脚是去乙, 答以不知矣. 其後內人等, 三巡出來時, 又問如前是去乙, 渠略言根派, 則內人言‘若入來京中, 得見福昌君, 則庶有伸暴之路’云云是如爲旀, 所謂根派, 卽自稱昭顯世子遺腹子之說, 所謂內人, 卽矣身是如爲昆, 矣身旣聞處瓊可駭之言, 則何不告知, 乃及指揮入來京中, 伸暴之事是喩, 其間事狀, 隱諱除良, 從實直招亦.

推考教是臥乎在亦.

矣身, 今年四月分, 以燃燈事, 出去圓通庵, 前後不過二巡, 而只知其居士之在庵, 初不知僧人之來住是白如可, 到庵之後, 始見今所謂僧人處瓊者, 而渠旣無言, 矣身亦無所問叱分不喩, 福昌君自家, 於佛家事, 禁之甚嚴, 如此上庵之事, 猶恐其或知是白去等, 指揮此僧入來京中, 得見福昌君, 伸暴之語乎? 千萬無據是白在果, 九月間, 有一乞食居士來言, ‘圓通所在僧, 卽昭顯世子遺腹子’云云是如爲白去乙, 矣身聞此言, 極爲驚駭是白乎矣. 以爲妖怪, 而私自語於屋下而已, 何可取實於此, 而有所告知乎? 此外全

---

95 숙이는 자신이 처경과 밀접한 관계를 맺지 않았다고 진술하고 있으나 11월 9일의 심문과정에서 처경으로부터 ‘자신(自愼)’이라는 법명을 받았고, 여러번의 서신 교환을 통해 처경에게 소현세자유복자설을 뒷받침할 만한 표적을 마련하도록 권고했던 사실이 있음을 인정하였다. 결국 숙이는 처경을 사승으로 섬기는 제자였고, 소현세자유복자설을 강화하는 데에 일조할 정도로 처경과는 가까운 사이였다.

然知不得.

相考分揀施行敎事.

🏵 임금께 보고하였다.

  승 처경을 처음 추문하였을 때에 이미 꾸며낸 말들에 의심을 살 만한 단서들이 많았습니다. 묘향과의 면질했을 때에는 간교하게 허위로 꾸며낸 정황이 절절히 드러나 더 이상 숨길 수 없었습니다. 가장 어긋나는 단서를 골라 말한다면 그가 스스로 왕실과 아주 가까운 친척이라 한 것입니다. 그런데 그 얘기는 오로지 나인이 여승 정씨에게 주었고, 정씨가 다시 묘향에게로 전해주어 몰래 양육시켰으며, 10세 후에 어느 중에게 넘겨 주었다는 설에 근거하고 있습니다. 그러나 면질의 과정에서 묘향이 처경을 처음 본 것이 갑인년(1674)의 상황이었음을 명백히 드러내자 처경은 어떠한 말로도 답할 수 없었습니다. 다만 "여승 정씨가 어떤 중에게 넘겨주었다"고도 하고 또 "자신을 묘향의 집에 전했다는 얘기를 들은 듯하다"고도 말했는데 '들은 듯하다(似聞)'는 표현은 매우 허술합니다. 그리고 3세 후에 어떤 지나가는 중에게 주었다는 설과 전에 진술한 바 있는 10세 후에 중에게 넘겨주었다는 설 사이에는 크게 어긋남이 있습니다. 또 아기였을 때 묘향에 의해 수양되었는지의 여부를 자세히 알 수 없다며 마지막까지 묘향의 말에 대해 감히 입을 열어 답하지 않았습니다. 묘향에 의해 수양되었다는 설이 이미 거짓으로 꾸며낸 것으로 판명되었으니 그가 스스로 국왕의 혈족이라고 한 말은 애써 다그치지 않아도 저절로 깨질 수밖에 없습니다. 저희 신들이 따져 물었을 때 처경은 아기였을 때 묘향에 의해 수양되었던 일에 관해 모른다고 말했으며, 묘향도 그 사항에 대해서는 언급하지 않았습니다. 또 왜능화지에 씌어진 것이 누구로부터 나온 것인지를 묻자 결국 묘향이 준 것은 아니었고 아기였을 때에 착용했던 의대(衣帶)에서 얻었다고 했지만 누가 주었는지에 대해서는 기억나지 않는다고 했습니다. 또 말을 바꾸어서 그 옷과 왜능화지는 모두 묘향이 준 것이라고도 했으니, 변환하고 뒤집어 버리는 모양이 더 이상 감당할 수조차 없습니다. 자신이 소현세자의 유복자라는 설은 묘향에게서 들은 것이라 했지만 달리 그것을 입증할 만한 증거가 없었습니다. 그가 말하는 표적이라는 것이 곧 왜능화지로 된 소지이겠지만 신들이 그 종이를 들여다보니 언문으로 씌어진 소지였습니다. 닳아서 떨어져나가 중간 중간 이해할 수 없는 곳이 있긴 했지만 첫머리에는 '소현유복자 을유생사월초구일축시(昭顯遺腹子 乙酉生四月初九日丑時)'라고 씌어 있었습니다. '아동(兒童)' 아래에 아홉글자는 닳아 없어졌고, 그 아래 부분에는 '후태평성대 명왕성덕 성인시 출지(後太平聖代 明王聖德 聖人時 出之)'라고 씌어져 있었습니다. 마지막 줄에는 별도로 강빈(姜嬪)[96]이라는 두 글자가 씌어져 있으며, 그 아래에 연주형(連珠形)의 날인(着押)이 찍혀 있었습니다. 그 필체를 살펴보면 상한(常漢)이 쓴 것이 분명합니다. 그리고 향음(鄕音)이 섞여 있었습니다. 가령 '소현(昭顯)'의 현(顯) 자가 연(然) 자 음으로 씌어졌고, '유복(遺腹)'의 유(遺) 자, '을유(乙酉)'의 유(酉) 자가 모두 우(尤) 자 음으로 씌어졌으며, '축시

---

96 강빈(1611-1646)은 소현세자의 부인으로서, 소현세자와 함께 볼모로 잡혀갔다 귀국했지만 인조의 견제 속에서 소현세자가 죽음을 당한 이후, 조씨 저주사건에 주모자로 무고되어 죽음에 이르렀다. 이후 숙종 44년(1718)에 이르러 누명을 씻고 세자빈으로 복권되었다.

(丑時)'의 축(丑) 자는 축(縮)[97] 자 음으로 씌어져 있어 궁(內間)에서 작성되어 나온 것이라고는 볼 수 없었습니다. 강 서인(庶人)이 살아 있을 때에는 마땅히 빈(嬪)이라 칭하되 빈(嬪) 자 위에 성(姓)을 써서는 안 됩니다. 또 소현세자의 상이 난(喪出) 때가 을유년 4월 26일인데, 4월 9일에 태어났다고 한다면 유복(遺腹)이라고 말할 수 없습니다. 유복자라고 하는 것은 거짓으로 지어낸 것이라는 데에 전혀 의심의 여지가 없습니다. 이 문서를 밀봉하여 올립니다. 만일 임금님께서 열람(乙覽)하신다면 간교하게 꾸미고 속여 낸 상황이 밝으신 성상의 앞(天鑑之下)에서 피할 수 없을 것입니다. 또한 신들이 지난 해 안성군에서 처경을 심문했던 문안을 얻어 살펴보았습니다. 그 공초에는 원주 태생의 사람으로서 아비는 유학(幼學) 이청(李淸)이고 10세 전에 부모가 모두 죽어 의탁할 곳이 없어 고향을 떠나 중이 되었다고 진술되어 있습니다. 간계를 일으키기 전에 이미 관가에 신원을 고했을 때, 그의 나이가 24세였으니, 지금으로는 25세가 됩니다. 이런 나이라면 을유생(1645)이 아님을 알 수 있습니다.[98] 묘향의 경우, 처경을 수양했다는 설은 비록 처경의 무망(誣罔)한 말에서 나오긴 했으나 처경을 숭봉하고 미려한 용모를 기리면서 앞모습은 석가모니 부처님같고 뒷모습은 왕자같다는 설로 아부하여 처경의 계략을 부추겼고, 왕자친속(王子親屬)과 소현유복(昭顯遺腹) 등의 말을 발언하는 데에 이르러, 처경으로

---

97 '丑'과 '縮'은 모두 '축'음이므로, 내용상 '縮'의 기록이 잘못 된 것으로 추정된다. '소현'을 '소연'으로, '유복'을 '우복'으로, '을유'를 '을우'로 표기한 것을 고려할 때, '축시'를 '숙시' 혹은 '측시' 등으로 표기했을 가능성이 있다.

98 처음 의금부에서는 처경의 나이를 32세(1645년생)로 파악하였으나 안성에서의 조사문안을 검토하면서 그의 나이를 25세(1652년생)로 의심하게 된다. 결국, 11월 15일에 이르러 처경이 실상을 고백하면서 그의 나이가 비로소 25세로 정정되었고, 이것이 결안에 반영되었다.

하여금 간계의 마음을 엿보도록 하였습니다. 두 사람은 용서할 수 없는 범죄를 저질렀는데도 오히려 그동안 모두 실토하지 않고 숨기는 정황이 있었으니 두 사람 모두 엄히 형문으로 심문하여 실상을 얻어내야 합니다. 거사들 중에 김자원은 애초부터 처경을 약사전(藥師殿)으로 오도록 요청했고, 옷 보따리를 지고 함께 왔으며, 그와 더불어 같은 곳을 출입하며 늘 따라다녔습니다. 병술년(1646)에 물 속에 던져졌던 함 속의 아이가 스님(師)이 아닌가 라고 했던 설은 처경이 간계를 세우는 데에 도움을 주었습니다. 일의 정황이 괴롭고도 놀라우니 마땅히 형문해야 합니다. 복창군의 누이집 노비인 숙이의 경우, 그녀가 진술한 것과 처경이 거론했던 것은 서로 같지 않습니다. 처경과 함께 한 곳에서 면질한 후에 처리하는 것이 마땅할 듯합니다. 그 나머지 김계종, 한천경, 김선명, 박인의 등 4명은 잠시 가둬두었다가 결말을 기다리게 하십시오. 소위 죽산의 이 첨지라 칭하는 사람은 한때 처경을 맞이했던 주인(主人)에 불과하며, 서울에 사는 여필하도 부처에게 아첨하며 복을 빌었던(諂佛祈福) 사람에 불과할 뿐, 모두 처경의 신원을 미리 알았던 일이 없었으므로 별도로 더 물을 만한 단서가 없습니다. 둘은 풀어 주는 것이 마땅합니다. 정지호는 처경이 잡히던 날에 처음으로 그를 만났는데, 그의 묻는 말(所問之言)[99]을 듣고 발고하려 했지만 사세가 미치지 못하였다고 합니다. 그러나 그 손자인 윤주와 연주 등은 이미 처경과 알고 지내는 사이였고, 처경의 말을 듣고 경산에 들어와 지내도록 했던 일은 매우 놀라운 일이니, 윤주와 연주 등을 잡아들여 심문하는 것이 어떻습니까?

---

99 원문에는 '所問之言'으로 되어 있으나 『승정원일기』 (숙종 2년 11월 6일자) 탈초본에는 '所聞之言'으로 되어 있다.

임금께서 보고대로 하라고 답하셨다.

○ 啓曰: “僧人處瓊, 自初推問時, 已多修飾之語, 可疑之端矣. 與妙香面質, 則其奸巧虛僞情狀, 節節敗露, 有不可自掩. 撮其違端之最大者而言之, 則其自謂王室至親者, 專在於自內出給於丁尼, 丁尼傳給於妙香, 隱匿養育, 十歲後, 移給僧人一欵, 而妙香初見處瓊於甲寅年之狀, 明白現發於面質之時, 則處瓊無辭可答. 乃曰, ‘丁尼移授某僧’. 又曰, ‘似聞傳給我於妙香處’. ‘似聞’二字, 已極虛踈, 而過三歲後, 更給何㨾過去僧云者, 與前招, 十歲後, 移給僧人之說, 大大相左. 又曰, ‘兒時, 收養於妙香與否, 不能詳知’, 最後, 則不敢發口應答, 妙香之言. 收養於妙香之說, 旣歸虛套, 則其自謂國族云者, 不攻自破. 及至臣等親自詰問之際, 處瓊乃曰, ‘兒時, 收養於妙香事, 渠旣不知’, 妙香亦不言之. 又問, ‘倭綾紙所書者, 出於何人’, 則曰, ‘果非妙香之所授, 而得於兒時所着衣帶中, 不能記知, 何人所給’. 又爲變辭曰, ‘其衣及倭綾紙, 皆是妙香之所給’, 変幻反覆之態, 已不可勝言者, 而渠之爲昭顯世子遺腹子之說, 只聞於妙香云, 無他可據之迹. 其所謂表迹者, 卽是倭綾小紙, 而臣等取見其紙, 則以諺文書之紙. 粉剝落, 雖間有不能解見處, 初頭則曰, ‘昭顯遺腹子, 乙酉生四月初九日丑時’. ‘兒童’ 其下九字, 卽剝落處, 而又其下則曰, ‘後太平聖代, 明王盛德, 聖人時, 出之.’ 末行別書‘姜嬪’二字, 其下有連珠形着押之狀. 觀其筆書, 明是常漢之所書者. 且雜以鄕音. 故‘昭顯’之‘顯’字, 則以‘然’字音書之, ‘遺腹’之‘遺’字, ‘乙酉’之‘酉’字, 皆以‘尤’字音書之, ‘丑時’之‘丑’字, 以‘縮’字音書之, 尤可見其不出於內間所書. 姜庶人生時, 則當稱之以嬪, 不當書其姓於嬪字之上. 且昭顯世子之喪出於乙酉四月二十六日, 則生於四月初九日者, 不可謂之遺腹, 其爲贗作, 十分無疑. 其書封進. 若賜乙覽, 則其巧造奸譎之狀, 自難逃於天鑑之下. 且臣等取考, 上年安城君, 推治處瓊之文案, 則其所供曰,

'以原州胎生之人, 父幼學李清, 十歲前父母俱沒, 無所依託, 仍爲離鄕爲僧'云云. 未生奸計之前, 已告其根脚於官家, 其年歲, 則供以二十四, 今計二十五. 其非乙酉生, 此亦可見. 至於妙香, 則收養處瓊之說, 雖出於處瓊誣罔之言, 崇奉處瓊, 讚美容貌, 以前似釋佛後似王子之說, 爲諂媚處瓊之計, 至發王子親屬, 昭顯遺腹等語, 致令處瓊闖生奸心. 兩人罪犯在所罔赦, 而其間猶有未盡吐之隱情, 兩人不可不嚴刑窮覈, 期得實狀. 居士中金自遠, 自初要處瓊於藥師殿爲云, 負衣袱而偕來, 與之同處出入必隨至. 以丙戌年, 投水之函兒, 無乃師乎之說, 助成處瓊之奸計. 情狀痛駭, 亦當刑推. 福昌君妹家婢淑伊, 則其所供, 與處瓊所引, 不同. 處瓊一處面質後, 處置似當. 其餘金戒宗·韓天敬·金善明·朴仁義等四人, 姑爲仍囚, 以待結末. 所謂竹山李僉知稱號人, 不過處瓊一時之主人, 京居呂必夏, 亦不過諂佛祈福之人, 而俱無豫知處瓊根脚之事, 則別無可問之端, 置之宜當. 鄭之虎始見處瓊, 於處瓊被拘之日, 所問之言, 雖欲發告, 其勢未及, 而其孫潤周·演周等, 旣與處瓊相識, 又聽其言, 勸令來住京山事, 甚可駭, 潤周·演周等, 拿問處之何如?"答曰: "依啓."

🪷 같은 날, 문사낭청이 대신들의 의견을 가지고 아뢰었다.

처경의 일은 전에 없던 변고입니다. 험문(驗問)[100]하는 이치가 마땅히 엄중하므로 육경 삼사가 동참한 일은 처음부터 격식을 깨고(格外) 나온 것입니다. 그러나 처경이 허위와 간교를 부리는 모습이 이제와 명백히 드러나고 있으니, 더 이상 일제히 모여서 조사하고 입증하는 일

---

100 사실을 입증하기 위해 물어 조사하는 것을 말한다.

을 하지 않아도 될 것입니다. 신들은 단지 의금부당상과 양사의 장관
이 일상적으로 추국하던 관례에 따라 시행하는 것이 어떨지 여쭙니다.

임금께서 보고한 대로 하라고 답하셨다.[101]

○ 同日, 問事郎廳, 諸大臣意啓曰: "處瓊之事, 旣是前所未有之變. 其所
驗問理, 宜嚴重, 六卿三司之同參, 初出於格外, 而處瓊虛僞奸巧之狀, 今
已敗露, 則更無齊會按驗之事. 臣等, 只與禁府堂上, 兩司長官, 依常時推
鞫例, 擧行何如?" 答曰: "依啓."

---

101 11월 5일 당일의 추국장에는 33명이 참석하였으나 다음날인 11월 6일의 추국장
    에는 17명으로 참석 인원이 대폭 줄어들었다.

보충

네 번째 기록일인 11월 5일에는 전날 서로 엇갈린 진술을 했던 처경과 묘향 사이에 면질이 이루어졌고, 추문관들의 추가질문이 병행되었다. 양자 간의 대질심문 과정에서 문제가 된 것은 묘향수양설, 소현세자유복자설, 그리고 왜능화지의 출처설 등이었다. 왕실출생의 비밀을 뒷받침할 만한 고리 역할을 하는 묘향수양설은 묘향의 정연한 진술에 의해 일찌감치 깨지고 만다. 결국 처경은 자신이 묘향에 의해 수양되었다는 그간의 진술을 포기하지만, 자신의 출생의 비밀이 적혀 있는 능화지를 묘향이 전해주었다고 진술을 번복하였다. 그러나 그것은 그다지 설득력을 얻지 못한다. 오히려 왜능화지에 적힌 조잡하고 모순된 표현들이 추문관들에 의해 파악되면서 그것이 누군가에 의해 허위로 조작되었음이 분명해졌다. 소현세자유복자설에 대해서는 발언의 진원지가 문제로 떠올랐다. 그러나 양자 간의 팽팽한 줄다리가 이어진다. 대질심문을 통해 묘향은 자신이 처경을 수양했다는 혐의를 벗긴 했지만, 처경의 용모가 왕자와 유사하다고 언급하거나 버려진 소현세자의 아들을 처경으로 동일시하는 언사를 표함으로써, 처경의 소현세자유복자설을 부추긴 장본인으로 주목받게 되었다.

한편, 전날 처경의 진술에서 거론된 복창군의 누이집 나인 숙이가 나래되어 처경과 접촉하게 된 배경과 처경을 복창군과 대면시키려 유도했던 정황에 대해 심문을 받게 된다. 숙이는 원통암에서의 연등의식으로 인해 처경을 접했던 사실을 시인하기는 하나 처경과 복창군의 대면을 성사시키려 했다는 혐의는 부인하였다. 다만, 처경이 소현세자의 유복자라는 설을 거사로부터 들었다고 진술한다. 결국 처경이 안성지역에 있을 당시에는 소현세자유복자설이 형성될 만한 빌미가 마련되기 시작하였고, 그가 서울 지역에서 활동할 당시에는 주변인들에게 이미 소현세자유복자설이 공공연하게 유포되었던 것으로 보인다.

병진년 11월 6일

11월 6일에는 이미 1차 심문을 받았던 처경, 묘향, 김자원 등에 대한 1차 형문이 벌어졌고, 처경과 접촉한 바 있던 전 양지 현감 정행일鄭行—의 두 아들(정윤주, 정연주)이 나래되어 심문을 받았다. 처경의 경우, 능화지를 전해준 주체, 복창군과의 사촌관계설, 실제적인 탄생년월일 등에 대한 추궁을 받았으나 형문을 참아내며 추가적인 답변을 거부하였다. 묘향의 경우, 왕자용모설과 소현세자유복자의 투기설 및 생존설을 통해 처경을 부추겼던 정황에 대해 조사를 받았으나 별다른 자백은 없었다. 김자원의 경우, 처경과 복창군 간의 사촌관계설과 처경의 투기설 등에 대해 추문을 당했으나 특별한 답변을 내놓지 않았다. 정윤주와 정연주 형제는 처경에게 서울 지역으로 옮겨 올 것을 권유하고, 처경의 신원을 고위직들에게 유통시킬 수 있도록 알선했다는 의심을 받았으나 모든 혐의에 대해 부정하였다.

🏵 병진 11월 6일 추국청 참석여부[102]

의정부영의정 허적: 참석

영중추부사 정치화: 병(病)

행판중추부사 정지화: 병(病)

의정부좌의정 권대운: 참석

의정부우의정 허목: 병(病)

판의금부사 유혁연: 참석

행사헌부대사헌 김휘: 참석

지의금부사 이지익: 참석

동지의금부사 이홍연: 참석

동지의금부사 경칙: 참석

행사간원대사간 오시복: 참석

승정원동부승지 권유: 참석

별문사낭청(別問事郎廳)

종부시정 이유: 참석

성균관직강 이봉징: 참석

이조좌랑 유하익: 참석

이조좌랑 이담명: 참석

---

102 11월 5일을 지나면서 어느 정도 사건의 윤곽이 드러나자 의금부당상과 양사의
   장관이 주재하는 일상적인 추국의 관례에 따라 죄인의 심문을 진행하자는 문
   사낭청의 요청이 받아들여져 추국장의 참석 인원이 줄어들게 된다. 전날 33명
   이던 참여인원은 11월 6일에 이르러 17명으로 줄어든다.

별형방(別刑房)

도사 심양필: 참석

도사 이주징: 참석

문서색(文書色)

도사 김성최: 참석

도사 김석: 참석

○ **丙辰十一月六日, 推鞫廳進不進**

議政府領議政 許 積 進

領中樞府事 鄭致和 病

行判中樞府事 鄭知和 病

議政府左議政 權大運 進

議政府右議政 許 穆 病

判義禁府事 柳赫然 進

行司憲府大司憲 金 徽 進

知義禁府事 李之翼 進

同知義禁府事 李弘淵 進

同知義禁府事 慶 㝡 進

行司諫院大司諫 吳始復 進

承政院同副承旨 權 愈 進

別問事郞廳

宗簿寺正 李 濡 進

成均館直講 李鳳徵 進

吏曹佐郎 兪夏益 進
吏曹佐郎 李聃命 進

別刑房

都事 沈良弼 進
都事 李周徵 進

文書色

都事 金盛最 進
都事 金 碩 進

❀ 같은 날, 도사 엄찬(嚴纘)이 죄인 정윤주, 정연주 등을 나래하였다.
  同日, 都事嚴纘, 罪人鄭潤周·演周等, 拿來.

❀ 같은 날, 추국청에서 임금께 보고하였다.

  숙이와 처경을 면질할 때에 신들이 먼저 처경에게 이 사람이 그 나인이 맞는지의 여부를 물었더니 처경은 이 여인도 그 당시에 절에 올라왔던 사람이지만, 자신과 문답을 나눈 사람은 곧 대방나인(大房內人)이었고, 이 여인은 아니라고 말하였습니다. 숙이에게 함께 갔던 나인의 이름에 대해 물었더니 함께 동행했던 사람은 복녕군방(福寧君房)[103] 나인 애숙(愛淑)[104]이라 하였습니다. 숙이는 잠시 가두어 두었다가 애숙을 나래하여 빙문(憑問)하는 것이 어떻습니까?

임금께서 보고대로 하라고 답하셨다.

○ 同日, 推鞫廳啓曰: "淑伊與處瓊, 面質之際, 臣等先問, 此是其內人與否, 於處瓊, 則處瓊言, 此女人亦是其日上寺者, 而與渠問答者, 即是大房內人, 非此女人云. 問同往內人之名, 於淑伊, 則對以同往者, 即是福寧君房內人, 愛淑爲名者云. 淑伊則姑爲仍囚, 愛淑拿來憑問何如?" 答曰: "依啓."

❀ 같은 날, 죄인 처경, 재심문(2차)

다음과 같은 추문내용을 임금께 아뢰었다.

죄인이 스스로 왕실지친(王室至親)이라고 했던 것은 오로지 나인이 여승 정씨에게 주었고, 정씨가 다시 묘향에게로 전해주어 양육시켰으며, 10세 후에 어느 중에게 넘겨주었다고 하는 하나의 이야기에 근거하고 있을 뿐이다. 묘향이 갑인년(1674)에 처음으로 죄인을 만나보았던 상황은 면질의 과정에서 명백하게 드러났다. 그때 죄인은 아무 대답도 하지 못 한 채, 이어서 "여승 정씨가 곧바로 어떤 중에게 넘겨주었다"고도 하고 또 "3년 후에 다시 어느 지나가던 중에게 주었다"고 하였는데, 이는 전에 진술한 바 있는 10세 후에 중에게 넘겨주었다는 설과 서로 커다랗게 어긋나고 있다. 또 아기였을 때 묘향에 의해 수양

---

103 복녕군(1639-1670)은 인조의 3남이었던 인평대군(麟坪大君)의 장남이며, 밑으로 복창군(福昌君), 복선군(福善君), 복평군(福平君) 등의 세 동생을 두었다. 만약 처경이 소현세자의 유복자라면 복녕군과는 사촌뻘이 된다.

104 애숙은 당시 49세의 사노비로서 처경으로부터 자련(自憐)이라는 법명을 받고 그를 사승으로 모시던 제자이며 처경과 서신교환을 통해 처경으로 하여금 소현세자유복자설을 입증할 표적을 챙기도록 권고한 인물이었다.

되었는지의 여부를 자세히 알 수 없다고 했는데, 죄인이 스스로 국왕
의 혈족이라고 한 말은 애써 다그치지 않아도 저절로 깨질 수밖에 없
을 뿐이다. 처음 진술에서는 능화지에 씌어졌던 것이 궁에서 나온 후
정씨에 의해 묘향에게 전해진 뒤, 죄인이 중이 될 때 비로소 묘향으로
부터 받은 것이라 하였다. 그러다가 면질의 과정에서는 아기 때 입고
있던 의대 속에서 소지를 얻었지만 누가 그것을 주었는지에 대해서는
모른다고 말했다. 간혹 옷과 소지를 모두 묘향이 준 것이라고도 언급
하기도 하면서, 전후의 진술을 뒤집고 바꿔 버리기도 하였다. 그 글씨
는 분명히 상한(常漢)이 향음(鄕音)으로 쓴 것이며, 글 속의 어의(語意)
는 근거가 없이 맹랑할 뿐만 아니라 모든 것이 중들이 쓰는 상스러운
말(常談)이다. 지난해 죄인이 안성군에서 감금되어 심문을 받을 때, 원
주 태생의 사람으로서 아비는 유학(幼學) 이청(李淸)이고 10세 전에 부
모가 모두 죽어 의탁할 곳이 없어 고향을 떠나 중이 되었다고 하였
다.[105] 그런데 지금에 와서 어떻게 복창군의 4촌이라 칭할 수 있는가?
작년 안성에서 공초받을 때에 나이 24세라 했으니 곧 임진생(1652)이
될 텐데, 이제 와서 어찌 을유생(1645)이라 하는가? 죄인의 간사하고
교활한 정황이 남김없이 드러났다. 지금 이러한 간계가 죄인의 간교한
속임수에서 나온 것인가? 아니면 주변 사람들(聽人)이 부추겨서(指敎)
마음을 먹게 된 것인가? 왜능화지에 글을 써서 준 사람은 누구인가?
이런 등등을 숨기고서 바른 대로 고하지 않은 실정(原情)을 형문하여
드러내실 일이다.

○ 同日, 罪人處瓊, 更推, 白等.

---

105 아비에 대한 정보는 잘못 되었으나 10세 전에 부모를 여읜 것은 사실에 부합한다.

矣身自謂, 王室至親者, 專在於自內出給於女僧丁氏, 丁氏傳給於妙香養育, 十歲移給僧人一款, 而妙香段, 初見矣身於甲寅年之狀, 明白現發於面質之時. 矣身無辭可答, 乃曰, '丁氏直爲移授於某僧', 又曰, '過三歲後, 更給何樣過去僧', 與前招, 十歲後移給僧人之說, 大大相左. 又曰, '兒時, 收養於妙香與否, 不能詳知', 矣身自謂, 國族者, 不攻自破是沙餘良. 初招則曰, '菱花所書者, 出自內間, 丁氏傳授於妙香, 妙香始給於矣身, 爲僧之時' 是如爲如可, 及其面質之時, 則曰, '其紙得之, 於兒時所着衣帶中, 不知何人所給'. 或曰, '衣與紙皆是妙香之所給', 前後之招, 反覆變幻是旀, 其書明是常漢之, 以鄕音書之者, 而書中語意, 不但無據而已, 皆是僧人之常談是旀, 矣身上年, 安城郡囚治時, 以原州胎生之人, 父幼學李淸, 十歲前父母俱沒, 無所依託, 離鄕爲僧是如爲有去等, 到今何自稱, 福昌君之四寸是旀, 上年安城納招時, 年二十四, 則乃是壬辰生是去乙, 今何以曰, '乙酉生' 是喩, 矣身奸巧情狀, 敗露無餘是置. 今此奸計出於矣身之巧詐是喩, 聽人指敎而生意是喩, 倭菱紙書給人, 幷以諱不直招原情, 刑問現推敎事.

🪷 같은 날, 죄인 처경을 1차로 형문하며 신장(訊杖) 30대를 때렸다. 이전의 진술에서 가감된 것이 없음을 임금께 아뢰었다.

○ 同日, 罪人處瓊, 刑問一次, 訊杖三十度, 白等. 前招內, 無加減是白乎事.

🪷 같은 날, 추국청에서 임금께 보고하였다.

죄인 처경은 매를 참고 자백하지 않으니 형을 더하여 실상을 얻기를 청합니다.

임금께서 답하셨다.

간계한 상황이 이미 드러난 뒤에도 여전히 실토하지 않으니 진실로 매우 통탄스럽고 놀랍다. 예사롭지 않게, 각별히 엄하게 형문하여 실상을 알아내도록 하라.

○ 同日, 推鞫廳啓曰: "罪人處瓊, 忍杖不服, 請加刑得情." 答曰: "奸狀已敗之後, 猶不吐實, 誠極痛駭, 除尋常, 各別嚴刑, 期於得情."

❀ 같은 날, 의금부낭청이 영의정과 좌의정의 의견을 가지고 아뢰었다.

문사낭청(問事郎廳) 이유(李濡)가 몸에 탈(頉)이 나서 홍문관수찬(弘文館修撰) 강석빈(姜碩賓)[106]으로 바꾸어 임명하였으니, 원단자(元單子)에 부표(付標)[107]하여 넣어 두고자 하는 뜻으로 감히 아룁니다.

임금께서 알았다고 하셨다.

○ 同日, 義禁府郎廳, 以領左相意 啓曰: "問事郎廳, 李濡有頉, 代以弘文館修撰, 姜碩賓差下, 元單子中付標, 以入之意敢啓." 傳曰: "知道."

❀ 같은 날, 죄인 사노비 묘향, 재심문(2차)

---

106 강석빈이 수찬으로 임명된 것은 추국이 열리기 두 달 전인 숙종 2년(1676) 9월이었다. 『肅宗實錄』 권5, 숙종 2년 9월 신사.

107 눈에 잘 띄도록 문서에 표시하는 것을 말한다. 실제로 11월 6일의 추국에 별문사낭청이었던 종부시정(宗簿寺正) 이유가 11월 7일의 추국에는 홍문관수찬 강석빈으로 교체되었음을 확인할 수 있다(11월 7일 추국청 참석여부 참조).

다음과 같은 추문내용을 임금께 아뢰었다.

승 처경이 스스로 말하기를, 강보에 싸여 있을 때부터 죄인에 의해 양육되었다고 하였지만, 이에 대해 면질을 하는 과정에서 이미 자기가 속였었던 것을 자복하였다. 죄인은 처경을 숭봉하고 용모를 찬미하면서 앞 모습은 석가모니 부처님같고 뒷 모습은 왕자님같다는 등의 말로 아첨하여 처경의 간계를 부추겼고 급기야 소현세자의 유복자라는 설을 처경에게 말하는 지경에까지 이르렀다. 또 처경에게 물으면서 "스님(師)의 행동거지가 왕자의 모양을 빼 닮은 것 같은데 스님(師)이 여러 왕자들의 친속이 아니신지요? 소현세자에게 아들이 셋 있는데 한 아드님을 잃으셨다고들 하는데, 스님(師)이 그분이신지요?"라고 하였다. 소현세자유복자의 투기(投棄)와 생존(生存)에 관한 설은 서울에서 지낼 때 얻어 들었던 것이었고, 이 중을 보자 그런 말을 한 것이라 하였다. 그러므로 처경이 간계를 낼 마음을 엿보며 자칭 왕실지친이라 했던 것은 필시 죄인의 꼬드김과 부추김에서 비롯된 것이다. 그간의 정황을 가리고 숨기며 바른 대로 고하지 않은 실정(元情)[108]을 형문하여 드러내실 일이다.

○ 同日, 罪人私婢妙香, 更推, 白等.

僧人處瓊, 自稱自在襁褓時, 收養於矣身處是如爲良置, 此則面質之時, 處瓊已自服, 其誣罔爲有在果, 矣身崇奉處瓊, 讚美容貌, 以前似釋佛, 後似王子等說, 爲諂媚處瓊之計, 至以昭顯遺腹子之說, 言於處瓊. 且問於處瓊曰, '師之擧止, 酷似王子貌撲, 師無乃諸王子之親屬耶? 昭顯之子有三, 而

---

108 원문에 '原情' 혹은 '元情'으로 표현된 것을 본래적인 실정의 의미로 옮겼다.

遺失其一云, 師其是耶?'云云爲旀, 昭顯世子遺腹子, 投棄生存之說, 在京之日, 果得聞之, 故見此僧, 而言之是如爲有臥乎所. 處瓊之闖生奸計, 自稱王室至親者, 必由於矣身之敎誘是置. 其間情遮, 諱不直招元情, 刑問現推敎事.

🪷 죄인 묘향을 1차로 형문하며 신장(訊杖) 30대를 때렸다.
　이전의 진술에서 가감된 것이 없음을 임금께 아뢰었다.
○ 罪人妙香, 刑問一次, 訊杖三十度. 前招內, 無加減是白乎事.

🪷 추국청에서 임금께 보고하였다.

　죄인 묘향은 매를 참고 자백하지 않으니 형을 더하여 실상을 얻기를 청합니다.

　임금께서 답하셨다.

　처경이 감히 흉악한 간계를 내었던 것은 전적으로 묘향으로부터 말미암는다. 각별히 엄하게 형문하여 실상을 알아내도록 하라.
○ 推鞫廳啓曰: "罪人妙香, 忍杖不服, 請加刑得情." 答曰: "處瓊之敢生兇計, 專由於妙香, 各別嚴刑, 期於得情."

🪷 같은 날, 죄인 정윤주 25세, 정연주 23세

　다음과 같은 추문내용을 임금께 아뢰었다.

승 처경의 진술에 따르면, 그가 양지(陽智)에 있을 때 죄인 형제가 부친의 임지에 있으면서 부친의 질병을 치료하기 위해 그에게 양재기복(禳災祈福)을 맡겼다고 하였다. 당시에 죄인 형제가 그에게 근인(根因)을 물어보았을 때, 소현세자의 유복자인 아기를 물 속에 던졌었는데, 지금도 여전히 생존해 있다는 이야기로 답했다고 한다. 그러자 죄인들이 "그게 사실이라면 표적이라도 있는가?"라고 하였을 때, 그는 왼손 장지의 상처를 꺼내 보였다고 한다. 그랬을 때 죄인들은 "나의 조부가 재상이므로 알고 지내는 재상들이 많은데, 우리집에 왕래하는 이들에게 알릴 수 있다"고 했고, 또 "그대가 만약 경산(京山)에 거하며 성 안에 출입할 수 있다면, 어찌 사대부들도 그대를 알아볼 길이 없겠는가?"라고 말했다고 한다. 처경이 아무렇게나 함부로 말한 것을 듣고 경산으로 들어와 머물도록 권한 것은 무슨 의도였는지 상세하게 고하라.

임금께서 이 같은 내용을 추문하라 하셨기에, 다음과 같이 죄인의 진술을 받았다.

정윤주: 지난 해 6월 저는 부친의 부임지인 양지에 갔었고, 그 관할 지역 내의 서당(書堂)에 나가 유생(儒生) 서너 명과 만나 공부했습니다. 그러던 어느 날 중 한 명이 찾아왔는데 이름을 물으니 처경이라 하고, 어디에서 왔는지 물었더니 죽산으로부터 왔다고 대답했습니다. 저는 공부(做工)에 전념하는 일이 급해, 더 이상 문답을 이어가지 않아 처경도 발언할 겨를이 없었습니다.[109] 처경이 돌아간지 이틀 후에 다시 찾아왔기에 제가 "그대는 이 근처의 절에 머무는가?" 라고 물었습니

다. 그랬더니 처경은 잠시 근처의 절에 머물고 있다고 답했습니다. 그리고는 더 이상 그와 얘기를 지속적으로 나누지 않자, 이내 떠나갔습니다. 저희들이 모임을 파하고 관아로 돌아온 후에 처경이 다시 찾아왔을 때, 저희 부친의 병이 중해 약에 효험이 없다는 말을 듣고는 저희들에게 질병이 이지경인데 왜 공불기도(供佛祈禱)를 하지 않느냐고 했습니다. 불사(佛事)의 허탄함을 모르는 바도 아니었지만, 사사로운 정에 가려 '지극정성으로 해볼 건 다 해 본다'[110]는 심정으로, 그의 말에 기대어 광주(廣州) 대해산(大海山)에서 송경(誦經) 의식을 거행하도록 했습니다. 그후 12월(臘月) 15일 저의 부친께서 현감의 직을 떠나게 되었을 때 지극한 오한이 들고 병세가 깊고 심각해 길을 나설 수(登道) 없게 되었습니다. 같은 달 21일에야 비로소 길을 떠나 서울에 돌아왔습니다. 당시 길을 떠나기 하루 전인 20일에 처경이 다시 찾아와 만나보기를 청했지만 저희들은 길떠날 준비(治行)로 매우 바빠 만나볼 수 없었습니다. 이에 처경은 한사코 만나보기를 고집하면서 "이 후로는 만나 뵙고 인사드리는 일도 쉽지 않다"고 하였습니다. 결국 저희들 형제가 나가서 만나보았더니 처경은 날씨를 소재로 몇 마디 주고받은 후, 저에게 "매번 드릴 말씀이 있었지만 차분한 기회를 얻지 못하다가 이제야 비로소 말씀드리게 되었습니다"라고 하였습니다. 이내 저희들에게 "이 몸을 상스런 중놈으로 보십니까? 저도 실제로는 양반이지만 사람들이 이를 알지 못 할 뿐입니다"라고 하였습니다. 저는 "그렇다면 어떤 양반인가?"하고 물었더니, 처경은 자신이 곧 소현세자

---

109 원문의 '不移時處瓊辭'를 '처경이 말할 겨를도 없었다'는 의미로 파악하였다. 즉 '이시(移時)'를 잠시 잠간의 겨를이나 기회로 보고 해석한 것이다.

110 원문의 '無所不用其極'을 '정성을 드리지 않는 바가 없다'는 의미로 이해하였고 '지극정성으로 해볼 건 다 해 본다'는 표현으로 의역하였다.

의 유복자라고 했습니다. 저는 놀라움을 금치 못하고 모골이 송연해 진 채,[111] 단지 그의 말이 헤아릴 수 없을 만큼 괴상망측하다고만 하였을 뿐입니다. 그러자 처경이 다시 자신에게 그것을 입증할 표적이 있다고 하였습니다. 그러면서 자신의 손을 꺼내 보였는데, 저는 놀라움을 억누르지 못한 채 별 생각 없이 살펴보면서, "너는 매우 괴상망측하니 다시는 찾아와 만나지 말라!"고 말했을 뿐입니다. 그러고는 다시 일어나 관아로 들어가자 처경도 더 이상 말 붙이지 않고 떠나갔습니다. 대개 전해들은 괴탄스런 말들은 저의 조부께서 늘 통렬하게 금하는 것이라 이상에서 언급한 처경의 말을 관아에 감히 고할 수도 없었을 뿐만 아니라 조부께도 감히 말씀드리지 못 했던 것입니다. 금년 3, 4월 경에 저의 부친의 병이 더욱 위독하던 중, 어느 거사 한 명이 찾아와 '이번에 경산에 올라가면 인사 올릴 수 있다'는 처경의 말을 전해 주었습니다. 저는 근심과 당황스러움에 어쩔 줄 몰랐기에 그 거사를 접견할 겨를도 없었을 뿐만 아니라 이미 처경의 사람 됨됨이가 극히 괴이하고 망측스러움을 살피고 있었기 때문에, 여종을 시켜 우리들이 병환(病患)을 피하고자 시골에 내려가 지낼 것이므로 당신네가 찾아온다하더라도 결코 만날 수 없으니 오지 말라는 뜻을 다녀간 거사에게 전달하라고 했습니다. 결국 부친의 상을 당해, 발인하는 일로 내려갔습니다. 처경이 곧바로 저의 조부 댁에 이르러 조부에게 이르기를, "나의 신원에 대해서는 영감께서 자제들이 전해드린 것을 통해 아실 터이며, 만일 영의정을 만나 뵙거든 꼭 말씀해주시길 바랍니다"라고 하였습니다. 저의 조부께서 놀라움과 괴이함을 가누지 못한 채, 저희

---

111 원문에는 '毛骨俱疎'로 되어 있으나 내용상 모골이 모두 쭈뼛해졌음을 뜻하는 '毛骨俱悚'으로 바로 잡아야 할 것이다.

가 반혼(返魂)[112]에 맞춰 집에 들어오자, 저희들에게 그에 관해 물으셨고, 그 때에야 비로소 그 일의 실상을 조부께 알려드리게 되었습니다. 제가 처경의 괴이하고 망측한 말을 한 번 듣고 오히려 그의 얼굴을 다시 볼까 두려웠었는데, 어찌 경산에 거하도록 권했을 리가 있겠습니까? 제가 비록 나이 어려 무식하지만, 어찌 조부와 친분 있는 재상들에게 그를 알리도록 하겠다는 등의 얘기를 요망한 중에게 했을 리가 있겠습니까? 이제와 생각해보니 처경이 말을 꺼냈던 날에 차분하게 잡아들여 조사함으로써 간악한 실상을 살핀 후에 관가에 신고하였다면 아마도 변고에 대처하는 길에 합당했을 것입니다. 그러나 저는 얘기를 듣고 놀랍고 두려운 나머지 전혀 딴 생각을 하지 못하다가 여기에까지 이르고 말았습니다. 실로 이 일은 제가 연소하여 능히 일을 처리할 수 없었던 까닭에서 비롯된 것입니다.

상고하고 분간하여 시행하실 일.

○ 同日, 罪人鄭潤周, 年二十五, 鄭演周, 年二十三, 白等.

僧人處瓊, 所供內, 渠在陽智時, 矣身兄弟, 在矣父任所, 爲父疾病, 使渠禳災祈福. 而問渠根因是去乙, 以昭顯世子遺腹兒, 投諸水中, 尙今生存之說, 答之, 則矣等曰, '然則有表迹乎?' 渠出示, 左手長指傷處, 則矣等曰, '吾之祖父是宰相, 故相識宰相多有, 往來吾家者可使知之.' 且'汝若居京山, 出入城中, 則士夫亦豈無知汝之路'云云是如爲有臥乎所. 聽處瓊無狀之言, 勸令來住京山者, 何意是喩, 詳細現告亦.

推考敎是臥乎在亦.

 반우(返虞)라고도 하며, 발인 후 시신을 매장하고 나서 신주(虞主)를 집으로 가지고 들어와 봉안하는 절차를 말한다.

鄭潤周段, 上年六月, 矣身往矣父陽智任所爲白有如乎, 境內書堂良中, 與儒生三四人, 出接做業矣. 一日有一僧來謁, 問名, 則答以處瓊, 問自何來, 則答以自竹山來云. 矣身急於做工, 不復問答, 則不移時處瓊辭. 故後二日, 又爲來謁, 矣身問曰: "汝留住近處寺耶?" 處瓊答以, "姑留于近寺." 矣身更不接話渠良久, 乃去矣. 矣等罷接還衙之後, 處瓊又爲來見, 而得聞矣父素有重病, 藥餌未效之語, 謂矣等曰, '疾病如此, 則何不供佛祈禱'云云爲白去乙, 非不知佛事之虛誕, 而私情所蔽, 無所不用其極, 果依其言, 使之誦經, 於廣州大海山爲白齊. 其後臘月十五日, 矣父得遆縣監時, 當極寒病勢深重, 不卽登道. 同月二十一日, 始爲發行還京, 而未發行前一日, 是在二十日良中, 同處瓊又來請見, 而矣等治行甚忙, 不得出見, 則處瓊固要相見曰: "此後則, 逢拜未易"是如爲白去乙, 矣等兄弟, 始乃出見, 則處瓊寒暄數語之後, 謂矣身曰: "每有欲達之言, 而未得從容, 今始言之." 仍謂矣等曰: "以常漢僧視我耶? 我宗兩班, 而人不知之"云. 矣身曰: "然則何許兩班耶?" 處瓊曰: "吾乃昭顯世子遺腹子"云. 矣身不覺驚駭, 毛骨俱竦, 但云不料汝之怪妄如此云, 則處瓊又曰: "吾有可表之迹"是如爲白遣. 仍出其手, 而矣身驚駭未定, 無意察見, 但曰: "汝甚怪妄, 勿復來見可也." 因爲起入衙中, 則處瓊亦不辭而去爲白乎矣. 凡係怪誕傳說, 矣祖父尋常痛禁, 故上項處瓊之言, 不但不敢告於官家, 亦不敢言于矣祖父爲白有齊. 今年三四月間, 矣父之病, 方在危劇之中, 有一居士者來, 傳處瓊之言曰, '今當上去京山, 可以進拜'云是如爲白乎矣. 矣身憂遑罔極之中, 無暇接見其居士叱分不喩, 已審處瓊之爲人, 極爲怪妄, 故居士處, 以吾等以病患, 方欲避寓下鄕, 汝雖入來, 必不得見, 須不入來之意, 使女婢傳言爲白有齊. 矣身竟遭失父之喪, 隨發引下去爲白有如乎, 同處瓊直到矣祖父家, 謂矣祖父曰: "吾之根派, 令監必因子弟, 所傳而知之, 如見領議政, 幸須言之"是如爲白去乙, 矣祖父不勝駭異, 返魂入來之後, 問于矣等, 矣等始告其事狀爲白有在果, 矣身一聞處瓊怪妄之言, 猶恐再見其面爲白去等, 豈有勸居京山之理是白乎旀, 矣身雖甚年少無識, 豈有以祖父相識宰相, 可使知之等語, 言說於妖妄僧人之理哉? 到今思之, 則當處瓊發言之日, 若能從容鉤問, 審得奸狀, 而告于官家, 則似合處變之道. 而矣身聞言驚懼, 全不念, 及於此. 此則宗由於年少未解事之致是白置.

相考分揀施行敎事.

정연주: 저의 돌아가신 부친께서 양지 현감이 되셨을 때, 저희 형제도 임지를 따라 갔다가 독서를 위해 그 관할 지역 내에 있는 서당에 갔었습니다. 그런데 어느 한 사람이 밖에서 들어오더니 저희들에게 객승(客僧)이 들어가 뵙고자 한다 하기에, 그를 불러 들여 이름을 물었더니 처경이라 하였습니다. 그래서 그저 관례대로 대강 보아 넘겼을 뿐입니다. 그후 저희들의 돌아가신 부친께서 질병이 매우 중해져 저희들은 관아에 의원을 모아 치료하게 하였습니다. 어느 날 갑자기 처경이 찾아와, 지금 듣기로 현감의 병세가 이토록 심한데 어찌 양재구복(禳災求福)의 방도를 시도하지 않느냐고 말했습니다. 저희들은 지극한 정성으로 해볼 건 다 해 보고자 했으므로, 결국 처경의 한 마디 말에 기대어 대해산(大海山)에서 한 차례 공불(供佛)을 거행한 뒤 파하고 돌아왔습니다. 지난해 12월, 돌아가신 부친께서 병 때문에 관직을 그만두고 21일에 장차 행장을 꾸려 귀경하려고 할 즈음에,[113] 처경이 다시 관아 밖에 이르러 찾아와 뵙고자 한다는 뜻을 알려왔습니다. 그

---

113 본문의 '治任歸京之際'를 옮긴 것이다. 여기에 나오는 '治任'은 벌여 놓은 일을 치우는 일로서 여장을 꾸리는 의미인 '治行'과 의미상 통한다고 할 수 있다.

래서 저희들은 여장을 꾸리는 일로 나가볼 틈이 없다고 답했지만, 처경은 잠시 더 문 밖에 머물며 꼭 만나 뵙고 싶다고 했습니다. 저는 속으로 처경이 가까운 곳에 관가의 일로 뭔가 말할 만한 단서가 있어서 저리도 강하게 만나기를 청하는가보다고 생각했습니다. 그래서 곧 형윤주와 함께 나가 보았더니 처경은 날씨를 화제로 몇 마디 건넨 뒤, "이제 오래도록 떨어져야 하므로 그간 속에 품었던 바를 알려드리고자 합니다"라고 말하는 것이었습니다. 저희들이 말해보도록 했더니, "혹시 저를 상스런 중놈으로 보는 것 아닙니까?", "저는 소현세자의 유복자인데, 안성 땅에 거하는 여 거사 한 사람이 저의 신원을 상세하게 알고 있습니다"고 하였습니다. 그러면서 곧바로 손가락이 상한 부위를 가리키면서 "이것이 명백한 표적입니다"라고 하였습니다. 저희들은 이 말을 듣고 속으로 매우 놀랍고 괴이하게 여기며 곧바로 처경을 엄하게 꾸짖으며, "본래 너의 괴탄함을 알지 못한 채 만남을 허락했는데, 이제 이후로 절대로 우리집에 왕래하지 말라"고 하였습니다. 그리고 나서 저희들은 곧바로 일어나 관아로 들어왔는데, 어떻게 그를 경산으로 올라오도록 권했을 리가 있겠습니까? 더욱이 저희집에 출입하는 재상들에게 그를 알리게 했다는 설과 사대부들이 그를 알아볼 길이 있으리라는 설은 원래 저희가 말했던 것이 아닙니다. 저희들이 소현세자의 유복자라는 말을 듣고도 조정(朝廷)에 받들어 올리지 않았던 것은 저희들이 나이 어려 사리를 분별할 수 없었던 까닭에 불과합니다.

　상고하고 분간하여 시행하실 일.
鄭演周段, 矣身亡父爲陽智縣監時, 矣身兄弟隨往任所是如可, 爲讀書往在境內書堂矣. 有一人自外來, 言於矣等曰, '客僧欲爲入現'是如爲白去乙, 使之招入, 而問其名, 則處瓊云, 故循例看過而已. 其後矣等亡父疾病甚重, 故矣等會於衙中醫治爲白如乎. 一日處瓊急然來見曰, '今聞縣監病勢如此, 何不試爲禳灾求福之道耶?' 矣等至情所在, 無所不用其極, 故果然一依處瓊之言, 一番供佛於大海山, 而卽爲罷歸是白如乎. 上年十二月, 亡父以病遞職, 將於二十一日, 治任歸京之際, 處瓊又至官門外, 通其進謁之意是白去乙, 矣等答以治行未暇出見, 則處瓊姑留門外, 必欲相見是白去乙, 矣身意謂, 處瓊在近地, 或於官家事, 有可言之端, 故强請相見是白乎可, 卽與兄潤周出見, 則處瓊於伸寒喧之後, 仍曰: "今當久別, 欲告所懷"是如爲白去乙, 矣等使之言之, 則乃曰: "無乃視我爲常漢僧耶?", "我卽昭顯遺腹子, 而安城地居, 女居士一人, 知我根脚甚詳"是如爲白遣. 仍出示手指傷處, 曰: "此爲明白可表之迹"是如爲白去乙, 矣等得聞此言之後, 心甚驚怪, 遽峻責處瓊曰: "初不識汝怪誕, 有所容接矣, 今乃如此後, 切勿往來於吾家"爲白遣. 矣等卽爲起入衙中是白去等, 豈有勸令來在京山之理乎? 況出入宰相, 可使知汝之說, 士夫亦有知汝之路之說, 元非矣等所言是白齊. 矣等聞昭顯遺腹子之言, 而不得卽爲上聞於朝廷者, 不過矣等年少, 不解事之致是白去乎.

相考分揀施行教事.

🪷 같은 날, 추국청에서 임금께 보고하였다.

　정윤주와 정연주 등은 처경의 괴상하고 망측한 말을 들었다고 이미 바르게 고했습니다. 경산에 머물도록 권하며 재상들에게 알리려 했다는 말들은 그들이 말한 것이 아니라 합니다. 이것과 처경의 진술

사이에는 서로 어긋남이 있습니다. 한 곳에서 면질한 후에 다시 재가를 얻어 처리하는 것이 어떻겠습니까?

임금께서 보고한 대로 하라고 답하셨다.

○ 同日, 推鞫廳啓曰: "鄭潤周·演周等, 得聞處瓊怪妄之說, 已爲直招, 而勸住京山, 使宰相知之等語, 非渠所言云. 此一款與處瓊之招相左. 一處面質後, 更爲稟處何如?" 答曰: "依啓."

❀ 같은 날, 김자원 재심문(2차)

다음과 같은 추문내용을 임금께 아뢰었다.

죄인이 약사전(藥師殿)에서 처경을 보고 그와 더불어 함께 지낼 것을 요청하였고, 그의 의복을 짊어지고 함께 원통암 불당에 이르러서는 출입할 때마다 따라 다녔다. 그뿐만 아니라 죄인이 처경에게, "지나간 병술(1646) 연간에 함 속에 든 아이가 수중에 던져졌다는 얘기를 일찍이 제가 들은 바가 있는데,[114] 혹시 스님(師)이 아니신지요?"라고 했더니, 처경이 울기만 하고 답하지 않았다고 한다.[115] 죄인이 다시 굳세게 질문했을 때, 처경은 복창군이 자신에게 사촌 사이라고만 했

---

114 일찍이 수원군졸을 지내고 난 뒤 양주 원통암을 출입하며 처경을 따라 다니며 거사노릇을 하던 김자원이 1차 심문과정에서 이미 소현세자유복자의 수중투척설을 접한 적이 있음을 시사한 바 있다. 그리고 이미 묘향도 자신이 서울 지역에서 거주할 때, 소현세자유복자의 투기설과 생존설을 접하였다고 진술한 바 있다. 두 사람의 진술을 고려할 때, 소현세자유복자에 대한 설화가 소현세자 사후 서울지역에서 광범위하게 유포되면서 공감을 얻었을 것이라 짐작할 수 있다.

다는데, 죄인이 처경이 함에 넣어져 수중에 던져진 아기일 거라고 의문을 가졌던 것은 무슨 의도에서였는가? 실정(原情)을 형문하여 드러내실 일이다.

○ 同日, 罪人金自遠, 更推, 白等.

矣身見處瓊於藥師殿, 要與同居, 負其衣服, 而偕來圓通佛堂, 出入必隨叱分不喩, 矣身言於處瓊曰: "往在丙戌年間, 以函盛兒, 投諸水中之說, 我嘗聞之矣. 無乃師乎?"云, 則處瓊哭而不答. 又爲强問, 則處瓊只云, '福昌君, 於我爲四寸親也'云云是如爲有臥乎所. 矣身致疑, 於處瓊之爲盛函投水之兒者, 何意是喩, 原情刑問現推敎事.

❀ 죄인 김자원을 1차로 형문하며 신장(訊杖) 30대를 때렸다.

이전의 진술에서 가감된 것이 없음을 임금께 아뢰었다.

○ 罪人, 金自遠, 刑問一次, 訊杖三十度, 白等. 前招內, 無加減是白乎事.

❀ 추국청에서 임금께 보고하였다.

죄인 김자원을 1차로 형추하였으나 진술한 것이 전과 다르지 않습니다. 이 외에 별다른 정황이 없는 듯합니다. 그러나 옥체(獄體)가 중대하므로 감히 아래에서 함부로 논의를 거칠 필요 없이 형을 더하는 것이 어떻습니까?

---

115 원문에 '哭而不答'으로 되어 있지만, 11월 4일의 1차 심문에서 김자원이 진술한 내용에는 '唉而不答'으로 되어 있다. 내용의 흐름 상 '웃기만 할 뿐 대답하지 않았다'는 말이 어울리므로, 위의 '哭'은 '唉(笑)'의 오기라고 판단된다.

임금께서 잠시동안 형을 가하지 말고 결말을 기다리라고 답하셨다.

○ 推鞫廳啓曰: "罪人金自遠, 忍刑推一次, 其所供與前無異, 此外似無別情, 而獄體重大, 自下不敢容議, 更爲加刑乎?" 答曰: "姑勿加刑, 以待結末."

❀ 같은 날 유시(酉時)[116]에 임금께서 추국을 잠시 멈추라고 전교하셨다.

○ 同日酉時, 傳曰: "推鞫姑罷."

---

116 오후 17시에서 19시 사이.

보충

　다섯 번째 기록일인 11월 6일에는 처경과 접촉한 바 있는 정윤주, 정연주 형제에 대한 1차 심문이 이루어졌고, 재심문 대상자인 처경, 묘향, 김자원 등에 대한 1차 형문이 벌어졌다. 아울러 복창군 누이집의 나인이었던 숙이와 동행하면서 처경과 접촉했던 복령군방 나인 애숙에 대한 나래가 결정되었다.

　처경의 경우, 왕실지친의 근거가 되는 유아 전달과정, 출생의 비밀을 담고 있는 능화지의 입수경로, 실제적인 탄생년도와 출신지, 복창군과의 사촌관계설 등에 집중적인 추궁을 받았으나 형신을 참아가며 특별한 응답을 내놓지 않았다. 추문관들은 형문을 통해 소현세자유복자설의 허구를 들춰내려 노력하였다. 특히 능화지에 씌어진 어투나 논리적 모순에 주목하면서 조작가능성에 주목하기 시작했으며, 안성 관아에서 처경을 조사하며 작성했던 문안의 대조를 통해, 처경의 출생년도를 1645년이 아닌 소현세자 사후 7년째가 되는 1652년으로 의심하게 된다.

　처경에 이어 묘향도 1차 형문을 받아가며 조사를 받는다. 묘향의 경우, 처경과의 면질을 통해 수양인의 혐의에서 벗어날 수 있었지만, 왕자외모설, 소현세자유복자의 투기설 및 생존설을 통해 처경의 왕실지친설을 부추긴 장본인으로 의심받게 된다. 그러나 묘향 역시 형신을 참아가며 별다른 자백을 내놓지 않았다.

　처경을 따라 다닌 김자원은 소현세자유복자의 투기설에 등장하는 주인공을 처경과 동일시하는 질문을 처경에게 던지고, 처경으로부터 자기자신이 복창군과 사촌관계에 있다는 답을 들었던 배경에 대해 추문을 받았으나 형신을 참아가며 추가적인 답을 내놓지 않았다.

이날, 양지 현감을 지낸 정행일(鄭行一)의 두 아들(정윤주, 정연주)이 나래되어 심문을 받았는데, 처경으로부터 소현세자유복자설을 듣고 그에게 서울행을 권유했던 배경과 의도에 대해 집중적인 추궁을 받았다. 두 형제는 부친이 임지에 있던 시절, 서당에서 처경을 대면했던 경험담, 처경으로부터 소현세자유복자설을 접한 후 그와 거리를 두었던 상황, 그리고 처경의 괴이함을 알면서도 그를 관에 고변하지 못한 처지에 대해 진솔하게 응답하면서 처경의 서울행을 안내하거나 부추기지 않았음을 항변하였다.

병진년 11월 7일

11월 7일에는 상호 진술이 어긋났던 처경과 정씨 형제 간의 대질심문
이 있었고, 사노비 애숙에 내한 1차 심문과 처경 및 묘향에 대한 2차
형문이 계속되었다. 정씨 형제는 처경과의 대질 과정에서 처경을 서울
로 초치하려 했다는 혐의를 벗긴 했으나 처경의 신원(소현세자유복자)
을 듣고도 즉각적으로 관에 고하지 않았다는 이유로 풀려나지 못 한
채 구금되었다. 복녕군의 나인인 애숙은 처경으로부터 자신이 소현세
자의 유복자라는 이야기와 복창군에게 자신을 알려달라는 부탁을 받
았음에도 불구하고 고변하지 않은 탓에 구금 상태로 결말을 기다려야
했다. 한편, 전날에 이어 2차 형문을 받게 된 처경과 묘향은 특별한 자
백을 내놓지 않고 추가적인 형문을 기다려야 했다.

🪷 병진 11월 7일 추국청 참석여부[117]

의정부영의정 허적: 참석

영중추부사 정치화: 병(病)

행판중추부사 정지화: 병(病)

의정부좌의정 권대운: 참석

의정부우의정 허목: 참석

판의금부사 유혁연: 참석

행사헌부대사헌 김휘: 참석

지의금부사 이지익: 참석

동지의금부사 이홍연: 참석

동지의금부사 경최: 참석

행사간원대사간 오시복: 참석

승정원동부승지 권유: 참석

문사낭청(問事郎廳)

성균관직강 이봉징: 참석

홍문관수찬 강석빈: 참석[118]

이조좌랑 유하익: 참석

이조좌랑 이담명: 참석

---

117 전날에 비해 문사낭청 1명과 별형방 1명이 교체되긴 했지만 특별한 변동사항은
    없었다. 다만 추국장의 참석인원이 전날의 17명에 비해 한 명이 늘었던 것은
    전날 병으로 인해 참석하지 못했던 우의정 허목이 이날 참석하였기 때문이다.
118 하루 전의 추국에서는 종부시정 이유가 참석하였으나 몸에 병이 들어 강석빈
    으로 교체된 것이다.

별형방(別刑房)

도사 심양필: 참석

도사 권덕윤: 참석[119]

문서색(文書色)

도사 김성최: 참석

도사 김석: 참석

○ **丙辰十一月七日, 推鞫廳進不進**

議政府領議政 許 積 進

領中樞府事 鄭致和 病

行判中樞府事 鄭知和 病

議政府左議政 權大運 進

議政府右議政 許 穆 進

判義禁府事 柳赫然 進

行司憲府大司憲 金 徽 進

知義禁府事 李之翼 進

同知義禁府事 李弘淵 進

同知義禁府事 慶 㝡 進

行司諫院大司諫 吳始復 進

承政院同副承旨 權 愈 進

---

119 하루 전의 추국에서는 도사 이주정이 참석하였으나 권덕윤으로 교체되었다.

問事郎廳

成均館直講 李鳳徵 進

弘文館修撰 姜碩賓 進

吏曹佐郎 兪夏益 進

吏曹佐郎 李聃命 進

別刑房

都事 沈良弼 進

都事 權德潤 進

文書色

都事 金盛最 進

都事 金 碩 進

❀ 같은 날, 도사 엄찬(嚴纘)이 죄인 애숙(愛淑)을 나래하였다.

同日, 都事嚴纘, 罪人愛淑, 拿來.

❀ 같은 날, 정윤주와 정연주 등을 처경을 한 자리에서 면질(面質)시
켰다.

윤주(25세) 등이 처경(32세)에게 말했다.

우리 형제가 양지(陽智) 관아에 있을 때, 당신이 나를 찾아와 본인의
신원을 말한 적이 있다. 그 말이 너무나 괴이하고 망측하여서 그 후로

는 절대 왕래하지 못하게 하였는데, 어찌 경산으로 오도록 권했을 리가 있겠소? 그 뒤에도 당신은 이름을 알 수 없는 한 거사를 시켜 장차 경산으로 갈 것이니 응당 한 번 찾아뵙고 인사 올리겠다는 뜻을 전해왔었다. 이에 우리들은 이미 그대의 괴상망측한 말을 들었던 터라 오히려 그대가 다시 온다는 것이 두려워, 집안에 병환이 매우 심각해 지금 막 시골집으로 피해가서 머무를 것이라, 당신이 온다고 해도 결코 만나볼 수 없다는 뜻으로 대답하였다. 그런데 어떻게 당신이 경산에 머무르며 우리 집에 왕래하도록 권했겠는가?

처경이 말했다.

양지에 있을 때, 그대들이 경산 태고암(太古庵)[120]에 와서 머무르라고 말하지 않았습니까? 서울에 올라온 후에 제가 거사로 하여금 장차 경산으로 갈 것이니 마땅히 찾아뵈려 한다는 뜻을 미리 알리게 했습니다. 그랬더니 거사가 돌아와서, "중의 통행을 금지하는(僧禁)[121] 법이 있어 결코 우리들을 만나볼 수 없을 것이오"라고 그대들이 했던 말을 알려주었습니다. 이것이 어찌 거짓말이겠습니까?

윤주 등이 말했다.

---

120 삼각산에 있던 태고사(太古寺)를 가리킨다.

121 이미 세종 대부터 도성 내 승려의 활동을 제한하는 금령이 강화되기 시작하였으며, 『경국대전』(형전, 금제)에 이르러서는 도성내에 무격(巫覡)이 거주하는 것과 더불어 승려가 도성내 여염집에 유숙하는 것이 논죄의 대상으로 공식화되었고, 처경의 시대 이후인 영조 대의 『속대전』(형전, 금제)에는 도성 내에 출입하는 승려에게 장 1백의 무거운 처벌이 내려졌다. 승려의 도성 금지령은 고종 32년(1895)에 이르러 완화되었다.

승금(僧禁)의 설은 내가 진실로 말을 전해주던 거사에게 한 말이나 어제 납초시에 망각하고는 미처 진술하지 않았오. 내가 정말 그대를 우리 집에 왕래하도록 하게 했다면 어떻게 승금이 있어 결코 만나볼 수 없을 거라 답했겠는가? 이 지점에서 그대를 왕래하도록 권했다는 말이 저절로 무망한 곳으로 돌아가는 것이다.

처경은 머리를 숙인 채 아무것도 답하지 않았다.

○ 同日, 鄭潤周·演周等, 與處瓊, 一處面質令是白乎矣.

潤周等謂處瓊曰: "吾兄弟在陽智衙中時, 汝來見吾, 言汝根派, 而其爲言甚怪妄, 故此後, 則使之切勿往來亦爲有去等, 豈有勸汝來住京山之理乎? 其後汝使名不知一居士, 傳言, '將向京山, 當一進謁'是如爲去乙, 吾等旣聞汝怪妄之說, 故猶恐汝之更來, 答以家間病患極重, 今方避寓鄕家, 汝雖來, 必不得相見之意爲有去等, 豈勸汝來在京山, 往來吾家乎?"

處瓊曰: "在陽智時, 君不曰'來住京山太古庵'乎? 至上京之後, 我使居士先通, 將向京山, 當往訪之意, 則居士還報君言曰, '有僧禁, 決不可來見吾輩'云. 此豈虛語乎?"

潤周等曰: "僧禁之說, 我果言於傳言之居士, 而昨日納招時, 忘却未供矣. 我果使汝往來吾家, 則又豈以有僧禁, 決不可來見爲答乎? 於此尤可知, 勸汝往來之言, 自歸誣罔矣."

處瓊低頭, 不答是白齊.

🪷 같은 날, 추궁청에서 임금께 보고하였다.

정윤주 및 정연주 등과 처경의 진술이 서로 어긋나는 것은 '경산에 머물게 하여 그들의 집에 왕래하도록 권했다는 사항'이며, 이 때문에 면질을 청했던 것입니다. 면질하는 과정에서도 피차 말하는 것이 그와 같았고, 마침내 처경은 '승금이 있어 찾아올 수 없다'는 설에 이르러 말문이 막히고 말았습니다. '윤주 등이 자신의 집에 왕래하도록 권했다는 것'은 비록 처경이 꾸며낸 거짓말에서 나온 것이라 하더라도, 그들이 이미 무식한 상놈들의 무리(比)가 아닌데, 처경이 지껄이는 놀라운 말을 듣고도 관에 고하지 않은 것은 죄가 없지 않습니다. 지금 잠시 가두어 두었다가 결말을 기다린 후에 다시 재가를 얻어 처리하는 것이 어떻습니까?

임금께서 보고한 대로 하라고 답하셨다.

○ 同日, 推鞫廳啓曰: "鄭潤周·演周等, 與處瓊所供相左者, 在於發明'勸住京山, 往來渠家'一款, 故啓請面質矣. 及其面質也, 彼此所言如此, 而處瓊終至語塞, 於'有僧禁不可來見'之說. '潤周等, 勸令往來渠家'云者, 雖出處瓊之搆虛, 潤周等, 旣非無知常漢之比, 而聞處瓊可駭之言, 不卽告官, 不無其罪. 今姑仍囚, 以待結末後, 稟處何如?" 答曰: "依啓."

🪷 같은 날, 사노비 애숙 49세

다음과 같은 추문내용을 임금께 아뢰었다.

승 처경의 진술에 따르면, 그가 원통암(圓通庵)에 머무를 때에 복창군의 누이집 나인이 공불(供佛)하는 일로 드나들며 그의 신원을 묻기에 모른다고 답했다고 한다. 그 후에 나인들이 세 번에 걸쳐 드나들

며 전과 같이 물어보았을 때, 대략적인 신원을 언급해 주었더니, 나인
이 '만약 서울에 들어오면 복창군을 만날 수 있을 것이며, 그로 인해
그간의 응어리도 풀어낼 길도 있을 것이라' 말했다고 한다. 이른바 그
의 신원이라는 것은 자칭 소현세자의 유복자라는 설을 가리킨다고 하
였다. 그런데 소위 나인 숙이를 나래하여 처경과 면질하는 과정에서
처경은 숙이도 당시에 절에 올라왔던 사람이지만 자신의 신원을 물었
던 이는 숙이가 아니라 죄인(애숙)이라고 말하였다. 처경과 더불어 문
답하며 주고받은 이야기들을 숨김없이 상세하게 드러내 밝히라.

임금께서 이 같은 내용을 추문하라 하셨기에, 다음과 같이 죄인의
진술을 받았다.

저는 전에 연등(燃燈) 의식을 위해 원통암 불당에 갔었는데, 단지 거
사 몇 사람만 있을 뿐이었습니다. 그 후 6월경에도 연등 의식을 하러
불당에 다시 갔는데 과연 한 스님(僧主)이 거하고 있었습니다.[122] 연등
의 일과 기도 의식을 거행할 때, 대단히 정성스럽고 경건했습니다. 또
그의 행동거지도 범상한 부류가 아닌 듯했습니다. 그래서 저는 거사
에게 저이가 어떤 중인가를 물었습니다. 그랬더니 스스로 양반의 자
제라고 한다는 답을 들었습니다. 그리고 이 중이 새로이 당도했는데,

---

122 흔히 연등회(燃燈會)는 석가의 탄생일에 등을 밝혀 기원하는 의식이지만, 애숙
의 진술에 의하면 4월뿐만 아니라 6월에도 연등 의식을 거행하였음 알 수 있
다. 11월 9일에 진행된 추국에서 영안위궁의 나인이었던 자현(自賢)은 12월에도
연등하러 갔다고 진술하였다. 이를 통해 우리는 17세기에 연등 의식이라는 말
이 사월초파일뿐만 아니라 시기를 가리지 않고 치러지는 수시 의례를 통칭하
고 있음을 확인하게 된다.

어찌 그의 신원에 대해 상세하게 아는지, 문답하고는 돌아왔습니다. 그 후 다시 연등을 행하러 갔더니, 처경이 전에 제가 물었던 말들을 거사로부터 이미 전해 듣고는 저에게 '자신이 소현의 유복자이며 자신을 복창군에게 알려주기를 원한다'고 하였습니다. 제가 그것이 과연 분명하다면 찾아가 뵙는 것도 무방할 거라고 말한 것은 분명한 사실입니다. 복창군 앞에서 복녕군댁의 노비인 제가 어찌 감히 절에 올라가 연등했을 때 주고받았던 말로 복창군에게 아뢸 수 있겠습니까? 이외에 달리 말씀드릴 것이 없습니다.

상고하고 분간하여 시행하실 일.

○ 同日, 私婢愛淑, 年四十九, 白等.

僧人處瓊所供內, 渠住接于圓通菴時, 福昌君妹家內人, 以供佛事出來, 問渠根脚是去乙, 答以不知矣. 其後內人等, 三巡出來時, 又問如前是去乙, 渠略言根派, 則內人言, '若入來京中, 得見福昌君, 則庶有伸暴之路'云云是如爲旀, 所謂根派卽, 自稱昭顯世子遺腹子之說是如爲去乙, 所謂內人淑伊拿來, 與處瓊面質之際, 處瓊曰, '淑伊亦是其日上寺者, 而聞渠根派者, 非淑伊也. 宗是矣身是如爲昆, 與處瓊問答說話, 隱諱除良, 詳細現告亦. 推考敎是臥乎在亦, 白等.

矣身前日, 爲燃燈往圓通佛堂, 則只有居士數人而已. 其後六月間, 又爲燃燈再往佛堂, 則果有一僧主居. 燃燈之事而祈禱之際, 頗致誠虔, 且其擧止, 似非常流是白去乙, 矣身問於居士曰: "此是何樣僧也?" 答曰: "自言兩班之子"云, 而此僧新到, 何以詳知其根脚是如, 問答而還來爲白有如乎. 厥後又往燃燈, 則處瓊因居士所傳旣聞, 前日矣身所問之言, 言於矣身曰: "我是昭顯遺腹子也. 願爲我告知於福昌君"是白去乙, 矣身答曰: "果爲分明, 則往謁無妨"是如, 言說的宗爲白在果, 福昌君前段, 矣身以福寧君家婢子, 何敢以上寺燃燈時說話, 告達於福昌君乎? 此外更無可達之事是白置.

相考分揀施行敎事.

❈ 같은 날, 추국청에서 임금께 보고하였다.

애숙이 진술한 내용과 처경의 관련 진술은 서로 어긋나지 않습니다. 달리 다시 물을 만한 단서가 없습니다. 처경이 함부로 맹랑하게 지껄인 말을 듣고 그와 더불어 문답을 주고받은 것은 매우 놀랄 만하며, 그것을 듣고도 곧바로 관에 신고하지 않은 것은, 비록 무식한 여인에게 책임을 물을 수는 없지만, 옥체가 중대한 만큼 이제 잠시 동안 가두어 두었다가 결말을 기다리는 것이 어떻습니까?

임금께서 보고한 대로 하라고 답하셨다.

○ 同日, 推鞫廳啓曰: "愛淑所供, 與處瓊所引之說, 不爲相左, 別無更問之端, 而聞處瓊無據之言, 與之酬答者, 殊甚可駭, 聞卽告官, 雖不可責於無識之女人, 獄體重大, 今姑仍囚, 以待結末乎?" 答曰: "依啓."

❈ 같은 날, 죄인 처경 재심문(3차)

다음과 같은 추문내용을 임금께 아뢰었다.

죄인이 스스로 왕실지친(王室至親)이라고 했던 것은 오로지 나인이 여승 정씨에게 주었고, 정씨가 다시 묘향에게로 전해주어 양육시켰으며, 10세 때에 어느 중에게 넘겨주었다는 하나의 이야기에 근거하고 있을 뿐이다. 묘향이 갑인년(1674)에 처음으로 죄인을 만나보았던 상황은 면질의 과정에서 명백하게 드러났다. 그때 죄인은 아무 대답도 하지 못 한 채, 이어서 "여승 정씨가 곧바로 어떤 중에게 넘겨주었다"고도 하고 또 "3년후에 다시 어느 지나가던 중에게 주었다"고 하였는데, 이는 전에 진술한 바 있는 10세 후에 중에게 넘겨주었다는 설과 서로 크게 어긋나고 있다. 또 아기였을 때 묘향에 의해 수양되었는지의 여부를 자세히 알 수 없다고 했는데, 죄인이 스스로 국왕의 혈족이라고 한 말은 애써 다그치지 않아도 저절로 깨질 수밖에 없을 뿐이다. 처음 진술에서는 능화지에 씌어졌던 것이 궁에서 나온 후 정씨에 의해 묘향에게 전해진 뒤, 죄인이 중이 될 때 비로소 묘향으로부터 죄인에게 주어진 것이라 하였다. 그러다가 면질의 과정에서는 아기 때 입고 있던 의대 속에서 소지를 얻었지만 누가 그것을 주었는지에 대해서는 모른다고 말했다. 간혹 옷과 소지를 모두 묘향이 준 것이라고도 언급하기도 하면서, 전후의 진술을 뒤집고 바꿔 버리기도 하였다. 그 글씨는 분명히 상한(常漢)이 향음(鄕音)으로 쓴 것이며, 글 속의 어의(語意)는 근거가 없이 맹랑할 뿐만 아니라 모든 것이 중들이 쓰는 상스러운 말(常談)이다. 죄인이 안성군에서 감금되어 심문을 받을 때, 원주 태생의 사람으로서 아비는 유학(幼學) 이청(李淸)이고 10세 전에 부모가 모두 죽어 의탁할 곳이 없어 고향을 떠나 중이 되었다고 하였다. 그런데 지금에 와서 어떻게 복창군의 4촌이라 칭할 수 있는가? 작년 안성에서 공초받을 때에 나이 24세라 했으니 곧 임진생(1652)이 될 텐데, 이제 와서 어찌 을유생(1645)이라 하는가? 죄인의 간사하고 교활한 정황이 남김없이 드러났다. 지금 이러한 간계가 죄인의 간교한 속임수에서 나온 것인가? 아니면 주변 사람들(聽人)이 부추겨서(指敎) 마음을 먹게 된 것인가? 왜능화지에 글을 써서 준 사람은 누구인가? 이런 등등을 숨기고서 바른 대로 고하지 않은 실정(原情)을 형문하여 드러내실 일이다.

○ 同日, 罪人處瓊, 更推, 白等.

矣身自謂, 王室至親者, 專在於自內出給於女僧丁氏, 丁氏傳給於妙香養育, 十歲移給僧人一款, 而妙香段, 初見矣身, 於甲寅年之狀, 明白現發於面質之時. 矣身無辭可答, 乃曰, ‘丁氏直爲移授於某僧.’ 又曰, ‘過三歲後, 更給何樣過去僧.’ 與前招, 十歲後移給僧人之說, 大大相左. 又曰, ‘兒時, 收養於妙香與否, 不能詳知.’ 矣身自謂國族者, 不攻自破是沙餘良. 初招則曰, ‘菱花所書者, 出自內間, 丁氏傳授於妙香, 妙香始給於矣身, 爲僧之時’ 是如爲如可, 及其面質之時則曰, ‘其紙得之, 於兒時所着衣帶中, 不知何人所給.’ 或曰, ‘衣與紙皆是妙香之所給.’ 前後之招, 反覆變幻是旀, 其書明是常漢之, 以鄕音書之者, 而書中語意, 不但無據而已, 皆是僧人之常談是旀, 矣身安城郡囚治時, 以原州胎生之人, 父幼學李淸, 十歲前父母俱沒, 無所依託, 離鄕爲僧是如爲有去等, 到今何以自稱, 福昌君之四寸是旀, 上年安城納招時, 年二十四, 則乃是壬辰生是去乙, 今何以曰, ‘乙酉生’是喩, 矣身奸巧情狀, 敗露無餘是置. 今此奸計, 出於矣身之巧詐是喩, 聽人指敎而生意是喩, 倭菱紙書給人, 幷以諱不直招, 加刑現推敎事.

🪷 죄인 처경을 2차로 형문하며 신장(訊杖) 30대를 때렸다.

　이전의 진술에서 가감된 것이 없음을 임금께 아뢰었다.

○ 罪人處瓊, 刑問二次, 訊杖三十度, 白等. 前招內, 無加減是白乎事.

❀ 같은 날, 추국청에서 임금께 보고하였다.

죄인 처경은 매를 참고 자백하지 않으니 형을 더하기를 청합니다.

임금께서 보고한 대로 하라고 답하셨다.

○ 同日, 推鞫廳啓曰: "罪人處瓊, 忍杖不服, 請加刑." 答曰: "依啓."

❀ 같은 날, 죄인 묘향 재심문(3차)

다음과 같은 추문내용을 임금께 아뢰었다.

승 처경이 스스로 말하기를, 강보에 싸여 있을 때부터 죄인에 의해
양육되었다고 하였지만, 이에 대해 면질을 하는 과정에서 이미 자기
가 속였었던 것을 자복하였다. 죄인은 처경을 숭봉하고 용모를 찬미
하면서 앞 모습은 석가모니 부처님같고 뒷 모습은 왕자님같다는 등의
말로 아첨하여 처경의 간계를 부추겼고 급기야 소현세자의 유복자라
는 설을 처경에게 말하는 지경에까지 이르렀다. 또 처경에게 물으면서
"스님(師)의 행동거지가 왕자의 모양을 빼 닮은 것 같은데 스님(師)이
여러 왕자들의 친속이 아니신지요? 소현세자에게 아들이 셋이 있는
데, 한 아드님을 잃으셨다고들 하는데, 스님(師)이 그분이신지요?"라고
하였다. 소현세자 유복자의 투기(投棄)와 생존(生存)에 관한 설은 실제
로 서울에서 지낼 때 얻어 들었던 것이었고, 이 중을 보자 그런 말을
한 것이라 하였다. 그러므로 처경이 간계를 낼 마음을 엿보며 자칭 왕
실지친이라 했던 것은 필시 죄인의 꼬드김과 부추김에서 비롯된 것이

다. 그간의 정황을 가리고 숨기며 바른 대로 고하지 않은 실정을 형문하여 드러내실 일이다.

○ 同日, 罪人妙香, 更推, 白等.

僧人處瓊, 自稱自在襁褓時, 收養於矣身處是如爲良置, 此則面質之時, 處瓊已自服, 其誣罔爲有在果, 矣身崇奉處瓊, 讚美容兒, 以前似釋佛, 後似王子等說, 爲謟媚處瓊之計, 至以昭顯遺腹子之說, 言於處瓊, 且問於處瓊曰, '師之擧止, 酷似王子兒樣, 師無乃諸王子之親屬耶? 昭顯之子有三, 而遺失其一云, 師其是耶?'云云爲旀, 昭顯世子遺腹子, 投棄生存之說, 在京之日, 果得聞之, 故見此僧, 而言之是如爲有臥乎所. 處瓊之闖生奸計, 自稱王室至親者, 必由於矣身之敎誘是置. 其間情迹, 諱不直招, 加刑現推敎事.

🪷 죄인 묘향을 2차로 형문하며 신장(訊杖) 30대를 때렸다.

　이전의 진술에서 가감된 것이 없음을 임금께 아뢰었다.

○ 罪人妙香, 刑問二次, 訊杖三十度, 白等. 前招內, 無加減是白乎事.

🪷 같은 날, 추국청에서 임금께 보고하였다.

　죄인 묘향은 매를 참고 자백하지 않으니 형을 더하여 실상을 얻기를 청합니다.

　임금께서 보고한 대로 하라고 답하셨다.

○ 同日, 推鞫廳啓曰: "罪人妙香, 忍杖不服, 請加刑得情." 答曰: "依啓."

❀ 같은 날, 추국청에서 임금께 보고하였다.

애숙을 나래하여 심문하였는데, 처경과 더불어 문답을 나눈 사람은 실제로 숙이가 아니었습니다. 따라서 달리 가두어 둔 채로 결말을 기다릴 필요가 없으니 숙이를 풀어 주는 것이 어떻습니까?[123]

임금께서 허락한다고 답하셨다.

○ 同日, 推鞫廳啓曰: "愛淑拿問, 則與處瓊問答者, 果非淑伊, 則別無仍囚, 以待之事, 淑伊, 放送何如?" 答曰: "允."

❀ 같은 날 미시(未時)에 임금께서 추국을 잠시 멈추라고 전교하셨다.

○ 同日未時, 傳曰: "推鞫姑罷."

---

123 처경과의 문답 사실이 없었던 것으로 판명된 숙이가 이날 구금에서 해제되었으나 실은 처경으로부터 자신(自愼)이라는 법명을 받고, 여러 차례 서신교환을 통해 처경에게 유복자설을 뒷받침할 만한 표적을 요청했던 주요 인물이었다. 11월 8일 처경과 내통했던 서찰들이 조사되는 과정에서 숙이의 혐의가 새롭게 드러나 잡아들이는 것으로 결정되었고, 11월 9일에 숙이의 재심문이 이루어지게 된다.

여섯 번째 기록일인 11월 7일에는 복녕군방의 나인 애숙이 나래되어 1차 심문을 받게 된다. 아울러 전날 1차 심문을 받았던 정씨 형제(윤주, 연주)와 1차 형문을 소화한 처경 사이의 대질심문이 이루어졌다. 그 이후에는 처경과 묘향의 2차 형문이 이루어졌지만, 전날에 이어 특별한 진술이 보태지지 않았다.

먼저, 정씨 형제와 처경과의 면질 과정에서 처경이 주장했던 정씨 형제에 의한 서울행 유도설은 더 이상 신뢰받을 수 없게 되었다. 정씨 형제가 여러 구실로 처경을 멀리 하려 했으나 오히려 처경은 정씨 형제와 관계를 유지하면서, 그들을 기반으로 서울의 양반 및 고위관료들과의 인맥을 형성해 나가려 하였음이 드러났다. 정씨 형제는 처경의 서울행을 부추겼다는 혐의는 벗었으나 처경의 소현세자유복자설을 접하고도 고변하지 않은 것이 인정되어 구금의 상태로 결말을 기다리는 처지가 되었다.

이날 나래된 복녕군의 나인인 애숙은 1차 심문을 받으며 처경과의 접촉과정에서 그의 신원(소현세자유복자)을 듣고 그와 복창군과의 연결을 시도한 장본인으로 의심받는다. 그러나 애숙은 원통암에 연등의식에 참여하면서 거사들에게 처경의 신원에 대해 문답하고 후에 처경으로부터 자신이 소현세자의 유복자라는 답을 듣고, 또 그사실을 복창군에게 공지해줄 것을 부탁받았다고 진술하였다. 그러나 그녀는 복녕군의 나인으로서 복창군에게 공지하는 일이 불가함을 역설하였다.

한편 2차 형문을 받은 처경과 묘향은 전날과 대동소이한 내용으로 조사를 받았으나 특별한 진술을 더하지는 않았다. 처경의 경우, 왕실 지친의 근거가 되는 유아 전달과정, 출생의 비밀을 담고 있는 능화지의 입수경로, 실제적인 탄생년도와 출신지, 복창군과의 사촌관계설 등에 집중적인 추궁을 받았고, 묘향의 경우에는 왕자외모설과 소현세자유복자의 투기설 및 생존설을 통해 처경의 왕실지친설을 부추긴 정황에 대해 진술할 것을 요구받았다.

거듭된 형신에도 불구하고 답변을 거부한 처경과 묘향에게는 더욱 형문을 가할 것으로, 정씨 형제와 애숙에게는 잠시 가두어두면서 결말을 기다려 보는 것으로, 그리고 숙이에게는 처경과의 접촉 사실이 없다는 이유로 풀어주는 것으로 각각 결정되었다.

병진년 11월 8일

11월 8일에는 추국이 잠시 중단된다. 추국의 진행과 관련된 기록은 보이지 않으나 임금에게 올린 추국청의 보고 내용이 눈길을 끈다. 추국청의 보고를 통해, 처경과 궁중 나인들(말환, 애숙, 숙이 등)이 주고 받았던 서찰과 처경이 여인네들로부터 받은 의대(衣帶)와 주머니 등이 새로이 밝혀졌다. 처경과 서찰을 주고받거나 그에게 의대를 제공했던 궁중 나인들은 복녕군이나 복창군에 연고를 두고 있으면서 처경으로부터 법명(자현, 자련, 자신 등)을 하사받은 신도이기도 하였다. 처경은 이들을 통해 왕실과의 연고를 강화하고 자신이 왕실지친임을 주지시키려 했음이 드러났다.

❁ 병진 11월 8일

  주강(晝講)[124]을 위해 입시했을 때, 임금께서 추국을 잠시 멈추라고
전교하셨다.
  ○ 丙辰十一月初八日, 晝講入侍時, 上曰: "推鞫姑罷."

❁ 같은 날 유시(酉時) 추국청 참석여부[125]

의정부영의정 허적: 참석

영중추부사 정치화: 병(病)

행판중추부사 정지화: 병(病)

의정부좌의정 권대운: 참석

의정부우의정 허목: 병(病)

판의금부사 유혁연: 참석

지의금부사 이지익: 참석

동지의금부사 이홍연: 참석

동지의금부사 경최: 참석

행사간원대사간 오시복: 참석

승정원동부승지 권유: 참석

사헌부장령 박정설: 참석

---

124 낮 오시(午時)에 임금을 모시고 경연관이 행하던 강론을 말한다.
125 전날 추국에 참여했던 우의정 허목이 다시 병으로 인해 불참하는 관계로 추국
    청의 참여 인원은 전날에 비해 한명이 줄어든 17명이었다.

별문사낭청(別問事郎廳)

성균관직강 이봉징: 참석

홍문관수찬 강석빈: 참석

이조좌랑 유하익: 참석

이조좌랑 이담명: 참석

별형방(別刑房)

도사 심양필: 참석

도사 권덕윤: 참석

문서색(文書色)

도사 김성최: 참석

도사 김석: 참석

○ **同日酉時, 推鞫廳進不進**

議政府領議政 許 積 進

領中樞府事 鄭致和 病

行判中樞府事 鄭知和 病

議政府左議政 權大運 進

議政府右議政 許 穆 病

判義禁府事 柳赫然 進

知義禁府事 李之翼 進

同知義禁府事 李弘淵 進

同知義禁府事 慶 㝡 進

行司諫院大司諫 吳始復 進

承政院同副承旨 權 愈 進

司憲府掌令 朴廷薛 進

別問事郎廳

成均館直講 李鳳徵 進

弘文館修撰 姜碩賓 進

吏曹佐郎 兪夏益 進

吏曹佐郎 李聃命 進

別刑房

都事 沈良弼 進

都事 權德潤 進

文書色

都事 金盛最 進

都事 金 碩 進

❀ 같은 날, 의금부에서 상고하여 거행할 일로 추문하여 처치할 일
이 있어, 광주(廣州)와 원주(原州)에 하달하였다.[126] 본주에 거하는 쌍
민(雙旻)[127]이라는 중을 은밀히 체포하고 형리(刑吏)·장관(將官)·압직
(押直)[128] 등으로 하여금 밤을 새워 올려 보내도록 하되, 일이 지체될

---

126 내용상 의금부에서 시행하고 있는 추국을 보완하기 위해 처리해야 할 사항을
   광주와 원주에 분부하고 있으므로 원문에는 없지만, 자연스럽게 '하달'이라는
   표현을 써서 번역하였다.

까 염려스러우니 감영(監營)[129]이나 본관(本官)으로부터 마문(馬文)을
발급받아 순차적으로 역마(驛馬)를 타고 질주해 올 수 있게 할 일이
다. 이것은 풍수의 승을 찾아내는 일일 뿐만 아니라 추국의 일에도 관
계됨을 점차 이해하게 될 것이다. 만약 그를 체포하지 못한다면 본관
은 마땅히 무거운 질책을 받아야 할 것이니, 이 모두를 상고하여 매우
두려운 마음으로 거행할 일이다.

同日, 廣州原州等了, 義禁府爲相考擧行事, 有推問處置事. 本州居僧人雙
旻, 秘密捕捉, 刑吏·將官·押直, 罔夜上送爲乎矣, 遲滯可慮, 自監營或自
本官, 成給馬文, 以爲次次騎驛馬馳來之地爲齊. 此是稍解, 風水之僧尋之
不維, 且係推鞫之事. 如或未捕, 則本官當受重責, 幷以相考, 十分惕念擧
行向事.

🏵 같은 날, 추국청에서 임금께 보고하였다.

죄인 처경이 소지한 문서를 조사해 보고, 그 속에 그의 신원과 정
상(情狀)을 알 만한 것이 있다면 마땅히 추문해야 한다는 의견을 어
전(榻前)에서 진달한 바 있습니다. 신들이 우선 승 쌍민(雙旻)과 그(처

---

127 처음으로 쌍민의 이름이 거론되고 있는데, 아마도 압수된 문서 중에 쌍민이 처
경에게 보낸 서찰이 들어 있었기 때문에 조사 선상에 떠오른 것이라 짐작된다.
즉 쌍민이 서간의 수신자인 처경을 숙부로 표현했던 문서를 통해, 추문관들은
처경과 쌍민을 숙질관계로 파악하였고, 쌍민이 처경의 신원을 밝혀줄 요인이
될 것이라 간주한 것이다. 따라서 의금부에서는 원주목에 쌍민의 신병을 확보
하라고 명령을 하달하게 된 것이다. 의금부의 공문을 수령한 원주목은 쌍민을
구금하는 데에 실패하였지만, 그의 족친인 손윤후를 구금하고 추문하는 과정
에서 처경의 출생년도와 본명, 그리고 출신성분을 확인할 수 있었다.

128 압직(押直)은 죄인의 호송이나 연행의 맡았던 직책이라 할 수 있다.

129 '菅'은 '營'의 간자 표기이다.

경)가 숙질(叔姪) 사이의 관계인지 물었더니, 본래 그 이름을 알지 못한다며 숨기며 말하기를 꺼렸습니다. 신들이 쌍민이 처경에게 쓴 서첩(書帖)을 보여주며, 서간 겉면에 '숙부(叔父) 경대사(瓊大師) 안하(案下)'[130]로 씌어 있고, 맨 끝의 월일(月日) 아래에 '질자(姪子) 쌍민(雙旻)'으로 씌어 있으니, 숙질 사이가 분명한데 어찌 감히 전연 모르다고 하느냐며 물었습니다. 그랬더니 처경이 대답하기를, "어렸을 때 중이 되고 난 후 서로 만나보질 못하다가 그가 작년 죽산 땅에 찾아와 '개골산(皆骨山)으로 가서 당신(처경)을 찾으려 했으나 만나지 못하고 여기까지 이르게 되었다'고 말하긴 했지만, 그 족속(族屬)과 근파(根派)[131]에 대해서는 말하지 않았고, 다만 쌍민이 속리산을 들락거린 후에 저에게 편지를 보내왔을 때, 비로소 숙질이란 말을 칭하기 시작했던 것입니다"라고 하였습니다. 또 묻기를, "쌍민이 속리산에서 편지를 보낸 후에 다시 그를 만나본 적이 있느냐?"라고 했습니다. 이에 그는 "그 후에 실제로 쌍민이 원통암으로 찾아온 적이 있었다"고 대답했습니다. 또 "원통암에서 만나본 것이 편지를 받고 난 후라면, 그때 어찌 그의 족파(族派)를 묻지 않았겠느냐?"라고 물었습니다. 그랬더니 "그의 족파를 묻진 않았지만, 자신의 성은 황(黃)이요 본향은 경상도 영흥(永興)이라 하면서도 자신의 족계(族系)에 대해서는 말하지 않았습니다"라고 대답하였습니다. 그뒤 반복해서 따져 물었지만 결국 실토하지는 않았습니다.[132] 그의 문서들 속에는 양반, 상인(常人), 여인들의 서

---

130 안하(案下)는 수신자의 이름 아래에 붙이는 서간의 형식이다. 경대사(瓊大師)는 처경을 존칭으로 일컫은 것이다. 따라서 서찰 겉면에 쓰인 문구는 '숙부이신 처경 큰 스님께' 라는 의미가 될 것이다.

131 근파(根派)는 근인(根因) 및 근각(根脚)과 더불어 가계의 근원과 출신을 의미한다.

찰이 매우 많았으며, 그중에서도 자옥(自玉),[133] 자신(自慎),[134] 자련(自憐),[135] 자현(自賢)[136] 등 4인의 언문 편지가 가장 많았고, 그 내용도 매우 친밀하였습니다. 또 어느 무명의 언문 편지에는 표적이 없어 염려스럽다고 씌어 있었습니다. 신들이 자옥 등 4명이 어떤 사람들인지 물었더니, 모두 서울에 있는 보살거사(菩薩居士)[137]의 이름들이라고 대답했습니다. 이에 네 사람이 편지에 쓴 말들이 모두 궁가(宮家)에서 쓰이는 설화인데 어찌 보살거사라 말하는지를 더욱 따져 물었습니다. 이에 그는, "사실 처음 진술할 때 착각했으며 이제 다시 생각하니 모두 궁가의 나인들로서 내가 붙여준 법명(法名)인데, 자신(自慎)의 본명은 숙이(淑伊)요, 자련의 본명은 애숙(愛淑)이며, 자옥은 복령군 댁의

---

132 처경이 쌍민과의 숙질관계를 숨기고 있으나 11월 12일의 기록에 실려 있는 원주목사 강수학의 첩정에 따르면, 원주목사가 추문한 손윤후의 입장에서 처경은 그의 외조카(3촌)이고 쌍민은 그의 6촌 손자뻘이 되므로, 항렬상 처경과 쌍민은 숙질관계에 있다고 할 수 있다.

133 복녕군의 나인으로서 처경에게 법명(자옥)을 부여받은 신도이지만 본명은 알려지지 않았고, 조사대상에서도 제외되었다.

134 복창군 누이의 나인으로서 처경에게 법명(자신)을 부여받은 신도이며, 본명은 숙이(淑伊)이다. 이미 한 차례 심문을 받고 특별한 혐의가 없어 풀려났지만, 애숙과 공동명의로 처경에게 보냈던 서신이 발견되면서 다시 구금되어 심문을 받을 운명에 처해졌다.

135 복녕군의 나인으로서 처경에게 법명(자련)을 부여받은 신도이며, 본명은 애숙(愛淑)이다. 전날 1차 심문을 받고 잠시 구금되어 있는 상황이었는데, 처경과 긴밀한 서신을 주고받았을 뿐만 아니라 왕실 아이가 착용했음직한 주머니와 띠를 처경에게 제공해준 혐의가 드러나면서 다시 심문을 받게 되었다.

136 영안위궁의 나인으로서 처경에게 법명(자현)을 부여받은 신도이며, 본명은 말환(唜環)이다. 처경에게 남색치마를 제공해준 혐의를 받고 나래되어 다음날 1차 심문에 이어 처경과의 면질심문을 당하게 되지만 혐의를 벗고 풀려나게 되었다.

137 보살거사는 재가의 여성신도를 지칭하는 말로서 앞서 표현되었던 여거사(女居士)의 의미와 통한다고 할 수 있다.

나인이었는데 본명은 알 수 없고, 자현은 기억할 수 없습니다"라고 대답하였습니다. 남방사주(藍方絲紬) 치마와 백릉(白綾)의 주머니(囊子), 그리고 청단(靑段)의 띠(帖帶)를 꺼내 보여주면서, 이러한 물건들을 어디에서 얻었는지 물었습니다. 이에 남색 치마는 영안위궁(永安尉宮)의 유모가 만들어서 부조(扶助)로 보내온 것인데, 유모의 본명이 백환(白環)인지 말환(㐪環)인지 분명하지 않지만 자현으로 불리었고 나이는 50세 남짓으로 여염집에 살고 있다고 했습니다. 이어서 주머니와 띠는 애숙이 보내준 것이라 대답했습니다. 문서 중에, 초행에는 '계유생월일시'[138]로 씌어 있고, 말행에는 '무인생월일시'[139]로 씌어 있으며, 그 양행의 사이에는 '을유생시월초구일축시'[140]이라 씌어진 언문의 소지(小紙) 하나를 내 보이며, "양행의 사이에 씌어진 것과 예전에 네가 다른 이와 교환했던 편지를 비교해볼 때, 필적에 조금의 차이도 없으니 이것을 네가 쓴 것이 아닌가?" 하고 물었습니다. 이에 그는 "초행과 말행은 연등(燃燈)을 행하려는 자가 써서 보낸 생년월일시이며, 중행의 을유생이 실제로 저의 연갑(年甲)인데, 연등을 주관하는 사람도 역시 생년월일시로 길한지를 가려야 하므로 제가 스스로 써 넣은 것입니다" 하고 대답하였습니다. 그렇다면 이 글의 필적과 능화지에 씌어진 서체 사이에도 털끝만큼의 차이가 없는데, 능화지에 글을 썼던 사람도 바로 그임을 분명히 알 수 있다고 했더니, 그는 능화지에 씌어 있는 글도 실제로 자기가 쓴 것이라 대답했습니다. "능화지에 씌어진 글이 이미 네가 손으로 쓴 것이라면 너는 언제 어느 곳에서 그것을 썼

---

138 계유년은 1633년을 가리키는 것으로 보인다.
139 무인년은 1638년으로 짐작된다.
140 을유년은 1645년에 해당된다.

는가?" 하고 물었습니다. 그는 안성에 있을 때 썼다고 대답했습니다. "그 말은 거짓이니, 애숙의 글 속에 이미 표적이 없어 염려스럽다고 씌어 있는데, 만약 이글들을 안성에 있을 때 네가 쓴 것이라면 애숙이 어찌 표적이 없어 염려스럽다고 썼겠는가?"라며 물었습니다. 그랬더니 그는 금년 5월에 원통암에서 쓴 것이라 대답했습니다. "능화지는 어디에서 났는가?" 물었더니, 그는 책표지(册衣)를 만들기 위해 미리 구해 뒀던 것이라 대답했습니다. 처경과 문답을 주고받을 때에 끝없이 진술을 바꿔가며 간악한 행태를 수 없이 노출시켰습니다. 마침내 원통암에서 능화지에 자신이 손수 썼던 사실을 더 이상 숨길 수 없게 되자 이미 자복하는 데에 이르렀습니다. 그러나 쌍민과 숙질관계라는 사실을 기필코 꺼리며 숨기려 하고 있으나 아마도 그 신원이 장차 드러나고야 말 것입니다. 묘향이 수양했다는 설은 이미 거짓으로 귀결되었습니다. 이른바 애초에 나인으로부터 나왔다는 표적이 그가 거짓으로 조작해낸 것이라면 처경의 기만에 대해서는 더 이상 쌍민의 심문을 기다리지 않고도 옥사(獄事)가 완결될 수 있습니다. 소위 자옥의 편지에는 "30년 전의 일을 표적도 없이 어떤 사람이 수긍하며 믿겠습니까? 차라리 경산으로 들어오는 것이 났습니다"라고 씌어 있을 뿐입니다. 비록 서로 편지를 주고받은 일이야 있었지만 별도로 심문할 만한 단서는 없다고 봅니다. 그러나 애숙이 숙이와 더불어 연명(聯名)하여 서신을 작성한 것은 처경에 대해 모의한 것이 상당히 주도면밀하게 준비되었음을 의미합니다. 애숙의 경우에는 주머니와 띠를 만들어 준 일까지 겹쳐 있으니, 남색 치마를 주었던 자현과 함께 그 실정을 감히 묻지 않을 수 없습니다. 애숙은 지금 가두어 두고 있으니 이러한 사연을 가지고 별도로 문목을 작성하여 다시 추문하고,

숙이[141]와 자현이라 칭하는 사람은 같이 잡아다 심문하는 것이 어떻습니까?[142]

임금께서 보고한 대로 하라고 답하셨다.

○ 同日, 推鞫廳啓曰: "罪人處瓊所在文書, 搜來見之, 則其中有可得其根脚及情狀者, 當爲推問之意, 陳達於榻前矣. 臣等先問, 僧人雙旻, 與渠爲叔姪之根因, 則稱以元不知其名, 牢諱不言. 臣等出示, 雙旻抵處瓊之書, 拈, 出問之, 則簡面書以'叔父瓊大師案下', 末端月日之下, 書以'姪子雙旻'明是, 汝叔姪之間, 何敢曰, '全然不知乎?' 處瓊對曰: "兒時, 及爲僧後, 皆未相見矣, 上年來見於竹山地, 曰, '欲訪汝於皆骨山而不遇, 來尋到此'云, 而不言其族屬根派, 雙旻轉往俗離山後, 抵書於吾, 始稱'叔姪'矣." 問曰: "雙旻在俗離, 抵書之後, 則更不相見乎?" 對曰: "厥後, 雙旻果爲來見於圓通矣." 問曰: "圓通相見, 在於見書之後, 其時豈有不問族派之理乎?" 對曰: "族派則不問, 而渠言姓則黃, 而本鄕則慶尙道永興云, 族系則不言矣." 反覆詰問, 終不吐宗. 且其文書中, 兩班常人女人書札甚多, 而其中自玉·自愼·自憐·自賢等, 四人諺札最多, 語意亦甚親密. 且一無名諺書, 以無表迹爲慮. 臣等問, "自玉等, 四人何樣人耶?" 對以, "皆是京中菩薩居士之名",

---

141 숙이는 전날 풀려났지만, 처경과 빈번하게 서신을 주고받았음이 드러나자 하루 만에 다시 구금이 명해졌고, 다음날 심문을 받기에 이르렀다.

142 애초에 추문관들은 처경과 주고받은 편지의 양과 질적인 면에 있어 자옥(自玉), 자신(自愼), 자련(自憐), 자현(自賢) 등에 주목하였다. 그러나 자옥의 경우에는 서로 서신을 주고받긴 했으나 특별히 추문할 단서가 없다고 보고 있다. 다만 나머지 3명은 추문관들의 주목을 받기에 이른다. 즉 자신(숙이)과 자련(애숙)의 경우에는 연명하여 서신을 교환할 정도로 모의를 주도면밀하게 계획하였고, 특히 자련과 자현(말환)은 왕실 아이가 착용했었을 복식을 처경에게 건네준 당사자로 의심받으면서 조사의 대상자로 떠올랐다.

又爲詰問曰, “四人書辞, 皆用宮家說話, 何可謂之菩薩居士也?” 乃對曰: “初果誤招矣, 今更思之, 皆是宮家內人, 而乃吾所命之法名, 而自慎本名卽淑伊也, 自憐本名卽愛淑也, 自玉卽福寧君家內人, 而本名則不知, 自賢不能記憶矣.” 出示藍方絲紬裳, 及白綾囊子靑段貼帶, 曰: “此物得之何處耶?” 對曰: “藍裳卽永安尉宮乳母, 以成造扶助所給者也. 乳母本名, 似是‘白環’, ‘㐖環’, 而未能卜別, 卽所謂自賢也, 年可五十餘, 居在閭閻. 囊子及帶, 卽愛淑之所遺者也.” 文書中, 有一顔書小紙, 初行則書‘癸酉生月日時’, 末行則書‘戊寅生月日時’, 其兩行之間, 書‘乙酉生十月初九日丑時’, 出示而問曰: “以書於兩行之間者, 比較於汝之他人處, 所嘗往復之書, 則筆迹小無差異, 此非汝之所書者乎?” 對曰: “初末兩行, 卽欲爲燃燈者, 所書送生年月日時, 而中行乙酉生, 則果是吾之年甲, 而燃燈主事之人, 亦以其生年月日時擇吉, 故吾自書之矣.” 問曰: “然則, 此書筆迹, 與菱花紙所書者, 毫髮不差, 菱花紙所書者, 亦可知明是汝也.” 對曰: “菱花紙果是吾之所書矣.” 又問, “菱花紙所書, 旣是汝之手筆, 則汝在何處時書之乎?” 對曰: “在安城時書之矣.” 問曰: “此言詐也. 愛淑書中, 旣以無表迹爲慮, 此書若書於在安城時, 則愛淑何以無表迹爲慮耶?” 對曰: “果於今年五月, 書於圓通庵矣.” 問曰: “菱花紙出自何處耶?” 對曰: “欲作冊衣, 而曾所覓置者也.” 處瓊應對之際, 千變萬化, 奸態百出, 而菱花紙自書於圓通之事, 終不能隱諱, 旣已就服. 而必欲牢諱, 雙旲之爲叔姪者, 恐其根脚之, 又將畢露也. 妙香收養之說, 旣歸虛套. 所謂當初自內出給之表迹, 亦是渠之僞造者, 則處瓊之誣罔, 不待更問於雙旲, 獄事可謂垂完矣. 所謂自玉之書, 不過曰, ‘三十年前, 無表迹之事, 人孰肯信之? 不如歸入京山’云. 雖有通書之事, 別無可問之端, 而愛淑, 則與淑伊, 聯名作書, 謀議於處瓊者, 殊涉綢繆. 至於愛淑, 則兼有囊帶造給之事, 並與給藍裳之自賢, 不可不嚴問其情. 愛

淑, 則方在仍囚中, 以此辭緣, 別作問目, 更爲推問, 淑伊及自賢稱名者, 並
拿問何如?" 答曰: "依啓."

🪷 같은 날 초경(初更) 오점(五點)에, 임금께서 추국을 잠시 멈추라고
전교하셨다.

○ 同日, 初更五點, 傳曰: "推鞫姑罷."

보충

　일곱 번째 기록일인 11월 8일에는 추국이 잠시 멈추었다가 저녁(酉時)에 재개되었다. 이날 밤 추국이 재개되긴 했으나 죄인에 대한 심문은 이루어지지 않았고, 다만 의금부에서 지방(광주, 원주)에 하달한 분부사항과, 처경으로부터 압수한 문서의 조사내용을 담은 추국청의 보고서만이 기록되어 있을 뿐이다.

　먼저, 의금부에서 광주와 원주에 하달한 내용은 처경과 서신교환을 하면서 숙질관계를 표명한 승려 쌍민(雙旻)을 체포하여 압송하라는 분부였다. 추문관들이 쌍민에 주목했던 것은 그가 의심받는 풍수승이기도 했지만 무엇보다 처경의 신원을 밝혀줄 인물로 파악했기 때문이었다. 그러나 이후 쌍민은 체포되지 않았다.

　추국청의 보고사항에서 먼저 주목받은 것도 처경과 쌍민의 숙질관계의 여부였다. 처경은 몇 번의 서신교환과 직접적인 대면이 있었음을 인정했지만 쌍민의 신원에 대해서는 언급하지 않은 것으로 알려졌다. 두 번째로 주목받은 것은 궁중나인들과 처경이 주고받은 서신들이었다. 특히 처경으로부터 법명을 하사받은 자옥(自玉), 자신(自愼), 자련(自憐), 자현(自賢) 등은 소현세자유복자설과 관련된 서신과 물품을 주고받은 당사자로서 추문관의 집중적인 주목을 받았다. 자옥을 제외하고, 자신(숙이)과 자련(애숙)은 공동으로 처경과 서신을 주고받으며 긴밀하게 모의를 주도한 것으로 의심받았고, 자련과 자현(말환)은 소현세자유복자설을 뒷받침할 만한 유아용 복식을 처경에게 건네준 당사자로 지목되면서 3명은 다시 조사의 대상자로 떠오르게 되었다. 세 번째로 추문관들에게 주목받은 것은 능화지에 씌어진 필체와 일부 서신에서 확인되는 필체가 동일하다는 점이었다. 이점을 집중적으로 추궁받은 처경은 결국 자신이 원통암에 기거하는 동안 능화지를 자작하였다고 고백하는 데에 이르렀다.

여러 차례 심문과정을 통해 해결되지 않았던 소현세자유복자설의 자작극 논란이 압수된 문서의 조사를 통해 결정적으로 해소되기 시작한 것이다. 그리고 소현세자유복자설을 뒷받침할 만한 물적 표적을 마련하는 일들이 처경과 밀접한 관계를 유지했던 궁중나인에 의해 공모되었음이 드러나게 되었다. 이제 남은 것은 궁중나인을 조사하면서 유복자설의 실체에 다가서는 것과 처경의 실제적인 신원을 확보하는 것뿐이었다.

병진년 11월 9일

11월 9일에는 전날 추국청의 보고에서 거론되었던 자현(말환)의 1차 심문, 자현과 처경의 대질심문, 그리고 자련(애숙) 및 자신(숙이)의 2차 심문 등이 이어졌다. 자현은 처경에게 남색치마를 주었다는 혐의를 받았으나 처경과의 대질을 통해 혐의를 벗고 풀려나게 되었다. 자련은 처경에게 주머니와 띠를 제공한 인물로서, 처경의 신원을 복창군에게 알려주기에 앞서 신원을 증명할 표적을 요구했던 것으로 판명되었다. 자신의 경우에도 처경의 신원을 복창군에게 알리기에 앞서 명백한 증거를 요청하는 편지를 자련과 함께 보냈던 것으로 드러났다.

🪷 병진 11월 9일 추국청 참석여부[143]

의정부영의정 허적: 참석

영중추부사 정치화: 병(病)

행판중추부사 정지화: 병(病)

의정부좌의정 권대운: 주강입시(晝講 入侍)

의정부우의정 허목: 참석

판의금부사 유혁연: 참석

지의금부사 이지익: 참석

동지의금부사 이홍연: 참석

동지의금부사 경최: 참석

행사간원대사간 오시복: 참석

승정원동부승지 권유: 참석

사헌부장령 박정설: 참석

별문사낭청(別問事郎廳)

성균관직강 이봉징: 참석

홍문관수찬 강석빈: 참석

이조좌랑 유하익: 참석

이조좌랑 이담명: 참석

---

143 추국장의 참석인원은 전날과 같이 17명이었다. 전날 병으로 인해 불참했던 우
　　의정 허목이 참석하였지만, 대신 좌의정 권대운이 주강(晝講)으로 입시하는 바
　　람에 불참했기 때문이다.

별형방(別刑房)

도사 심양필: 참석

도사 권덕윤: 참석

문서색(文書色)

도사 김성최: 참석

도사 김석: 참석

○ 丙辰十一月初九日, 推鞫廳進不進

議政府領議政 許 積 進

領中樞府事 鄭致和 病

行判中樞府事 鄭知和 病

議政府左議政 權大運 晝講入 侍

議政府右議政 許 穆 進

判義禁府事 柳赫然 進

知義禁府事 李之翼 進

同知義禁府事 李弘淵 進

同知義禁府事 慶 㝡 進

行司諫院大司諫 吳始復 進

承政院同副承旨 權 愈 進

司憲府掌令 朴廷薛 進

別問事郎廳

成均館直講 李鳳徵 進

弘文館修撰 姜碩賓 進

吏曹佐郎 兪夏益 進
吏曹佐郎 李聃命 進

別刑房
都事 沈良弼 進
都事 權德潤 進

文書色
都事 金盛最 進
都事 金 碩 進

💮 같은 날, 의금부가 요승 처경의 사건으로 상고하여 거행할 일을 원주(原州)로 하달하였다. 본주에 거하는 승 쌍민(雙旻)을 체포할 것을 이미 어제 분부하였는데, 지금 듣기로 처경이 본주에 사는 승 영휴(靈休)[144]의 상좌(上佐)[145]였다고 한다. 그러므로 일찍이 처경이 자신의 상좌였었다면 반드시 그(처경)의 신원에 대해 잘 알 것이다. 영휴에게 처경의 신원을 상세히 묻고 그것을 급히 보고해야 하지만, 이것은 어디까지나 처경의 신원을 알아내기 위한 것임에 불과하다. 영휴는 몸소 죄를 범한 것이 없으니 속으로 의혹과 숨기려는 마음을 일으키지 않도록 잘 타일러서, 실상을 얻어내길 기대해야 한다. 실상을 얻는 대로 밤새 보고할 일이다.

---

144 추문관들은 영휴가 처경의 사승(師僧)이었던 것으로 파악하고 있으나 후에 원주목사 강수학이 올린 첩정에 의해 실제로 처경을 데려다 사승을 맡았던 이는 영휴가 아니라 지웅(智膺)임이 밝혀진다.

145 상좌(上佐)는 특정 승려를 따르는 제자 격의 행자(行者) 승을 뜻한다.

同日, 原州了, 義禁府爲相考擧行事, 以妖僧處瓊事. 本州居僧人雙旻捉送
事段, 昨已分付爲有在果, 今聞處瓊卽本州居僧, 靈休之上佐是如爲臥乎
所. 旣是上佐, 則必知其根脚. 處瓊根脚, 詳問於靈休, 急急牒報爲乎矣,
此不過欲知處瓊根脚而已. 靈休則身無所犯, 勿生疑惑, 隱諱之意, 亦爲
開諭, 期得宗狀. 罔夜牒報向事.

❀ 같은 날, 도사 엄찬(嚴纘)이 죄인 자현(自賢)[146]을 나래하였다.
○ 同日, 都事嚴纘, 罪人自賢, 拿來.

❀ 같은 날, 도사 신선함(申善涵)이 죄인 숙이(淑伊)[147]를 나래하였다.
○ 同日, 都事申善涵, 罪人淑伊, 拿來.

❀ 같은 날, 죄인 자현 62세

다음과 같은 추문내용을 임금께 아뢰었다.

요승 처경의 문서를 수색할 때에 새로이 남색의 방사주(方絲紬) 치
마도 찾아냈다. 그것의 출처를 처경에게 물었더니 영안위궁(永安尉宮)
의 유모인 자현이 준 것인데, 자현의 본명은 백환(白環)인지 말환(末環)
인지 판별할 수 없다고 진술하였다. 남색 치마를 요승에게 내어준 것

---

146 자현은 영안위궁의 나인이었던 말환(㐑環)의 법명이다. 처경에게 남색치마를
　　　제공해준 혐의를 받고 이날 나래되었던 것이다.

147 숙이는 처경으로부터 자신(自愼)이라는 법명을 받은 복창군 누이집의 나인이
　　　었으며, 이미 한 차례 심문을 받고 무혐의 처리되어 풀려났었지만, 처경과 긴밀
　　　한 서신을 교환했던 당사자로 지목되어 다시 나래된 것이다.

이 무슨 의도였는가? 그 중이 죄인의 집에 찾아 왔을 때 준 것인가? 아니면 죄인이 절에 갔을 때에 준 것인가? 어느 해부터 무슨 일로 이 중과 서로 알고 지내며 왕래하였는가? 이미 남색 치마를 주었으니 가깝고 친하게 지냈음을 알 만하다. 처경과 죄인이 서로 만나볼 때 무슨 얘기를 나눴는가? 죄인의 본명은 백환인가, 말환인가? 자현으로 이름을 바꾼 것은 무슨 의도였는가? 그간의 실상을 숨김 없이 일일이 바르게 고하라.

임금께서 이 같은 내용을 추문하라 하셨기에, 다음과 같이 죄인의 진술을 받았다.

자현이 바로 저입니다. 저는 영안위의 집 나인으로 있다가 연로하여 신역(身役)을 면하여 여염집에 나가 살고 있습니다. 평생 소박하게 부처님을 위하는 일(爲佛事)을 좋아했는데, 작년 12월(臘月)에 저는 원통암에 옥불(玉佛)이 있는데 영이하다는 말을 듣고 몸소 연등(燃燈)을 하러 갔었는데, 스님(僧人)은 없고 단지 거사 한 사람만 있었습니다. 금년 9월 5일에 불사를 지은 후 점안(點眼) 의식을 거행한다는 소식을 듣고 저도 가보았을 때에는 과연 처경이 그곳에 있었습니다. 승속이 다 모여들어 무척 어수선했기에 저는 단지 쌀(米升) 공양을 드리며 축원했을 뿐이며, 처경과 더불어 차분하게 이야기를 나눈 적은 없습니다. 그러므로 남색 치마를 내주었다는 설은 전혀 근거 없는 맹랑한 이야기입니다. 실제로 저의 본명은 말환인데, 처경이 축원할 때에 이를 알았을지 모르겠으며,[148] 더구나 왜 '자현'으로 이름을 바꾸었는지에 대해서는 더더욱 제가 아는 바가 아닙니다.

상고하고 분간하여 시행하실 일.

○ 同日, 罪人自賢, 年六十二, 白等.

妖僧處瓊文書搜探之際, 有新件藍方絲紬裳是去乙, 問其出處於處瓊, 則處瓊所供內, '此是永安尉宮乳母自賢所給者, 而自賢本名則'白環'是喻, '末環'是喻, 不能卞別'是如爲臥乎所, 出給藍裳於妖僧者, 何意是旀, 僧人來到矣家時, 出給爲有臥乎喻, 矣身上寺時, 所給是喻, 自何年, 緣何事, 與此僧相知往來是喻, 旣給藍裳, 則可知其親切. 處瓊與矣身, 相見之時, 有何說話是喻, 矣身本名'白環'是喻, '虼環'是喻, 變名'自賢'者, 亦何意是喻, 其間事狀, 隱諱除良, 一一直招亦.

推考敎是臥乎在亦.

自賢段矣身, 果以永安尉家內人, 年老放役, 出居間閭. 而平生行素好爲佛事爲白如乎, 上年臘月, 矣身聞圓通庵, 有玉佛靈異, 身往燃燈, 則僧人則無之, 只有居士一人矣. 今年九月初五日, 又聞圓通庵作舍後, 點眼之報, 矣身又爲往見, 則所謂處瓊者, 果在其處. 而僧俗多集, 殊甚紛擾是白乎等以, 矣身段置, 只以米升, 供齋祝願而已. 與處瓊, 未曾從容相話爲白有去等, 藍裳出給之說, 千萬無據爲白遣. 矣身本名, 則果是'虼環', 而處瓊於祝願時, 知之是白乎喻, 變名'自賢'事段, 尤非矣身之所知是白置.

相考分揀施行敎事.

---

148 원문상으로는 '處瓊於祝願時, 知之是白乎喻'로서 마지막 부분의 이두표현인 '~是白乎喻'는 '~이사온지' 또는 '~이사올지'의 의미를 지닌다. 따라서 '처경이 축원할 때에 그것을 알았을지'로 해석될 수 있다. 그러나 여기에서는 문맥상 '모르겠으며'를 추가하여 뒤의 문장과 연결시켰다. 결국 진술자인 말환의 입장에서는 처경이 자기의 본명을 알고 있는지의 여부, 그리고 왜 하필 처경이 자현이란 법명을 부여했는지의 근거를 알 수 없다고 주장하는 것이다.

❀ 같은 날, 추국청에서 임금께 보고하였다.

이른바 자현의 본명은 말환입니다. 그의 진술에 따르면 처경에게 남색 치마를 내주었다는 설은 전혀 근거 없는 얘기라고 하였습니다. 처경과 함께 한 곳에서 면질한 후에 재가를 받아 처리하게 하는 것이 어떻습니까?

임금께서 보고한 대로 하라고 답하셨다.
○ 同日, 推鞫廳啓曰: "所謂自賢, 本名則'唜環'. 而其所供內, '出給藍裳於處瓊之說, 千萬無據'云. 與處瓊一處面質後, 稟處何如?" 答曰: "依啓."

❀ 같은 날, 추국청에서 임금께 보고하였다.

말환과 처경을 면질할 때에 신들이 먼저 처경에게 물었습니다.

이 사람이 치마를 준 사람인가?

처경이 대답하였다.

이 여자가 아니라 이 사람과 같이 왔었던 여인입니다. 서로 만나보고 나서 그녀가 떠나간 후에 거사 박인의로 하여금 그 치마를 받아 오게 하였습니다.

말환에게 물었습니다.

(처경을 만나러 갈 때)너와 더불어 같이 동행했던 사람은 누구이며, 그 사람이 정말로 치마를 준 일이 있었는가?

말환이 대답하였다.

같이 갔었던 사람은 홍만용(洪萬容) 처의 유모로서 이름은 매화(梅花)요 나이는 50세 남짓 되었고, 영안위궁의 서쪽 담장 밖에 살고 있습니다. 그러나 그녀가 치마를 주었는지의 여부는 잘 알지 못합니다.

박인의에게도 물었더니 대답하였습니다.

영안위궁의 유모라 칭하는 자가 서쪽 담장 밖에 살고 있으며, 나이는 50쯤 되었습니다. 그녀의 이름은 알지 못하나 그녀가 그것을 만들 때에 저는 기와 굽는 일을 부조하고 있었고, 결국 그녀가 남색 치마 하나를 주었습니다.

세 사람의 말은 서로 들어맞습니다. 그간에 별다른 정황이 있었던 것은 아닙니다. 이 일은 이번 옥사와 관련되지 않으므로 매화를 잡아와 심문하는 것은 불필요합니다. 말환은 풀어주는 것이 마땅한 듯한데, 어떻게 처리할지 감히 여쭙습니다.

임금께서 보고한 대로 하되, 말환은 더 이상 심문할 일이 없으니 풀어서 보내주라고 답하셨다.

○ 同日, 推鞫廳啓曰: "㢱環與處瓊, 面質之際, 臣等先問於處瓊曰, '此是

給裳者耶?'

處瓊對以, '非此女人也. 與此人同往之女人, 相見下去之後, 使居士朴仁義, 傳送其裳'云.

問於耄環曰. '與汝同往者何人, 而果有給裳之事乎?'

耄環對以, '同往者則果有之, 卽洪萬容妻之乳母, 名'梅花', 年可五十餘者也. 居在永安尉宮西墻外, 而給裳與否則不知'云.

問於朴仁義則曰, '永安尉宮乳母稱號者, 居在西墻外, 年可五十餘. 其名則不知, 而爲成造時, 燔瓦扶助, 果給一藍裳'云.

三人之言相符, 而非有別情於其間. 此事旣非關係於此獄者, 梅花不必又爲拿問, 耄環似當放釋, 何以爲之敢稟." 答曰: "依啓. 耄環則更無可問之事, 放送."

🪷 같은 날, 죄인 애숙 재심문(2차)

　다음과 같은 추문내용을 임금께 아뢰었다.

　요승 처경이 소재하고 있던 문서를 수색했는데, 거기에 자신(自愼) 및 자련(自憐)이라 칭하는 사람들과 서로 주고받았던 서찰들이 매우 많았다. 그 중에 자신과 자련이 연명(聯名)하여 썼던 편지 한 통이 있었다. 그 편지에, "스님(師)이 비록 원하시는 바를 이루고자 하여도 이 일은 중대하여 말을 꺼내기도 매우 곤란합니다. 제 생각으로 헤아려 보자면, 처음 궁 밖으로 내 보냈을 때 아무런 조치도 없이 그저 내 주었을 리는 없을 듯하며, 반드시 태어난 연월일시를 손으로 써 주어 표적으로 삼을 만한 것이 있었을 것입니다. 분명한 수적(手迹)이 있었다면 오늘 당장이라도 그것을 가지고 오시되, 예전에 우리 집을 왕래할 적에 항상 머물렀던 집으로 오십시오. 그리고 방문의 뜻을 저희들에게도 알려주시는 것이 어떻겠습니까? 정말로 표적이 있다면 그것을 소지하고 오시는 날에 반드시 상세하게 가르쳐주시길 바랍니다." 라고 씌어 있었다. 처경에게 물었더니, 이른바 자련은 죄인의 법명이며 처경이 지어 준 것이라 하였다. 죄인이 처경과 더불어 서찰을 주고받으면서, 그 요망하고 사악한 일을 알고도 표적을 지니고 오도록 권했던 것은 무슨 의도였는가? 처경의 처소에 백능(白綾) 주머니와 초사단(草絲段) 띠가 있었다. 그것을 꺼내 보여주면서 처경에게 물었더니 죄인이 준 것이라 하였다. 요승과 친밀히 지내며 주머니와 띠를 주었던 것은 더욱 수상하다. 이름을 자련으로 바꾼 사연과 그간의 사정을 모두 숨김없이 사실대로 밝히 고하라.

임금께서 이 같은 내용을 추문하라 하셨기에, 다음과 같이 죄인의 진술을 받았다.

저는 그 스님(僧)이 누년에 걸쳐 공부(工夫)해 왔고 기이한 분이라는 것을 들었기 때문에 그를 숭신(崇信)하여 스승으로 삼았습니다. 그래서 그가 부여한 법명으로 서찰에 썼던 것입니다. 그리고 스님(僧人)이 저로 하여금 자신의 신원을 복창군에게 알리기를 원했기 때문에 정말로 표적이 분명하다면 가지고 오라는 뜻으로 답장을 보낸 것입니다. 주머니와 띠를 주었던 것은 사제간의 정분에서 우러나온 것에 불과합니다.

상고하고 분간하여 시행하실 일.

○ 同日, 罪人愛淑, 更推, 白等.

搜探妖僧處瓊所在文書, 則自愼·自憐稱名人, 往復書札, 甚多, 而其中, 自愼·自憐, 聯名一書有曰, '師雖欲遂所願, 此事重大, 發言甚難. 以吾意度之, 初當出送時, 似無徒然出給之理, 必有以手筆書給, 生年月日時, 以爲表迹者. 亦有分明手迹, 則雖於今日, 持此入來, 而來到, 於前日吾家往來時, 常所留着人之家, 以來到之意, 通於我等如何? 果有表迹, 則持此入來之日, 期必須詳教'云云爲有去乙, 問於處瓊, 則所謂自憐, 卽矣身之法名, 而處瓊之所命者是如爲有臥乎所. 矣身與處瓊, 書札往復, 與知其妖惡之事, 而勸令持表迹入來者, 何意是旀, 處瓊處, 且有白綾囊子, 及草絲段貼帶是去乙, 問其出處於處瓊, 則矣身之所給是如爲臥乎所. 與妖僧親密, 至給囊帶者, 尤極殊常是置. 變名'自憐'辭緣, 其間事狀, 幷以隱諱除良, 從宗現告亦.

推考敎是臥乎在亦.

矣身聞, '其僧人, 累年有工夫, 而奇異'云, 故崇信爲師. 以其所命法名, 書之於書札中, 而僧人欲使矣身, 告知其根派, 於福昌君, 故果以表迹分明, 則持而入來之意, 答送. 而囊帶之贈給, 亦不過出於師弟之情分是白置.

相考分揀施行敎事.

🪷 같은 날, 추국청에서 임금께 보고하였다.

애숙이 처경의 집에 글을 주고받았던 일을 사실대로 바르게 고했는데, 예전의 공초 내용과 다르지 않습니다.[149] 주머니와 띠를 제공해준 일은 사제 간의 정분에서 나온 것이라 했는데, 더 이상 별도의 정황

을 묻지 않아도 될 듯합니다. 전과 같이 가두어 둔 채로 처경의 결말
을 기다린 후에 다시 재가를 얻어 처리하는 것이 어떻겠습니까?

임금께서 보고한 대로 하라고 답하셨다.

○ 同日, 推鞫廳啓曰: "愛淑於處瓊處, 書辭往復之事, 從宗直招, 與前招
無異. 贈給囊帶之事, 稱以'出於師弟之情分'云, 似無更問之別情. 依前仍
囚, 待處瓊結末後, 更爲稟處何如?" 答曰: "依啓."

❀ 같은 날, 죄인 숙이

다음과 같은 추문내용을 임금께 아뢰었다.

요승 처경이 당초에 진술했던 내용에 따르면, 복창군 누이집의 나인
이 부처님께 공양하는 일로 원통암에 들러 자신의 신원을 알게 되었
고, 복창군을 찾아 뵙고 친히 폭로하라 했다고 한다. 그래서 일찍이
죄인은 갇히게 되었다. 그러다가, 죄인이 최초 진술에서(原情中), 연등
의식으로 절에 올랐었긴 했지만 처경과 마주보고 이야기를 나눠 본
적이 없다고 하였고, 또 면질과정에서 처경도 죄인이 자신의 신원을

---

149 애숙이 전에 진술한 것은 구체적으로 11월 7일 1차 심문과정에서 발언한 내용
이다. 1차 심문과정에서 애숙이 진술한 것은 연등의식을 통해 처경의 비범함
을 접하게 되면서 그의 신원에 대해 궁금증을 갖게 되었고, 결국 처경으로부터
자신이 소현세자유복자라는 설과 자신의 신원을 복창군에게 공지해달라는 요
청을 받았다는 것이었다. 그러나 애숙이 1차 심문을 받을 당시에는 아직 서신
교환에 대한 혐의를 받지 않았기 때문에, 서신 교환의 정황을 추궁받고 대답한
내용과는 일치하기 어렵다고 본다. 따라서 당일 애숙이 진술한 것과 비교의 대
상이 된 예전의 공초 내용은 애숙의 1차 심문 내용이기보다는 서신 교환과 관
련된 현재까지의 진술 일체를 말하는 것일 수 있다.

알지 못 할 거라 하였기에 즉시 풀어줬던 것이다. 지금에 이르러 처경이 가지고 있던 문서를 수색하였더니 자신 및 자련이라 칭하는 이들과 서찰을 주고 받은 적이 매우 많았고, 그중에 자신과 자련의 이름으로 함께 부친 편지 한 통이 있었다. 그 편지에, "스님(師)이 비록 원하시는 바를 이루고자 하여도 이 일은 중대하여 말을 꺼내기도 매우 곤란합니다. 제 생각으로 헤아려 보자면, 처음 궁 밖으로 내 보냈을 때 아무런 조치도 없이 그저 내 주었을 리는 없을 듯하며, 반드시 태어난 연월일시를 손으로 써 주어 표적으로 삼을 만한 것이 있었을 것입니다. 만일 분명한 수적(手迹)이 있었다면 오늘 당장이라도 그것을 가지고 오시되, 예전에 우리 집을 왕래할 적에 항상 머물렀던 집으로 오십시오. 그리고 방문의 뜻을 저희들에게도 알려주시는 것이 어떻겠습니까? 정말로 표적이 있다면 그것을 소지하고 오시는 날에 반드시 상세하게 가르쳐주시길 바랍니다."[150]라고 씌어 있었다. 처경에게 물었더니, 이른바 자신은 죄인의 법명이며 처경이 지어 준 것이라 하였다. 죄인이 전에 진술했던 것 중에, 처경과 더불어 이야기를 나눈 적이 없었다는 설은 기만에서 나온 것일 뿐만 아니라 처경과 더불어 서찰을 주고받으면서, 그 요망하고 사악한 일을 알고도 표적을 지니고 오도록 권했던 것은 무슨 의도였는가? 이름을 자신으로 바꾼 사연과 그간의 사정을 상세하게 밝히라.

임금께서 이 같은 내용을 추문하라 하셨기에, 다음과 같이 죄인의 진술을 받았다.

---

150 앞서 조사를 받은 애숙의 문목에 제시된 내용이 그대로 반복되고 있다. 왜냐하면 이 편지는 애숙과 숙이가 연명하여 작성한 편지였기 때문이다.

　제가 당초에 하문을 받을 때, 절에 올라가서 이야기를 나누었던 일에 대해 질문을 받았으므로 이야기를 나눈 적이 없는 것으로 진술했을 뿐입니다. 만약 서찰의 일을 물으셨다면 어찌 감히 감추었겠습니까? 이른바 '자신'은 처경이 지어준 이름이며, 그것이 부처님이 주신 이름이라 하기에 무식한 이 여인이 숭신하며 받고, 과연 '자신'을 이름으로 삼았던 것입니다. 표적을 가지고 우리 집에 왕래할 적에 항상 머물렀던 집으로 오라했던 곳은 곧 소용동(所用洞)[151]에 사는 거사의 집을 말하는 것이며 그 성명에 대해서는 알지 못 합니다. 처경은 스스로 소현세자의 유복자임이 명백하다고 말했으며, 저로 하여금 복창군에게 알리게 하였습니다. 그래서 진정으로 표적이 분명하다면 이를 가지고 오라는 뜻으로 자련과 함께 공동 명의로 답장을 보냈던 것입니다.

　상고하고 분간하여 시행하실 일.

○ 同日, 罪人淑伊, 白等.

妖僧處瓊, 當初所供內, '福昌君妹家內人, 以供佛事出來于圓通庵, 知渠根脚, 使之來見福昌君而親暴'云云是如爲乎等以, 矣身曾以被囚爲有如可, 矣身原情中, 雖以燃燈上寺, 不與處瓊接話是如爲去乙, 與處瓊面質之際, 處瓊亦言矣身, 則不知其根脚是如乙仍于, 即爲放送爲有如乎. 到今授探處瓊所在文書, 則自愼 · 自憐稱名人, 往復書札甚多, 而其中, 自愼 · 自憐, 聯名一書有曰, '師雖欲遂所願, 此事重大, 發言甚難, 以吾意度之, 當初出送時, 似無徒然出給之理, 必有以手筆書給, 生年月日時, 以爲表迹者, 如有

---

151 소용골 또는 호동(壺洞)으로 불렸던 마을로서, 현재 서울시 종로구 원남동 일대로 추정된다.

分明手迹, 則雖於今日, 持此入來, 而來到, 於前日吾家往來時, 常所留着人之家, 以來到之意, 通於我等如何? 果有表迹, 則持此入來之日, 期必須詳敎'云云爲有去乙, 問於處瓊, 則所謂自慎, 卽矣身之法名, 而處瓊之所命是如爲有臥乎所, 矣身前招內, 不與處瓊接話之說, 出於欺罔叱不喩, 與處瓊書札往復, 與知其妖惡之事, 而勸令持表迹入來者, 何意是喩, 變名'自慎', 幷以其間事狀, 詳細現考亦.

推考敎是臥乎在亦.

矣身於當初下問時, 問之以'上寺時接話之事', 故以'不爲接話原情'而已. 若問書札之事, 何敢隱諱也? 所謂'自慎'者, 卽處瓊所命之名, 而謂之'佛氏所授之名'云, 故無識女人, 崇信而受之, 果以 '自慎'爲名爲白旀, '持表迹, 來到於, 往來吾家時, 常所留着人之家'云者, 卽是所用洞居, 居士之家, 而其姓名, 則不知爲白旀, 處瓊自言爲'昭顯世子遺腹子明白'云, 而欲令矣身告知於福昌君, 故果以表迹分明, 則持此入來之意, 與自憐聯名, 答送爲白有置.

相考分揀施行敎事.

❀ 같은 날, 추국청에서 임금께 보고하였다.

숙이가 처경에게 편지를 써서 표적을 가지고 오게 했던 정황이 이제야 비로소 바르게 알려졌으니 별도로 더 물을 단서가 없습니다. 잠시 가두어 두었다가 처경의 결말을 기다린 후에 다시 재가를 받아 처리하는 것이 어떻습니까?

임금께서 보고한 대로 하라고 답하셨다.

○ 同日, 推鞫廳啓曰: "淑伊作書於處瓊, 使之持表迹入來之狀, 今始直告, 別無更問之端, 姑爲仍囚, 以待處瓊結末後, 更爲稟處何如?" 答曰: "依啓."

❀ 같은 날 신시(申時)에, 임금께서 추국을 잠시 멈추라고 전교하셨다.
○ 同日申時, 傳曰: "推鞫姑罷."

보충

　여덟 번째 기록일인 11월 9일에는 아직 해소되지 않은 처경의 신원에 대한 추적을 위해 처경의 사승으로 알려진 영휴를 찾아내도록 원주에 지시한 의금부의 하달 내용이 수록되었고, 아울러 전날 압수된 문서를 통해 그간 처경과 긴밀한 인적 관계를 형성했던 궁중 나인(말환, 애숙, 숙이)들이 나래되어 심문받은 내용이 실려 있다. 특히 궁중 나인들의 심문 및 대질심문을 통해 소현세자유복자설을 강화시켜줄 표적의 확보를 위해 처경과 그의 추종자들이 교류하고 논의했던 실상이 드러나게 되었다.

　먼저, 영안위궁의 나인인 자현(말환)은 처경에게 남색 치마를 제공한 혐의를 받았으나 연등의식을 통해 처경과 접촉하기는 했으나 내밀한 대화를 나누거나 남색 치마를 준 적이 없다고 부인하였다. 자현의 심문에 이어 처경, 자현, 박인의 등이 참여한 면질 심문이 이어졌다. 삼자 간의 대질을 통해 남색 치마를 제공한 인물은 자현이 아니라 영안위궁의 유모를 지낸 매화였음이 드러났다. 자현은 혐의를 벗고 풀려났으며, 거론된 매화도 나래와 심문이 불필요하다고 결정되었다.

　다음으로 자련(애숙)과 자신(숙이)은 공동의 이름으로 처경과 서신 교환을 지속하면서 긴밀한 관계를 유지하였다. 그들은 서신 교환을 통해 소현세자유복자설을 강력하게 입증할 만한 표적을 확보하는 데에 주력하였다. 특히 자련과 자신이 연명하여 처경에게 보냈던 편지 속에 들어 있던 표적에 관한 담론이 추문관들의 이목을 끌었다. 자련의 진술을 통해 처경의 소현세자유복자설을 복창군에게 공지하기

전, 이를 보증하기 위한 결정적인 증거물을 확보하는 데에 서로 공모하며 진력하고 있었음이 드러나게 되었다. 그리고 자신의 진술을 통해 드러나듯이, 그들은 소용동의 어느 거사의 집을 중심으로 유복자를 입증할 만한 표적물과 그에 대한 정보를 은밀하게 공유하고 있었다. 자련과 자신의 공초를 통해 소현세자유복자설과 관련된 여러 물질적 단서와 빈번한 인적 교류의 정황이 밝혀지게 되었다. 이제 추문관들에게 남은 문제는 처경의 신원을 확증하는 것뿐이었다.

병진년 11월 12일

11월 12일에는 추국이 열리지 않은 채, 의금부와 추국청이 임금에게 올린 보고서와 원주목사가 보내온 첩정이 기록되어 있을 뿐이다. 이날 기록에 따르면, 처경의 인적 정보와 종교적 사제관계를 파악하기 위해 강원도에 조처사항이 하달되고, 그에 대해 강원도에서 올린 첩정이 보고되었다. 강원도에서의 조사와 보고서를 통해, 처경의 출생지(평해) 및 출생년도(1652), 부친의 인적 사항(평해 향리 손도), 그리고 처경의 사승(지응) 등의 정보가 분명히 밝혀지게 되었다.

❀ 병진 11월 12일

의금부에서 아뢰었다.[152]

승 쌍민을 붙잡아 올려보내라는 일로, 이번 8일 초경(初更) 쯤에 비밀 관문(關文)[153]을 작성하여 역졸(驛卒)에게 주면서 원주목(原州牧)에 분부하게 하되, 목사가 사정이 있어 출타 중이면 감사(監司)가 개봉해 보고 그에 따라 거행하게 하라는 뜻을 겉면(紙面)에 써주었습니다. 뒤늦게 듣기로(追聞), 처경은 원주에 있는 승 영휴(靈休)의 상좌(上佐)였다 하므로, 처경의 신원을 영휴에게 물은 뒤 상황이 발생하는 즉시(登時) 곧바로 보고하는(飛報) 일로 9일 사시(巳時) 쯤에 비밀 관문(關文)을 보내 분부하였습니다. 이 두 가지 건의 관문이 원주목에 이첩(移牒)되었는데, 쌍민을 잡아들이라는 관문[154]이 11월 9일 자시(子時)에 도달하였고, 영휴에게 처경의 신원을 조사하라는 관문[155]이 10일 사시(巳時)에 도달했다고 합니다. 그러나 분부한 일의 처리 경위를 완전히 누락시키고 알리지도 않았습니다. 쌍민을 붙잡아 들이라는 관문을 접수하는 일에 있어서 '11월(十一月)' 이라는 말 뒤에 '초(初)' 라는 글자만 쓰고 '며칠(某日)' 인지를 채워 넣지 않았습니다. 막중한 공무를 차분하지 못 하게 진행한 것은 매우 놀랍습니다. 공문서 전달을

---

152 본문에는 의금부가 임금에게 보고한 것으로 되어 있지만("義禁府 啓曰"), 『承政院日記』(숙종 2년 11월 12일)에서는 의금부의 말을 유헌(兪櫶)이 임금에게 아뢴 것으로 되어 있다(兪櫶 以義禁府言 啓曰).

153 관청에서 보낸 공문서를 말한다.

154 11월 8일의 기록에 보인다.

155 11월 9일의 기록에 보인다.

지체한 역자(驛子)를 지금 감금하여 죄로 다스리고, 감사와 원주목사
는 종중(從重)[156]의 예에 따라 추고하는 것이 어떻습니까?[157]

임금께서 전교하셨다.

보고한 대로 행하라. 중대하고도 비밀스런 공무를 수행하는 데 있
어 단지 문서가 도착한 날만을 기록하고 일의 경위를 조금도 알리지
않은 것은 어찌 놀랄 만한 일이 아니겠는가? 하나를 보면 그 나머지
도 알 수 있기 마련이다. 지극히 놀라우니 해당 목사를 먼저 파직시
킨 후에 추문하라(先罷後推).[158]

丙辰十一月十二日, 義禁府啓曰: "僧人雙旻捕捉上送事, 今初八日初更量,
密關成給驛卒, 分付原州牧, 而牧使有故出他, 則監司開拆擧行之意, 書諸

---

156 여러 범죄 사실 중에서 무거운 것을 기준으로 해서 죄인을 다루거나 처벌하는
원칙을 말한다.

157 처경의 신원을 확증하는 작업만을 남겨둔 의금부의 입장에서 원주목의 처사가
신속하지도 정확하지도 않다고 조급증을 내고 있으나 광범위한 관할 지역에서
쌍민과 영휴의 신병을 급히 확보하는 것은 그리 쉬운 일이 아니었을 것이다. 그
럼에도 불구하고 하룻 사이에, 원주목사 강수학은 비록 쌍민을 구금하는 데에
는 실패하지만, 처경의 신원과 사승관계를 밝혀줄 핵심인물인 손윤후의 신병
을 확보하였고, 사승으로 잘못 알려져 있던 영휴와 실제적인 사승이었던 지웅
을 추문하였으며, 이렇게 얻은 첩보를 정리하여 중앙에 보고하였다. 강수학의
첩정으로 인해 처경의 신원과 사승관계를 확정지을 수 있었던 것이다.

158 당시 원주목사였던 강수학(姜邃學)을 파직시키라는 명령은 5일 뒤인 11월 17
일에 번복되었음을 확인할 수 있다. 당시 영의정과 좌의정은 11월 10일 문서를
하달받고 40리 떨어진 손윤후와 백리 떨어진 타지역 충주에 거하는 지웅을 하
룻밤 사이에 구금하여 추문한 뒤 11일자에 맞춰 실상을 보고한 것은 수령으로
서 진심을 다한 행위라고 판단하고 파직이 불가함을 역설하였다. 이에 국왕은
파직을 물리고 직임을 그대로 둔 채, 조사할 것을 결정한다(『承政院日記』 257
책, 숙종 2년 11월 17일). 이후 2개월 뒤인 숙종 3년(1677) 1월에 강수학은 대사
간 지평으로 임명되어 관직을 이어간다(『肅宗實錄』 권6, 숙종 3년 1월 갑진).

紙面. 追聞, 處瓊, 原州僧人, 靈休之上佐云, 故處瓊根脚, 問于靈休處, 登時飛報事, 初九日巳時量, 亦爲密關分付矣. 卽接原州牧移牒, 則雙旻捕捉關文, 本月初九日子時到付, 靈休處問其根脚關文, 初十日巳時到付云. 而擧行形止, 全沒不報. 雙旻捕捉到付公事, ‘十一月’之下, 只書‘初’字, 不塡‘某日’. 莫重公事, 如是泛然, 殊甚可駭. 稽傳驛子, 時方囚禁治罪, 而監司及原州牧使, 從重推考何如?” 傳曰: “依啓. 莫重秘密公事, 只書到付日子, 捕捉形止, 終不收報, 其不爲惕念? 擧一, 可知其他事. 極可駭, 當該牧使, 先罷後推.”

🪷 의금부가 상고할 일을 강원감사에게 하달하였다. 지금 쌍민을 붙잡아 들이고 영휴에게 처경의 신원을 추문하는 공무의 일은 막중하거늘, 문서를 접수하는 공무를 제대로 처리하지 못하고 일을 거행하는 경위를 완전히 누락시키고 알리지도 않았으며, 쌍민을 붙잡아 들이라는 관문을 접수하는 공무에 있어서도 11월(十一月)’이라는 말 뒤에 ‘초(初)’라는 글자만 쓰고 ‘며칠(某日)’인지를 채워 넣지 않았던 것은 대단히 놀랍다. 공문서 전달을 지체한 역자(驛子)를 지금 감금하여 죄로 다스리고, 감사와 목사는 추고하기를 청하였다. 쌍민을 붙잡는 즉시 밤새워 압송하며, 영휴에게 처경의 신원을 상세하게 물은 뒤 신속하게 보고하는 것은 마땅히 비상한 마음가짐으로 거행할 일이다.

○ 江原監司了, 義禁府爲相考事. 今此雙旻捕捉, 處瓊根派推問靈休公事, 事係莫重是去乙, 到付公事, 泛然成送, 擧行形止, 全沒不報, 雙旻捕捉, 關文到付公事, ‘十一月’之下, 只書‘初’字, 不塡‘某日’, 殊甚可駭. 稽傳驛子, 時方囚禁治罪, 監司及牧使, 則請推爲有在果, 雙旻登時捕捉, 罔夜押送爲旀, 靈休處, 詳問處瓊根脚飛報, 宜當除尋常着念, 擧行向事.

🌸 11월 11일의 관인이 찍힌 원주목사 강수학(康邃學)의 첩정(牒報)[159]이 올라왔다.

이번에 하달된 문서는 11월 9일 자시(子時)에 도달하였습니다. 의금부의 관문은 본주에 거하는 승 쌍민(雙旻)을 비밀리에 붙잡고, 본관(本官)으로부터 마문(馬文)을 발급받아 순차적으로 역마(驛馬)를 타고 질주해 올 수 있게 하라는 내용이었습니다. 아울러 11월 10일 사시(巳時)에 도달한 의금부의 관문은 요승 처경의 사건으로 본주에 거하는 승 쌍민을 붙잡는 일은 이미 전날에 분부하였고, 지금에 와서야 처경이 본주에 거하는 승 영휴(靈休)의 상좌였음을 듣게 되었는데, 상좌였다면 반드시 그의 신원을 알 것이므로 영휴에게 처경의 신원을 상세히 알아내고 신속히 상부에 보고하라는 공문이었습니다. 두 번에 걸쳐 비밀 관문이 연 이어 도달한 것은 성화(星火)처럼 거행할 일이었습니다. 쌍민은 비록 이 지역의 중이라고는 하나 본디 지사(地師)라고 불리는데, 간 곳을 알지 못합니다. 그의 족속인 역리(驛吏) 손윤후(孫胤後)[160]가 거하는 서면(西面)은 40리 길에 떨어져 있는데, 관리를 보내 잡아와 추문했습니다. 그의 공초에 따르면, 쌍민은 실제로 그의 6촌손자뻘[161]이며, 쌍민이 아이였을 때 삭발하였고, 행동거지가 괴이했다

---

159 상부에 서면으로 올린 보고서를 말한다.

160 원주 지역에 거하던 손윤후는 추국장으로 나래되어 심문을 받는다. 손윤후의 누이가 처경의 어미이므로 그는 처경의 외삼촌이었다. 원주목사는 손윤후의 진술을 통해 처경의 실제적인 신원과 사승관계를 파악할 수 있었다.

161 처경이 손윤후의 외조카로서 3촌관계에 있고, 쌍민이 손윤후의 6촌뻘 손자라면, 이미 11월 8일 추국장에서 거론된 바 있는 처경과 쌍민의 숙질관계설은 충분한 근거가 있는 얘기였다. 그러나 당시 처경은 쌍민의 족계에 대해 알지 못한다고 하며 숙질관계설을 전면 부정했었다.

합니다. 머무르는 곳이 없어 지금 바로 붙잡아 오는 일은 매우 어렵고, 그의 거처를 좇아 수색해야만 잡아들이는 일이 가능할 것이라 합니다. 소위 요승 처경은 그가 모르는 승명(僧名)이지만 속명은 태철(太鉄)이며, 나이는 임진생(1652년)이라 합니다. 아비는 평해(平海) 향리 손도(孫燾)이며 어미는 자신의 누이동생이고, 스승은 영휴가 아니라 본주의 승 지웅(智膺)이라 합니다. 중이 될 때의 이름은 기억할 수 없지만 스승인 지웅에게 추문한다면 상세히 알 수 있을 것이라 진술하였습니다. 지웅은 충주(忠州) 청룡사(靑龍寺)[162]에 거하며 이곳에서 백 여 리 떨어진 곳입니다. 그래서 즉시 붙잡아와 처경의 근인(根因)을 추문하였더니, 처경은 과연 그의 상좌였으며 그와 함께 삼사년을 머무르다 지난 신해년(1671)에 공연히 도주한 이래 지금에 이르렀기에, 그의 거처를 모른다고 진술했습니다. 요승 처경의 신원은 손윤후와 지웅의 공초를 보건대 명백하여 더 이상 의심이 없습니다. 상기 윤후와 사승(師僧) 지웅 등은 형리(刑吏)와 군인(軍人)으로 하여금 밤새워 호송하여 올라가게 하였으니, 그들을 면질하게 하시면 요승의 변환(變幻)의 상황이 이로써 분명히 드러날 것입니다. 각 사람들이 모두 멀리 떨어져 있어 죄인들을 수색하여 붙잡아 오기 위해 왕복하는 사이에 보고드릴 일자(日子)가 더뎌져 진실로 황공합니다. 쌍민의 경우 윤휴의 족속들을 다수 감금하고, 담당자(次知)를 시켜 단속(督視)하게 하되, 붙잡아 오는 대로 추후에 올려 보내고자 합니다. 영휴는 처경의 사승(師僧)이 아니며 처경은 지웅의 상좌임이 확실합니다. 영휴를 붙잡아 추문했더니 그의 상좌 중에는 본래 처경이라고 이름하는 자가 없고 그의 절에

---

162 병진년 11월 4일 주 40번 참조.

서도 처경이라고 이름하는 중은 일찍이 들어본 적이 없는 이라 합니다. 이와 같은 연유를 아울러 첩보(牒報)합니다.

○ 十一月十一日成貼, 原州牧使, 康邃學, 牒呈內, 節到付, 今月初九日子時到付. 府關內, ‘本州居僧人雙昊, 秘密捕捉, 自本官成給馬文, 以爲次次騎驛馬馳來之地.’ 及同月初十日巳時到付, 府關內, ‘以妖僧處瓊事, 本州居僧人, 雙昊捉送事段, 昨已分付爲有在果, 今聞處瓊, 卽本州居僧, 靈休之上佐是如爲臥乎所, 旣是上佐, 則必知其根脚, 處瓊根脚, 詳問於靈休, 急急牒報向事’關是置. 有亦兩度秘關, 相繼來到, 星火擧行事是乎矣. 雙昊段, 雖曰, ‘此土之僧’, 素稱‘地師’, 不知去向乙仍于, 其矣族屬, 驛吏孫胤後, 亦居在西面四十里之地是如爲去乙, 卽發官差捉來推問, 則招內, ‘雙昊亦果是矣身六寸之孫, 而同雙昊兒時削髮, 行止怪異. 住着無地, 卽今捉來, 其勢甚難跟, 尋去處, 期於捉入是乎旀, 所謂妖僧處瓊段, 矣身不知僧名, 而俗名則太鉄是遣, 年則壬辰生也. 父平海吏孫燾也, 母卽矣身同生妹也. 師卽靈休不喩, 本州僧智膺也. 爲僧之名, 矣身未能記憶, 其師智膺處推問, 則可以詳知’是如納招爲有去乙, 同智膺居在於忠州靑龍寺, 百餘里之地. 故亦卽捉來, 推問處瓊根因爲乎矣, ‘處瓊果爲矣身上佐, 以同住三四年爲白如乎去, 辛亥間, 公然逃走, 至于今日, 不知去處’是如納招爲乎所, 妖僧處瓊之根脚, 以孫胤後, 智膺之招辭, 觀之, 則明白無疑是乎等以, 上項, 胤後及師僧智膺等, 刑吏軍人押領, 罔夜上送是去乎, 使之面質敎, 則妖僧變幻之狀, 據此敗露是乎旀, 各人等, 皆在於遠地乙仍于, 推捉往復之際, 日子差遲, 誠爲惶恐是乎旀, 雙昊段, 胤後之族屬多囚, 次知期於督視捉來; 卽時追乎上送計料爲在果, 靈休段, 旣非處瓊之師僧, 乃是智膺之上佐的實是乎矣. 同靈休捉來推問, 則其矣上佐中, 元無處瓊之爲名者是遣, 其矣寺中良中置, 處瓊爲名之僧, 曾所未聞之人是如爲乎等以, 緣由幷以牒報爲臥乎事.

❁ 같은 날, 추국청에서 임금께 보고하였다.

　　원주목사 강수학(康邃學)의 치보(馳報)를 받아보니, 처경의 족승(族僧)인 쌍민은 본디 지사(地師)라 불리었는데 떠나 간 곳을 알지 못하며, 역리인 손윤후가 쌍민의 족속이라 하여 그를 잡아다 추문했다고 합니다. 손윤후의 공초에 따르면, 쌍민은 그의 6촌 손자뻘이며, 어릴 때 삭발하였고, 행동거지가 괴이했는데, 당장 잡아들이기는 매우 어렵다고 합니다. 소위 요승(처경)에 대해서는 비록 승명은 모르지만 속명은 태철이고, 나이는 임진생(1652년)이며, 곧 자기 누이동생의 아들이고, 아비는 평해(平海) 향리 손도(孫燾)라 합니다.[163] 그러나 그의 스승은 영휴가 아니라 본주의 승 지웅(智膺)이므로 지웅을 추문하면 태철의 승명을 알 수 있을 것이라 진술하였답니다. 한편, 충주(忠州) 청룡사(靑龍寺)에 이거하고 있던 지웅을 잡아와 처경의 근인(根因)을 추문하였다고 합니다. 지웅의 공초에 따르면, 처경은 과연 그의 상좌였으며, 지난 신해년(1671) 즈음에 공연히 도주하여 그의 거처를 모른다고 하였답니다. 윤후와 지웅의 공초 기록을 볼 때, 처경의 신원은 명백하여 의심의 여지가 없었다고 합니다. 상기 윤후와 지웅을 형리(刑吏)와

----

163 처경의 아비가 손도(孫燾)이고, 그의 외삼촌이 손윤후(孫胤後)라면 처경의 양친 모두 동성이었다고 할 수 있다. 부친인 손도가 평해(平海)에서 향리직을 수행하였고, 외삼촌인 손윤후도 나중에 원주로 이주해오긴 했으나 본래 평해출신으로서 거기에서 오래 살았었다는 점을 감안하면, 이들 모두 평해손씨일 가능성도 있다고 본다. 물론 손씨의 본관이 여럿 있어 쉽게 단정할 수는 없지만, 당시 향촌의 평민들 사이에서 동성동본의 혼인이 가능할 수도 있었음을 시사하는 대목이라 할 수 있다.

군인(軍人)으로 하여금 밤새워 호송하여 올려 보내게 하니, 처경과 그들을 면질시키면 요승의 변환(變幻)의 상황이 곧바로 역력하게 드러날 것이라 하였습니다. 그러면서 각각의 죄인 들이 모두 먼 곳에 떨어져 있어 그들을 수색하여 붙잡아 오기 위해 왕복하는 사이에 보고할 일자가 늦어지게 되어 지극히 황공하다고 하였습니다.

손윤후와 승 지응 등을 함께 일시에 압송하여 왔습니다. 윤후와 지응 등을 우선 가두어 두었습니다만, 밤이 이미 깊으니 날이 밝기를 기다렸다가 추국하는 것이 어떻습니까?

임금께서 허락한다고 답하셨다.

○ 同日, 推鞫廳啓曰: "卽接原州牧使康遂學馳報, 則'處瓊之族僧雙昊, 則素稱地師, 不知去向, 而驛吏孫胤後, 卽雙昊之族屬云, 故捉來推問, 則胤後招內, '雙昊乃, 渠之六寸孫, 而兒時削髮, 行止怪異, 卽今捉來, 其勢甚難, 所謂妖僧, 雖不知僧名, 俗名則太鐵也, 年則壬辰生也, 卽渠同生妹之子, 而太鐵之父, 則平海吏孫燾也. 其師則非靈休也, 乃本州僧智膺也. 推問智膺, 則可知太鐵僧名'云. 而智膺移居, 於忠州靑龍寺, 捉來推問, 處瓊根因, 則智膺招內, '處瓊果是, 渠之上佐, 而去辛亥年間, 公然逃走, 不知去處'云. 以胤後·智膺之招辭, 觀之, 則處瓊之根脚明白無疑. 上項孫胤後及智膺等, 刑吏軍人押領, 罔夜上送, 使之面質, 則妖僧變幻之狀, 卽可敗露. 而各人等皆在於遠地, 故推捉往復之際, 日字差遲, 極爲惶恐'云云. 而孫胤後僧智膺等, 並爲一時押來矣. 胤後·智膺等爲先拿囚, 而夜已向深, 待明推鞫何如?" 答曰: "允."

아홉 번째 기록일인 11월 12일에는 죄인에 대한 심문 기록 없이 국왕에게 올린 의금부의 보고서, 지방에 하달된 의금부의 통지서, 원주목사가 보낸 첩정, 그리고 이에 대한 추국청의 보고서 등이 실려 있을 뿐이다.

먼저, 국왕에게 올린 의금부의 보고사항은 일찍이 지방에 하달된 의금부의 두 가지 공문(쌍민의 체포에 관한 건, 영휴를 통해 처경의 신원을 확보하는 건)이 제대로 접수되거나 처리되지 않아 문서수발 관계자와 수령에 대한 추고를 의뢰하는 것이었다. 결과적으로 원주목사를 파직하는 선조치를 취한 후에 추고하는, 이른바 선파후추(先罷後推)의 조처가 취해졌으나 뒤이어 도달한 원주목사의 첩정이 참작되어 직위를 이어갔던 것으로 보인다.

두 번째로 의금부에서 강원감사에게 하달한 내용은 공문의 접수와 처리에 대해 신속하고도 꼼꼼한 반응을 요구한 것이다. 이는 처경의 신원을 정확히 확인하는 작업만 남겨두고 있는 의금부의 입장에서 처경의 족계와 사승관계를 명확히 밝힐 쌍민과 영휴의 건은 막중한 것이었음에도 불구하고 지방의 일처리가 만족스럽지 못했음을 지적하는 것이었다.

세 번째로 원주목사 강수학이 올린 첩정은 쌍민과 영휴의 신병을 확보하기 위해 겪어야 했던 난관과 직간접적으로 얻어낸 첩보들을 상신한 것이었다. 원주목에서는 쌍민을 직접 구금하는 데에는 실패했으나 그의 족속인 손윤후를 추문하면서 쌍민의 신원은 물론 처경의 족계 및 종교적 사승관계를 얻어낼 수 있었다. 아울러 처경의 사승으로 잘못 알려졌던 영휴를 구금하여 추문함으로써 처경의 사승이 영휴가 아닌 지웅으로 확정될 수 있었다.

　마지막으로 추국청에서는 원주목사의 첩정에 의거해 확보한 처경의 출생년도, 본명 및 법명, 사승관계 등에 대한 정보를 확정짓기 위해 처경의 외삼촌인 손윤후와 처경의 사승으로 알려진 지웅을 나래하여 추국할 것을 국왕에게 의뢰하여 허락을 받았다.

병진년 11월 14일

11월 14일에는 추국이 열리지 않은 채, 추국청이 임금에게 올린 간략한 보고만이 소개되어 있다. 처경의 가족관계의 실상을 밝혀줄 손윤후와 처경의 종교적 삶을 증언할 지응이 원주로부터 나래되었으나 영의정의 병환과 좌의정의 약방제조의 차출로 인해 개좌가 하루 늦춰지게 되었다.

🪷 11월 14일, 추국청에서 임금께 보고하였다.

요승 처경의 숙부인 윤후와 그의 사승(師僧)인 지웅이 이미 원주에서 붙잡혀 왔으므로 오늘 추국하는 일에 대해서는 어제 이미 계달(啓達)[164]하였습니다. 그런데 영의정 허적(許積)이 어제 갑자기 병환이 중해져 차도가 없고, 좌의정 권대운(權大運)은 약방제조(藥房提調)로 지금 궐내에서 분부를 기다리고 있어, 오늘 추국을 여는 것이 매우 곤란할 뿐만 아니라 이번 옥사가 시급을 다투는 여느 추국과는 같지 않습니다. 다시 수상(首相)의 병세의 상태를 살펴본 뒤, 명일(明日)에 개좌(開坐)하는 것이 어떻습니까?

임금께서 보고한 대로 하라고 답하셨다.

○ 十一月十四日, 推鞫聽啓曰: "妖僧處瓊之叔胤後, 及其師智膺, 已自原州捉來, 故今日推鞫事, 昨已啓達矣. 領議政臣許積, 昨日病患猝重時, 未差愈, 左議政臣權大運, 藥房提調, 今方待候於闕內, 今日勢難開坐, 且此獄事非時急推鞫之比. 更觀首相病勢之如何, 明日開坐何如?" 答曰: "依啓."

---

164 글로 아뢴 일.

 보충

　열 번째 기록일인 11월 14일에는 죄인과 관련된 심문기록이나 수발 문서에 대한 소개가 이루어지지 않고 한 건의 추국청 보고만이 실려 있을 뿐이다. 이미 12일밤 늦게 나래된 손윤후와 지웅에 대한 추국이 열릴 예정이었으나 영의정이었던 허적의 심한 병세와 좌의정 권대운의 약방제조의 차출로 인해 추국의 개좌를 하루 연기하자는 논의에 따라 추국은 11월 15일에 다시 열리게 되었다.

병진년 11월 15일

11월 15일에 엿새만의 추국이 다시 개좌되었다. 먼저, 원주에서 나래된 처경의 외숙부인 손윤후가 처경의 속명(태철), 출생연도(1652), 부모의 인적사항(손도, 소죽), 출가와 사승(지응) 등의 진실을 상세하게 진술함으로써 처경의 실제적인 삶이 드러나게 되었다. 한편, 처경을 상좌로 두었던 승 지응이 처경의 출가(1664)와 별리(1671)의 시점을 밝혀줌으로써 그간 처경이 주장해온 왕실 출신의 승려이야기는 빛을 잃고 만다. 손윤후와 지응의 심문이 끝나고 묘향과 처경의 3차 형문이 이어졌다. 특히 3차 형문을 받던 처경이 드디어 자신의 출생연도는 1652년이고, 자신의 사승은 지응이며, 묘향은 자신의 수양인이 아니고, 왜능화지에 글을 쓴 것도 본인이었다고 털어 놓았다. 곧바로 처경의 죄상에 대한 결안이 이어지고 조요서요언(造妖書妖言) 죄로 처경의 참수형이 결정되었다. 그밖에 심문을 마친 손윤후와 지응을 석방시키고, 그간 감금한 채 결말을 기다리던 죄인들을 법률에 의거 정배하기로 결정하였다.

❀ 병진 11월 15일, 추국청 참석여부[165]

의정부영의정 허적: 참석

영중추부사 정치화: 병(病)

행판중추부사 정지화: 병(病)

의정부좌의정 권대운: 참석

의정부우의정 허목: 병(病)

판의금부사 유혁연: 참석

지의금부사 이지익: 참석

동지의금부사 이홍연: 참석

동지의금부사 경최: 참석

승정원우부승지 유헌: 참석

사헌부지평 송정렴: 참석

사간원정언 임당: 참석

별문사낭청(別問事郎廳)

성균관직강 이봉징: 문과일소시관(文科一所試官)으로 나감

홍문관부교리 유하익: 문과이소시관(文科二所試官)으로 나감

홍문관수찬 강석빈: 참석

이조좌랑 이담명: 참석

---

165 전날 영의정 허적의 병세와 좌의정 권대운의 약방제조 차출로 인해 추국의 개
    좌가 하루 연기되었다가 다시 재개되었다. 이날 영의정과 좌의정이 동참하였으
    나 우의정 허목이 병으로 불참하고 별문사낭청 2인이 시관(試官)으로 나아가
    는 바람에 15명만이 참석하였다.

별형방(別刑房)

가도사 이만철: 참석

가도사 김찬: 참석

문서색(文書色)

가도사 심령: 참석

가도사 이만웅: 참석

丙辰十一月十五日, 推鞫廳進不進

議政府領議政 許 積 進

領中樞府事 鄭致和 病

行判中樞府事 鄭知和 病

議政府左議政 權大運 進

議政府右議政 許 穆 病

判義禁府事 柳赫然 進

知義禁府事 李之翼 進

同知義禁府事 李弘淵 進

同知義禁府事 慶 㝡 進

承政院右副承旨 兪 櫶 進

司憲府持平 宋挺濂 進

司諫院正言 任 堂 進

別問事郎廳

成均館直講 李鳳徵 文科一所試官進

弘文館副校理 兪夏益 文科二所試官進

弘文館修撰 姜碩賓 進
吏曹佐郎 李聃命 進

別刑房
假都事 李萬徹 進
假都事 金 燦 進

文書色
假都事 沈 檑 進
假都事 李晚雄 進

❀ 같은 날, 11월 13일의 관인이 찍힌 강원감사 정륜(鄭鑰)의 첩정(牒報)이 올라왔다.

　　지금 관문(關文)을 간추려(節該)[166] 보니, 쌍민(을 잡아들이는 일)과 처경의 신원을 영휴에게 추문하라는 공무가 도달된 이래, 침착하게 만들어 올리지 않고 처리 경위를 완전히 누락시킨 채 알리지도 않았다고 하였습니다. 또 쌍민을 붙잡아 들이라는 관문을 접수하는 공무에 있어서도 11월(十一月)' 이라는 말 뒤에 '초(初)' 라는 글자만 쓰고 '며칠(某日)' 인지를 채워 넣지 않아 감사와 목사를 추고하기를 청한다고 하였습니다. 승 쌍민을 붙잡는 즉시 압송하며, 영휴에게 처경의 신원을 상세하게 물은 뒤 신속하게 보고하라는 관문[關子]이 당일(當日) 신시

---

166 절해(節該)는 공문서의 내용을 간추려 재기술할 때 첫머리에 사용하는 말이다.

(申時)[167]에 도달하였습니다. 그리고 승 쌍민을 체포하여 올려 보내는 일에 관한 관문이 이달 9일 자시(子時)에 원주목에 도달하였고, 영휴에게 처경의 신원을 상세히 묻고 신속하게 보고하라는 일에 관한 관문이 이번 10일 사시(巳時)에 바로 원주목에 도달하였습니다. 일이 성화(星火)처럼 매우 긴급하므로 처경과 영휴 등의 거처와 일족을 수색하여 잡아들이거나 방문했던 경위를 보고할 적에, 일이 더디게 진행되지 않을까 염려하여, 공무의 접수 일시만을 우선 작성하여 보낸 후, 위에서 거론한 처경의 일족인 손윤후와 사승(師僧)인, 영휴가 아닌 지웅 등을 수색하여 잡아들인 뒤, 형리와 군인에게 호송해 가도록 이달 11일 신시(申時)에 출발시켰습니다. 12일 자시(子時)에 현신(現身)한 자들을 문초하여 진술 받기를 매우 엄칙(嚴飭)한 뒤 올려 보냈습니다. 쌍민은 지사(地師)라 칭하며 본래 일정하게 머무르는 곳이 없어 결국 아무것도 밝혀내지 못했던 연유를 원주목에서 이미 첩보하였습니다. 쌍민의 족속들을 다수 감금하고, 담당자(次知)를 여러 곳에 보내어 체포하고지 하는 뜻을 엄칙(嚴飭)하였으며, 쌍민을 체포하는 대로 즉시 밤새워 압송할 생각입니다. 당초 두 번에 걸친 관문(關文)이 감영으로 당도하지 않고 곧바로 원주목으로 가는 바람에 공무의 접수와 일의 처리 경위를 본주에서 만들어 올렸던 것입니다. 사세가 중대하므로 본주에 제대로 엄칙하고 성화(星火)처럼 거행하게 하고, 지웅 등을 올

---

167 여기에서 말하는 '당일(當日) 신시(申時)'는 12일 신시 혹은 13일 신시일 것이다. 거론된 내용은 의금부가 강원감사에게 하달한 것으로서 추안 11월 12일의 기록에 수록되어 있다. 당일 신시에 접수한 공문은 이미 의금부가 쌍민과 영휴의 건으로 원주목에 하달한 바 있는 두 공문의 일처리가 신속하지 않자 의금부에서 다시 상급기관인 강원감사에게 쌍민의 압송과 영휴의 추문에 관한 꼼꼼하고도 신속한 처리를 요구하는 관문을 보낸 것이다.

려 보낼 때에도 대개 중도에 지체되는 폐해가 있을까, 경유하는 각 역마다 잘 달리는 말(能走馬)을 제급(題給)하는 일과 말의 숙식(草料)을 위한 증서를 만들어 주어, 밤새 압송하게 하였습니다. 뜻밖에도 이번의 논관(論關)[168]은 지극히 황망한 일입니다.

同日, 十一月十三日成貼, 江原監司, 鄭鑰牒內.

卽刻關內節該, 雙旻, 處瓊根脚推問靈休公事到付, 泛然成送, 擧行形止, 全沒不報. 雙旻捕捉, 關文到付公事, '十一月'之下, 只書'初'字, 不塡'某日', 監司及牧使, 請推爲有在果, 僧人雙旻, 登時捕捉, 押送爲㫆, 靈休處詳問處瓊根脚, 飛報事關子, 當日申時到付爲有在果, 僧人雙旻, 捕捉上送事關子, 今月初九日子時, 到付于原州牧爲有㫆, 靈休處處瓊根脚詳問, 急急牒報事關子, 今初十日巳時, 亦爲直到原州牧爲有去乙, 事係萬分星火, 急迫是乎等以, 處瓊靈休等居處, 及一族推捉訪問, 擧行形止, 論報之際, 恐未免差遲, 公事到付日時叱分爲先成送後, 上項處瓊一族, 孫胤後, 及其矣師僧, 靈休不喩, 智膺等推捉, 刑吏及軍人押領, 今月十一日申時發送, 十二日子時, 現身事乙捧招, 十分嚴飾, 上送爲有㫆, 双旻稱以地師, 本無定處是乎等以, 趁不捉現緣由, 幷以自原州牧, 已爲牒報爲有在果, 同双旻族屬等多囚, 次知諸處發送, 期於捕捉之意, 亦爲嚴飾爲有㫆, 同双旻捉現卽時, 罔夜押送, 計料爲在果, 大渠當初再度關文, 不到於營門, 直到于原州乙仍于, 公事到付, 及擧行形止, 自本州成送是乎矣, 事係重大, 故本州良中, 十分嚴飾, 星火擧行爲有㫆, 智膺等上送時段置, 慮有中路遲滯之弊, 所經各驛, 能走馬題給事乙, 草料成給, 罔夜押送爲有如乎, 不意今者有此論關, 極爲惶恐爲臥乎事.

---

168 논관(論關)은 상부기관에서 하부기관에 내려준 통고문을 말한다.

🪷 같은 날, 역리 손윤후 63세.

다음과 같은 추문내용을 임금께 아뢰었다.

요승 처경이 죄인의 누이동생의 아들이라 한다. 처경 부모의 성명과
생존 여부, 처경의 나이와 중이 된 연도, 처경의 사승(師僧)의 이름 등
을 아울러 사실대로 밝히 고하라.

임금께서 이 같은 내용을 추문하라 하셨기에, 다음과 같이 죄인의
진술을 받았다.

처경이 승명인지는 기억할 수 없습니다. 그의 속명은 태철이며, 나
이는 임진생(1652년)입니다. 태철의 아비는 평해(平海) 향리 손도(孫燾)
이며 어미는 저의 누이동생 소죽(小竹)입니다. 저와 손도는 같은 평해
사람으로서 평해에서 살았습니다. 그러다가 제가 먼저 원주로 이주
해왔고, 태철이 세 살 때에 그 아비 손도가 사망했으므로 저의 누이
가 태철을 데리고 저의 집에 와서 의탁했습니다. 그러나 겨우 사오년
을 지내다 제 누이가 사망한 뒤, 저의 어머니께서 태철을 데려다 길렀
습니다. 태철이 나이 12세에 이르러, 황산(黃山) 고자암(高自庵)[169]에 거
하는 중 지응(智膺)이라는 이가 상좌로 데려가 삭발하여 중이 되었지
만, 항상 우리 집에 왕래하였습니다. 그러다가 신해년(1671) 쯤엔가 지
응을 떠나 다른 곳으로 간 후, 임자년(1672)에 저의 어머니께서 돌아가

---

169 현재 강원도 원주의 미륵산에 위치하며, 신라 경순왕의 영정을 모시고 제사하
　　 던 사찰이었다고 한다.

섰는데도 찾아오지 않았습니다. 그 후의 일은 알 수 없습니다.[170]

상고하고 분간하여 시행하실 일.

○ 同日, 驛吏孫胤後, 年六十三, 白等.

妖僧處瓊, 矣身之妹子是如爲置. 處瓊父母姓名, 及時方生存與否, 處瓊年歲, 與某年爲僧是喩, 處瓊師僧名字, 幷以從實現告亦.

推考敎是臥乎在亦.

處瓊爲僧之名, 則不能記憶爲白在果, 俗名段, 太鈇, 而年歲段, 壬辰生是白乎旀, 太鈇之父, 卽平海吏孫燾, 而母卽矣身之妹, 小竹是白乎旀, 矣身與孫燾, 俱以平海之人, 居生於平海爲白如可, 矣身段, 先爲移來於原州爲白有如乎, 太鈇三歲時, 其父孫燾身死乙仍于, 矣妹率太鈇, 來依於矣身家, 堇過四五年, 矣妹又死, 矣母率養太鈇, 年至十二歲, 黃山高自庵居僧, 智膚爲名者, 以上佐率去, 削髮爲僧, 而常常往來於矣家爲白如乎, 辛亥年分, 棄智膚出去他處之後, 壬子年, 矣母身死, 而亦不來見. 厥後事段, 知不得爲白去乎.

相考分揀施行敎事.

🪷 같은 날, 승 지웅 65세

다음과 같은 추문내용을 임금께 아뢰었다.

요승 처경은 죄인의 상좌라 하였다. 처경은 본래 어떤 사람이며, 어느 해에 죄인의 상좌가 되었고, 언제 삭발했으며, 그와 동거한 것이 몇 년이고 서로 떨어져 지낸 것이 몇 년인가? 처경의 속명과 그 부모의 신원에 대해 일일이 밝히 고하라.

임금께서 이 같은 내용을 추문하라 하셨기에, 다음과 같이 죄인의 진술을 받았다.

저는 원주 황산(黃山) 고자암(高自庵)의 중이었다가 작년 7월쯤에 충주 청룡사(靑龍寺)로 이주하여 지냈습니다. 처경의 아비는 손씨 성 사람이라 하는데 일찍이 죽어서 그 이름을 알지 못 합니다. 처경의 속명은 태철이며 10세 때에 그 어미도 죽는 바람에 그의 외삼촌인 원주 사람 손윤후의 집에 의탁해 지냈습니다. 갑진년(1664)쯤에 제가 그를 데려갔고, 16세였던 정미년(1668)에 삭발하여 중이 되었고 이름을 처경이라 하였습니다. 그와 더불어 동거하다가 신해년(1671) 쯤에 그는 걸량(乞糧)을 구실로 떠나간 뒤로 돌아오지 않았습니다. 그의 외조모가 임자년(1672)에 사망하였으나 그는 찾아가 보지 않았습니다. 그래서 저는 그가 이미 죽었을 것이라 생각했습니다. 그 밖에 더 이상 드릴 말씀이 없습니다.[171]

상고하고 분간하여 시행하실 일.
○ 同日, 僧人智膺, 年六十五, 白等.

妖僧處瓊, 則矣身之上佐是如爲置. 處瓊, 本以何地之人, 何年間爲矣身之上佐, 何年間削髮, 而同居者幾年, 相離者幾年是喻, 處瓊俗名, 及其父母根脚, 并以一一現告亦.

推考敎是臥乎在亦.

矣身以原州黃山高自庵僧, 上年七月分, 移居于忠州靑龍寺爲白在果, 處瓊之父段, 乃孫姓人云, 而曾已身死, 不知其名爲白乎旀, 處瓊俗名段, 太鉄, 而十歲時, 厥母身死, 依托於其外三村, 原州人孫胤後家是白去乙, 甲辰年分, 矣身率去十六歲是白在, 丁未年削髮爲僧, 名以處瓊, 而與之同居爲白有如可, 辛亥年分, 稱以乞粮, 出去而仍以不還, 其矣外祖母, 壬子年身死, 而亦不來見, 意謂其已死矣. 此外更無所供之辭爲白置.

相考分揀施行敎事.

🪷 같은 날, 죄인 묘향 재심문(4차)[172]

　다음과 같은 추문내용을 임금께 아뢰었다.

　승 처경이 스스로 말하기를, 강보에 싸여 있을 때부터 죄인에 의해

---

171 처경의 사승이었던 지웅의 진술을 통해 불가에 귀의했던 처경의 10대의 삶이 제 모습을 드러내기 시작하였다. 원주 황산 고자암에 거하던 지승은 12세의 처경을 데려와 상좌로 삼고, 16세의 처경을 삭발시키고 처경이라는 승명을 하사하였다. 적어도 처경이 19세가 될 때까지는 함께 동거하였지만 그 이후 처경의 유리가 시작되었던 것으로 보인다. 아마도 당시 지승을 떠난 처경은 죽산 및 안성지역에 이르러 출중한 외모와 특출난 의례의 주재능력을 발휘하며 대중들로부터 생불로 추앙받고 또 왕실의 지친으로도 간주되기 시작했을 것이다.

172 11월 7일 3차 심문(형문으로는 2차) 이후 8일만에 묘향에 대한 4차 심문이 이루어졌다.

양육되었다고 하였지만, 이에 대해 면질을 하는 과정에서 이미 자기가 속였었던 것을 자복하였다. 죄인은 처경을 숭봉하고 용모를 찬미하면서 앞모습은 석가모니 부처님같고 뒷모습은 왕자님같다는 등의 말로 아첨하여 처경의 간계를 부추겼고 급기야 소현세자의 유복자라는 설을 처경에게 말하는 지경에까지 이르렀다. 또 처경에게 물으면서 "스님(師)의 행동거지가 왕자의 모양을 빼 닮은 것 같은데 스님(師)이 여러 왕자들의 친속이 아니신지요? 소현세자에게 아들 셋이 있고 그 중에 한 아드님을 잃으셨다고들 하는데, 스님(師)이 그분이신지요?"라고 하였다. 소현세자 유복자의 투기(投棄)와 생존(生存)에 관한 설은 실제로 서울에서 지낼 때 얻어 들었던 것이었고, 이 중을 보자 그런 말을 한 것이라 하였다. 그러므로 처경이 간계를 낼 마음을 엿보며 자칭 왕실지친이라 했던 것은 필시 죄인의 꼬드김과 부추김에서 비롯된 것이다. 그간의 정황과 자취를 숨기며 바른 대로 고하지 않았으니 형을 더하여 드러내실 일이다.

○ 同日, 罪人妙香, 更推, 白等.

僧人處瓊自稱, 自在襁褓時, 收養於矣身處是如爲良置, 此則面質之時, 處瓊已自服, 其誣罔爲有在果, 矣身崇奉處瓊, 讚美容兒, 以前似釋佛, 後似王子等語, 爲諂媚處瓊之計, 至以昭顯遺腹子之說, 言於處瓊, 且問於處瓊曰, '師之擧止, 酷似王子兒㨾, 師無乃諸王子之親屬耶? 昭顯之子有三, 而遺失其一云, 師其是耶?'云云爲旀, 昭顯世子遺腹子, 投棄生存之說, 在京之日, 果得聞之, 故見此僧而言之是如爲白臥乎所, 處瓊之圖生奸計, 自稱王室至親者, 必由於矣身之敎誘是置. 其間情迹, 諱不直招, 加刑現推敎事.

🪷 죄인 묘향을 3차로 형문하며 신장(訊杖) 30대를 때렸다.

　이전의 진술에서 가감된 것이 없음을 임금께 아뢰었다.
○ 罪人妙香, 刑問三次, 訊杖三十度, 白等. 前招內, 無加減爲白乎事.

🪷 같은 날, 추국청에서 임금께 보고하였다.

　죄인 묘향은 매를 참고 자백하지 않으니 형을 더하기를 감히 아룁니다.

　임금께서 보고한 대로 하라고 답하셨다.
○ 同日, 推鞫廳 啓曰: "罪人妙香, 忍杖不服, 請加刑乎敢稟." 答曰: "依啓."

🪷 같은 날, 죄인 처경 재심문(4차)[173]

　다음과 같은 추문내용을 임금께 아뢰었다.

　죄인이 소현세자의 유복자라고 사칭하였고, 여승 정씨가 자신을 묘향에게 전해주어 묘향에 의해 양육되었다가 중이 되었다고 하였다. 그러나 묘향과 더불어 면질하는 과정에서, 갑인년(1674)에 비로소 묘향을 보았다고 하였다. 얼굴 빛으로 더 이상 속을 감출 수 없는 상황

173　11월 7일 3차 심문(형문으로는 2차)을 받은 후 8일만에 처경에 대한 4차이자 마지막이 될 심문이 이어졌다. 이날 추문관들은 이미 의문이 일부 해소된 묘향수양설, 소현세자유복자설, 소현세자 투기 및 생존설, 유복자를 보증하는 표적에 관한 설, 왜능화지의 조작설 등 외에도 최근 외숙인 손윤후와 사승인 지웅의 진술에 의해 밝혀진 처경의 출신과 신원정보 등을 종합하여 심문을 진행하였다.

이 된 이후에 결국 묘향이 양육했다는 설은 거짓으로 꾸며낸 것이라 자복하였지만, 자신의 신원에 대해서는 분명하게 확답을 주지 않았다. 나인이 자신을 정씨에게로 넘겨주었을 때, 그것을 보증하는 표적(手標)으로 능화지에 글이 씌어진 소지(小紙)도 건넸다고 하였다. 그런데 죄인의 문서를 수색하던 중에 언문으로 죄인의 생년월일시를 쓰고 소현세자와 강빈을 거론한 소지가 나왔다. 그 필적과, 방음(方音)으로 그릇되게 썼던(誤書) 것과, 왜능화지에 씌어진 것이 모두 동일한 손에서 나온 것임이 명백하였다. 이에 대해 추문하였더니, 죄인이 경산(京山)에 도착한 후에 책표지(册衣)로 쓰기 위해 진작에 구해뒀던 것이고, 왜능화지는 자신이 손수 위조한 것이 맞다며 바르게 진술하였다. 죄인의 간계와 흉모의 정황은 이미 드러났지만 단지 죄인의 신원에 대해서만은 처음부터 끝까지 숨기고 있다. 죄인은 조카뻘인 승 쌍민이 자신에게 써 보냈던 서찰을 압수당한 뒤에도 여전히 실토하지 않았다. 죄인의 외삼촌인 손윤후와 사승(師僧)인 지웅 등을 원주로부터 붙잡아 추문하였다.

손윤후의 공초에 따르면, 죄인은 윤후의 누이 동생인 소죽(小竹)의 아들이며, 아비는 평해 향리 손도(孫燾)이고, 손도가 죽자 그의 어미가 죄인을 데리고 윤후의 집에 의탁하였는데, 그의 어미가 죽은 후 나이 12세가 되었을 때 황산(黃山) 고자암(高自庵)에 거하는 중 지웅(智膺)의 상좌가 되고 이어 삭발하여 중이 되었다고 한다. 또한 중이 되고 나서도 늘 윤후의 집을 왕래하다가 신해년(1671)에 지웅을 버리고 떠나 갔으며, 죄인을 양육해주었던 외조모가 죽었을 때에도 찾아오지 않았다고 한다. 죄인의 속명은 태철이고 나이는 임진년 생이라 하였다.

한편 지웅의 공초에 따르면, 죄인의 아비는 손씨 성을 가진 사람이며 일찍이 죽었으며, 죄인이 10세 때에 어미마저 죽자 원주에 사는 외삼촌 손윤후의 집에 의탁했다고 한다. 그리고 갑진년(1664) 즈음에 죄인을 데리고 갔으며, 정미년(1668)에 삭발하여 중이 되었고, 승명을 처경이라 했으며 속명은 태철이었다고 한다. 신해년(1671) 즈음에 떠난 뒤로는 돌아오지 않아 이미 죽은 줄로 생각했다고 한다.

이제 죄인의 신원이 명백히 드러났다. 죄인은 어떤 사람의 사주(指嗾)를 듣고 감히 간악하고 흉악스런 계책을 내어 인심을 의혹시킨 것인가? 그간의 사정을 숨기지 말고 사실대로 바르게 고하라.

임금께서 이 같은 내용을 추문하라 하셨기에, 다음과 같이 죄인의 진술을 받았다.

바른 대로 고하자면,[174] 저의 부친은 손도이며, 부친의 아명(兒名)은 청(淸)입니다. 제 모친의 이름은 소죽이며 지금 보이는 손윤후가 저의 외삼촌입니다.[175] 승 지웅은 저의 사승(師僧)입니다. 저의 나이는 실제로 임진년(1652) 생입니다. 신해년(1671)에 걸승(乞僧)으로 떠돌아 다니다가 갑인년(1674)에 죽산 봉송암(鳳松庵)에 있을 때에 묘향이 자주 왕래하였는데, 소현의 유복자라는 설을 저에게 말하였기에 그것을 듣고

---

174 원문에는 이두식의 표현인 '直爲所如中'(딕흔바다히) 로 되어 있으며, 의미상 '바른 것에 대하여' 또는 '바른 대로 하면' 으로 해석할 수 있을 것이다. 보통 심문이나 형문의 과정에서 죄인이 자백할 때에 내용의 첫머리에 쓰이고 있다.

175 처경이 추국장에서 진술하고 있을 당시에 진술을 끝낸 외삼촌인 손윤후와 사승인 지웅도 함께 자리하고 있었던 것으로 보인다. 조선왕조실록에 의하면, 처경은 손윤후와 지웅 앞에서 눈을 감은 채 쳐다보지 않다가 억지로 눈을 뜨게 하자 그들과의 인척관계 및 사승관계를 실토하였다고 한다(『肅宗實錄』 권5, 숙종 2년 11월 기묘).

알게 되었습니다. 그러다가 경산(京山)에 이른 후에 이런 내용을 가지고 나인들과 서찰을 주고받았습니다만, 달리 저를 부추긴 사람은 없었습니다. 제가 전에 진술한 바 있는 묘향이 수양한 일은 과연 거짓이었으며, 왜능화지에 씌어진 사연도 제가 손수 위조한 것이었음을 이미 예전의 진술에서 다 밝혔습니다.

죄인이 손도의 아들이면서도 소현의 유복자를 사칭하며 인심을 의혹시키고자 했던 죄는 이제 다 드러났습니다. 상고하여 처치하실 일입니다.

○ 同日, 罪人處瓊, 更推, 白等.

矣身詐稱, 以昭顯世子遺腹子, 女僧丁氏出給於妙香, 而養育爲僧是如爲如可, 及與妙香面質之際, 甲寅年始見妙香. 面目之狀, 不免敗露之後, 妙香收養之說, 果是誣飾是如, 已爲自服, 而根脚段, 不肯明言爲旀, 自內出給矣身於丁氏時, 手標是如現納, 倭菱花所書之紙爲有如可, 矣身文書搜探中, 有以諺文書, 矣身生年月日時, 及擧論昭顯世子, 姜嬪是在小紙, 而其筆迹, 與以方音誤書者, 與倭菱花所書者, 明出於一手是去乙, 以此推問, 則矣身到京山後, 以册衣次, 曾所覓置之, 倭菱花, 手自僞造的宗是如, 亦已直招. 矣身奸兇情狀, 旣已現發爲有乎矣, 唯只根脚耳亦, 終始隱諱. 矣身族姪, 僧雙旻低矣身之書札, 搜得之後, 猶不吐宗爲如乎. 矣身外三寸孫胤後, 及師僧智膺等, 自原州捉送爲有去乙, 推問, 則胤後招內段, 矣身果是胤後妹小竹之子, 父則平海吏孫燾, 而孫燾身死之後, 矣母率矣身, 來依於胤後家是如可, 矣母又爲身死之後, 年至十二歲, 爲黃山高自庵居僧智膺之上佐, 削髮爲僧, 常常往來於胤後家爲如可, 辛亥年, 棄智膺出去. 矣身養育之外祖母身死, 亦不來見, 而矣身俗名則太鐵, 年則壬辰生是如爲旀, 智

膺招內段, 矣身之父則孫姓人, 而曾已身死, 十歲時, 矣母又死, 依托於矣
身外三村, 原州居孫胤後家, 甲辰年分, 率去, 丁未年, 削髮爲僧, 名以處瓊,
俗名則太鉄是旀, 辛亥年分, 出去不還, 意謂其已死是如爲有臥乎所. 矣身
根脚, 今已明白現露爲有置. 矣身聽何人指嗾, 而敢生奸兇之計, 欲爲疑惑
人心是如乎喩, 其間事狀, 隱諱除良, 從宗直招亦.

推考敎是臥乎在亦.

直爲所如中, 矣身父段, 孫薰, 而父之兒名則'淸'是白遣, 矣母名則小竹, 而
今見孫胤後, 果是矣身之外三寸是白遣, 僧人智膺段, 亦是矣身之師僧是白
遣, 矣身年歲, 果是壬辰生是白在果, 辛亥年, 矣身以乞僧流離爲白如可,
甲寅年, 矣身在竹山鳳松庵時, 妙香頻數往來, 而以昭顯遺腹子之說, 言于
矣身爲白去乙, 聞知爲白有如可, 及來京山之後, 以此意, 往復書札, 於內
人等處爲白有乎矣, 他無指嗾之人是白乎旀, 矣身前招內, 妙香收養事段,
果爲誣罔是白乎旀, 倭菱花所書, 辭緣事段置, 矣身手自僞造之狀, 已盡於
前日納招中爲白有置.

矣身以孫薰之子, 詐稱昭顯遺腹子, 欲爲疑惑人心之罪, 今已盡露. 相考處
置敎事.

✿ 같은 날, 추국청에서 임금께 보고하였다.

   죄인 처경이 이미 승복하였으니, 심문기록을 모아 결안하고 법률을
적용하여 처리하는 것이 어떻겠습니까?

   임금께서 허락한다고 답하셨다.

○ 同日, 推鞫廳啓曰: "罪人處瓊, 旣已承服, 結案取招後, 照律處斷何

如?" 答曰: "允."

🏵 같은 날, 죄인 처경 결안[176]

죄인의 신원은 다음과 같습니다.[177]

죄인의 아비는 평해(平海) 향리 손도(孫燾)이며 조부는 알 수 없다. 어미는 양인[良女] 소죽(所竹)이며 외조모는 알 수 없다. 평해에서 태어나 부모를 따라 원주로 이주해 살았다.

죄인이 자백한 죄상은 다음과 같습니다.[178]

"저의 부친은 손도이며, 부친의 아명(兒名)은 청(淸)입니다. 제 모친의 이름은 소죽이며 지금 보이는 손윤후(孫胤後)가 저의 외삼촌입니다. 승 지웅(智膺)은 저의 사승(師僧)입니다. 저의 나이는 실제로 임진년(1652) 생입니다. 신해년(1671)에 걸승(乞僧)으로 떠돌아다

---

176 처경의 결안은 크게 세 부분으로 되어 있다. 제일 앞부분에 죄인의 가계 및 신상에 관한 일반적인 정보가 나열된다. 이어서 두 번째 부분에는 죄인의 자백 중에 죄상이 될 만한 부분이 제시된다. 그리고 그러한 죄인의 자백 내용을 근거로 추문관이 특정의 죄상이 분명하게 드러났음을 적시하는 부분이 마지막에 배치된다.

177 죄인의 신원을 제시하는 부분인데, 원문으로는 '矣身根脚段'으로 시작된다. '죄인의 신원은~'으로 옮길 수 있지만, '죄인의 신원은 다음과 같습니다'로 시작하면서 뒤따르는 신상 정보를 한 문단으로 구분하였다.

178 '죄인이 자백한 죄상은 다음과 같습니다'는 사실, 원문상으로는 존재하지 않는 부분이다. 그러나 죄상을 밝힐 만한 핵심적인 부분이고 또 전후 맥락과 비교할 때, 발언 주체와 양식을 구분할 필요가 있어 삽입하였다.

니다가 갑인년(1674) 즈음에 제가 죽산 봉송암(鳳松庵)에 있을 때에 묘향이 자주 왕래하였는데, 소현의 유복자라는 설을 저에게 말하였기에 그것을 듣고 알게 되었습니다. 그러다가 경산(京山)에 이른 후에 이런 내용을 가지고 나인들과 서찰을 주고받았습니다만, 달리 저를 부추긴 사람은 없었습니다. 제가 전에 진술한 바 있는 묘향이 수양한 일은 과연 거짓이었으며, 왜능화지에 씌어진 사연도 제가 손수 위조한 것이었음을 이미 예전의 진술에서 다 밝혔습니다."

죄인이 손도의 아들이면서도 소현의 유복자를 사칭하며 인심을 의혹시키고자 했던 죄는 이제 다 사실로 드러났음이 분명합니다.[179]

○ 同日, 罪人處瓊, 結案, 白等.

矣身根脚段, 父平海吏孫燾, 父矣父不知, 母良女小竹, 母矣母而不知白良乎, 父母胎生於平海地, 隨母移居, 於原州地爲白如乎.

矣父段, 孫燾, 而父之兒名則'淸'是白遣, 矣母名則小竹, 而今見孫胤後, 果是矣身之外三寸是白遣, 僧人智膺段, 亦是矣身之師僧是白遣, 矣身年歲, 果是壬辰生是白在果, 辛亥年, 矣身以乞僧流離爲白如可, 甲寅年分, 矣身在竹山鳳松庵時, 妙香頻數往來, 而以昭顯遺腹子之說, 言于矣身爲白去乙, 聞知爲白有如可, 及來京山之後, 以此意, 往復書札, 於內人等處爲白有矣, 他無指嗾之人是白乎旀, 矣身前招內, 妙香收養事段, 果爲誣罔是白乎旀, 倭菱花所書, 辭緣事段置, 矣身手自僞造之狀, 已盡於前日納招中爲白有置.

矣身以孫燾之子, 詐稱昭顯遺腹子, 欲爲疑惑人心之罪, 今已盡露, 的只是

---

179 이 부분은 죄인의 자백 내용을 근거로 특정의 죄상을 확정하는 부분이다. 이 부분을 근거로 논죄와 치죄가 뒤따르게 된다.

白乎事.

※ 죄인 승 처경, 25세[180]

　"저의 부친은 손도이며, 부친의 아명(兒名)은 청(淸)입니다. 제 모친의 이름은 소죽이며 지금 보이는 손윤후(孫胤後)가 저의 외삼촌입니다. 승 지웅(智膺)은 저의 사승(師僧)입니다. 저의 나이는 실제로 임진년(1652) 생입니다. 신해년(1671)에 걸승(乞僧)으로 떠돌아다니다가 갑인년(1674)에 제가 죽산 봉송암(鳳松庵)에 있을 때에 묘향이 자주 왕래하였는데, 소현의 유복자라는 설을 저에게 말하였기에 그것을 듣고 알게 되었습니다. 그러다가 경산(京山)에 이른 후에 이런 내용을 가지고 나인들과 서찰을 주고받았습니다만, 달리 저를 부추긴 사람은 없었습니다. 제가 전에 진술한 바 있는 묘향이 수양한 일은 과연 거짓이었으며, 왜능화지에 쓰어진 사연도 제가 손수 위조한 것이었음을 이미 예전의 진술에서 다 밝혔습니다."[181]

　죄인이 손도의 아들이면서도 소현의 유복자를 사칭하며 인심을 의혹시키고자 했던 죄상이 이제 다 드러났으니 죄가 확실합니다.[182]

180　앞서 죄인의 신원과 죄상을 확정한 결안이 제시된 데 이어, 논죄와 치죄의 사안이 제시되는데, 역시 내용이 세 부분으로 나뉘어진다. 제일 앞부분은 결안의 두 번째 부분에 위치되었던 죄상에 대한 죄인의 자백 내용이 반복된다. 두 번째로 분명하게 드러난 죄상이 죄로 적용할 만큼 분명한 것이라 확정짓는 부분이 이어진다. 마지막으로 확정된 범죄행위를 법률에 적용하여 처단하는 부분이다.

181　이 문단의 내용은 앞서 나온 결안의 두 번째 부분에 배치된 처경의 자백내용과 일치한다.

『대명률』[183] 「조요서요언(造妖書妖言)」[184]조에 이르기를, 참위(讖緯), 요서(妖書), 요언(妖言) 등을 짓거나 그것을 전파하여 대중을 현혹시키는 자는 참수하라고 하였다. 이에 의거하여 처경을 참수한다.[185]

○ 罪人僧處瓊, 年二十五矣.

矣身父段, 孫燾, 而父之兒名則'淸'是白遣, 矣母名則小竹, 而今見孫胤後, 果是矣身之外三寸是白遣, 僧人智膺段, 亦是矣身之師僧是白遣, 矣身年歲, 果是壬辰生是白在果, 辛亥年, 矣身以乞僧流離爲白如可, 甲寅年, 矣身在竹山鳳松庵時, 妙香頻數往來, 而以昭顯遺腹子之說, 言于矣身爲白去乙, 聞知爲白有如可, 及來京山之後, 以此意, 往復書札, 於內人等爲白有矣, 他無指嗾之人是白乎旀, 矣身前招內, 妙香收養事段, 果爲誣罔是白乎旀, 倭菱花所書, 辭緣事段置, 矣身手自僞造之狀, 已盡於前日納招中爲白有置.

矣身以孫燾之子, 詐稱昭顯遺腹子, 欲爲疑惑人心之罪, 今已盡露, 的只罪. 《大明律》, 〈造妖書妖言〉條云, '凡造讖緯, 妖書妖言, 及傳用惑衆者, 皆斬' 亦爲白有臥乎等用良,[186] 處瓊段, 斬是白乎事.

---

182 이 부분은 앞의 결안 마지막 부분과 대동소이하다. 그러나 앞의 결안이 '的只是白乎事'로 마무리된 것에 비해 여기에서는 '的只罪'로 끝나고 있다. 전자가 죄인이 자백한 죄상이 분명히 드러났음을 확정하는 것이라면, 후자는 죄인이 자백한 내용이 확실한 죄임을 확정짓는 것이다.

183 『대명률』은 중국 명나라의 형률서이다. 이 형률서는 1367년에 편찬되기 시작하여 1397년에 460조 30권으로 확정되었다.

184 『大明律』, 刑律, 造妖書妖言. "凡造讖緯妖書妖言 及傳用惑衆者 皆斬 若有妖書隱藏不送官者杖一百徒三年".

185 이 부분은 확정된 죄를 대명률에 근거해 처결하는 부분이다. 이를 근거로 죄인에 대한 행형이 이루어진다.

186 원문의 '爲白有臥乎等用良'(하숣잇누온들써아)는 '~라 하옵셨는 바로써'로 해독될 수 있으며, 문맥상 '~라 하였기에'로 연결될 수 있다.

❀ 같은 날, 추국청에서 임금께 보고하였다.

  죄인 처경이 이미 요서요언(妖書妖言)으로 법률에 적용되었습니다.
법에 비추어 볼 때 요서요언은 비록 십악(十惡)[187]의 죄에는 들지 않지
만, 범죄의 동기(情犯)를 논한다면 십악과 조금도 다르지 않습니다. 이
미 국청(鞫廳)의 추문을 통해 승복을 얻은 후이니, 관례대로 때를 기
다리지 않고 곧바로 처단하는 것이 어떻습니까?

  임금께서 보고한 대로 하라고 답하셨다.
○ 同日, 推鞫廳啓曰: "罪人處瓊, 旣以妖書妖言照律. 此是比律, 妖書妖
言, 雖不入於十惡之中, 論其情犯, 則小無異於十惡. 旣自鞫廳推問, 取服
之後, 不可循例待時, 卽爲處斷何如?" 答曰: "依啓."

❀ 같은 날, 추국청에서 임금께 보고하였다.

  처경의 외삼촌인 손윤후와 처경의 사승(師僧)인 지웅을 나래하여
감금시켰던 것은 처경의 신원을 추문하기 위한 것에 지나지 않았습니
다. 윤후 등이 이미 사실대로 바르게 고하였고, 처경이 이들 두 사람
의 진술로 인해 자복하기에 이르렀습니다. 윤후 등에게 더 이상 다시
물을 일이 없으니 바로 풀어줘 내보내는 것이 어떻습니까?

---

187 십악은 최고의 극형으로 다스려지는 10가지의 죄악을 뜻하는 것으로 모반(謀
    反)·모대역(謀大逆)·모반(謀叛)·악역(惡逆)·부도(不道)·대불경(大不敬)·불효
    (不孝)·불목(不睦)·불의(不義)·내란(內亂) 등이 여기에 속한다.

　임금께서 보고한 대로 하라고 답하셨다.

○ 同日, 推鞫廳啓曰: “處瓊之外三寸, 孫胤後, 處瓊之師僧, 智膺之拿囚者, 不過欲爲推問, 處瓊之根脚, 而胤後等, 旣已從宗直告, 處瓊因此兩人之招, 亦已就服. 胤後等, 別無更問之事, 卽爲放送何如?” 答曰: “依啓.”

🌸 같은 날, 추국청에서 임금께 보고하였다.

　승 쌍민을 잡아들이는 일을 이미 원주목에 분부한 바 있었습니다. 그런데 처경의 신원이 이미 드러났으니 쌍민을 심문할 일이 달리 없으니, 체포하여 압송하지 말라는 뜻을 다시 알려 주는 것이 어떻습니까?

　임금께서 보고한 대로 하라고 답하셨다.

○ 同日, 推鞫廳啓曰: “僧人雙旻捉送事, 曾已分付于原州牧矣. 處瓊根脚, 今已現發, 雙旻別無可問之事, 勿爲捉送之意, 更爲知委何如?” 答曰: “依啓.”

🌸 같은 날, 추국청에서 임금께 보고하였다.

　요승 처경이 이미 승복하였으며 이제 법률에 입각해 처단하려 합니다. 요언(妖言)에 현혹되었던 무리들은 본래 모두 한꺼번에 다스리는 것(渾治)은 적절하지 않습니다. 김계종은 비록 묘향의 지아비로서 감금되어 있으나 처경과 더불어 친밀하게 지내며 사정을 알 만했던 사실은 달리 없으므로 분간(分揀)[188]하는 것이 마땅할 듯합니다. 이 외에 처경의 주인(主人)인 한천경, 처경을 따라 왕래했던 거사 김선명 및 박인의, 처경의 요언을 듣고서도 관에 고하지 않았던 거상(居喪) 중인 정윤주·정연주 형제, 그리고 처경과 더불어 왕래하며 서찰을 주고받은 정황과 흔적이 수상했던 궁노비 숙이와 애숙 등은 처경의 결말을 기다린 후에 재가를 얻어 처리할 것을 이미 결정한 바 있습니다. 처경이 이미 자복한 마당에 더 이상 달리 물을 일도 없으니 모두 해당 기관에서 법률에 입각해 정배(定配)하게 하고, 그중에서도 거사 김자원은 처음부터 이미 처경에게 가서 함께 거할 것을 청하였고, 또 병술년(1646)에 '상자에 넣어져 물 속에 던져진 아이가 스님(師)이 아니신지요?'라는 말을 처경에게 건네기도 했었습니다. 다른 사람들과 비교할 때 그(김자원)의 죄가 비록 중하기는 하나 이미 한 차례 엄형[189]을 받은 것으로 징벌에 족하니, 다른 이들과 함께 법률에 의거하여 정배하는 것이 어떻겠습니까?[190]

임금께서 보고한 대로 하라고 답하셨다.

---

188 문자적으로는 구별해서 판단한다는 의미이지만, 여기에서는 형편을 헤아리거나 참작하여 용서한다는 법적인 의미로 쓰였다.

189 나래된 거사들이 모두 1차 심문을 받은 뒤, 김자원만 추가적으로 한 차례 형문을 더 받았다. 김자원의 1차 형문에 대한 기록은 추안 11월 6일자에 기록되어 있다.

190 『承政院日記』(숙종 2년 11월 17일)에 따르면, 의금부에서 한천경은 춘천으로, 김선명은 충주로, 박인의는 전주로, 숙이는 신천(信川)으로, 애숙은 태안으로 각각 3년간 정배시킬 것을 요청했으나, 결국 숙이는 삼수군(三水郡)으로 애숙은 정의군(旌義郡)으로 기한을 두지 않고 정배하는 것으로 결정되었다. 한편, 처경의 요언(妖言)을 듣고도 관에 고하지 않았던 정윤주와 정연주는 장(杖) 일백과 도(徒) 3년에 처해지는 것이 법률적인 관례였지만, 상(喪)을 앞두고 범한 죄라는 점이 참작되어 돈으로 죄를 면할 수 있도록(收贖) 조치되었다(『承政院日記』 숙종 2년 11월 18일).

○ 同日, 推鞫廳啓曰: "妖僧處瓊, 旣已承服, 今方照律處斷. 爲妖言所惑之輩, 本不足渾治, 而金戒宗, 雖以妙香之夫被囚, 別無與處瓊親密知情之事, 似當分揀. 此外處瓊之主人, 韓天敬, 隨處瓊往來之居士, 金善明·朴仁義, 聞處瓊妖言, 而不告官之喪人, 鄭潤周·演周兄弟, 及與處瓊往來通書, 情迹殊常之宮婢, 淑伊·愛淑等, 待處瓊結末後, 稟處事, 曾已定奪矣. 處瓊今已就服, 別無更問之事, 並令該府照律定配, 其中居士金自遠, 初旣往請處瓊, 與之同居, 而至以丙戌年, '盛函投水之兒, 無乃師乎'之說, 言於處瓊. 比之各人, 其罪雖重, 旣受一次嚴刑, 亦足徵罪, 一体照律定配何如?" 答曰: "依啓."

🪷 같은 날 유시(酉時)에 임금께서 추국을 잠시 멈추라고 전교하셨다.

○ 同日酉時, 傳曰: "推鞫姑罷."

보충

　열한 번째 기록일인 11월 15일에는 강원감사 정륜이 올린 첩정을 맨 앞에 싣고 있다. 강원감사의 첩정은 의금부의 공문을 수신하고 처리했던 과정, 쌍민과 영휴의 처리를 둘러싼 처리과정, 그리고 구금자의 나래조치 등에 대한 내용을 담고 있으나 추국에 참조할 만한 특이 사항은 발견되지 않았다. 이미 처경의 신원을 밝혀줄 핵심 인물인 손윤후와 지웅이 나래되어 추국을 대기하고 있었기 때문이다.

　다음으로 원주에서 나래된 손윤후와 지웅의 심문이 이어져 실려 있다. 처경의 외숙이었던 손윤후는 처경의 출생지(평해), 처경의 본명(태철), 출생연도(1652), 부모의 신상(평해 향리 손도, 양녀 소죽), 처경의 출가시기(1664), 출가 사찰(황산 고자암) 및 사승(지웅), 방랑기(1671년 이후) 등에 대한 명료한 진술을 내놓았다. 처경의 사승인 지웅 역시 손윤후와 대략 일치하는 내용을 언급하였다. 지웅은 12세의 처경을 데려다 16세에 삭발시키고 법명을 제공하였지만 19세 즈음에 처경이 자신을 떠나갔다고 진술하였다. 손윤후와 지웅은 처경의 결안이 마무리되자 더 이상 특별하게 조사받을 내용이 없다고 판단되어 풀려날 수 있었다.

　8일만에 다시 추국장에 나타난 묘향은 세 번째 형문을 받지만 형신을 참아내며 추가적인 답변을 내놓지 않았다. 그러나 역시 8일만에 세 번째 형문을 감내해야 했던 처경은 달랐다. 그간 제기된 묘향수양설, 소현세자유복자설, 유복자의 표적설, 왜능화지 조작설 등뿐만 아니라 처경의 신원과 사승관계에 대한 최신의 정보까지 가미된 추문관의 문목을 대하던 처경은 더 이상 버틸 여력이 없었다. 드디어 자백을 시작하며 자신에게 쏟아진 모든 혐의를 인정하게 되었다. 결국 손도의 아들인 처경이 여러 부추김과 조작을 통해 소현세자의 유복자로 거듭나려 했던 것이 밝혀진 셈이다.

처경의 자백을 근거로 결안이 완성되었다. 처경이 자백한 내용 중에 핵심적인 죄상을 근거로 처경을 논죄하고 이를 법률에 근거하여 치죄하는 내용이 결안에 담겼다. 결국 처경은 조요서요언죄로 참수형에 처해질 운명을 맞이했다. 처경 이외의 사건 연루자들은 정배되거나 정상을 참작하여 훈방되거나 또는 수속(收贖) 처리되었다.

병진년 11월 16일

11월 16일에는 처경을 처단하고, 차후 묘향에 대한 조사를 의금부에서 갈 것과 처경의 행형을 게을리한 금부도사에 대한 처벌을 결정한 이후 추국을 마무리 하였다.

✿ 병진 11월 16일 추국청 참석여부[191]

의정부영의정 허적: 참석

영중추부사 정치화: 병(病)

행판중추부사 정지화: 병(病)

의정부좌의정 권대운: 약방(藥房)에 나아감

의정부우의정 허목: 병(病)

판의금부사 유혁연: 참석

지의금부사 이지익: 참석

동지의금부사 이홍연: 참석

동지의금부사 경최: 참석

승정원우부승지 유헌: 참석

사헌부지평 송정렴: 참석

사간원정언 임당: 참석

별문사낭청(別問事郎廳)

성균관직강 이봉징: 문과일소시관(文科一所試官)으로 나감

홍문관부교리 유하익: 문과이소시관(文科二所試官)으로 나감

홍문관수찬 강석빈: 참석

이조좌랑 이담명: 참석

---

191 전날의 추국에 비해, 좌의정 권대운이 약방에 나아가는 바람에 한 명이 줄어든
    14명의 출석인원으로 추국이 열렸다.

별형방(別刑房)

도사 권덕윤: 참석

도사 심양필: 참석

문서색(文書色)

도사 김성최: 참석

도사 김석: 참석

丙辰十一月十六日, 推鞫廳進不進

議政府領議政 許 積 進

領中樞府事 鄭致和 病

行判中樞府事 鄭知和 病

議政府左議政 權大運 藥房進

議政府右議政 許 穆 病

判義禁府事 柳赫然 進

知義禁府事 李之翼 進

同知義禁府事 李弘淵 進

同知義禁府事 慶 㝡 進

承政院右副承旨 兪 櫶 進

司憲府持平 宋挺濂 進

司諫院正言 任 堂 進

別問事郎廳

成均館直講 李鳳徵 文科一所試官進

弘文館副校理 兪夏益 文科二所試官進

弘文館修撰 姜碩賓 進

吏曹佐郎 李聃命 進

別刑房

都事 權德潤 進

都事 沈良弼 進

文書色

都事 金盛最 進

都事 金 碩 進

🪷 같은 날, 문사낭청(問事郞廳)이 영의정의 의견을 가지고 임금께 아뢰었다.

  죄인 묘향에게 형을 더할 것을 명하신 바 있습니다. 처경이 감히 간악하고 흉악스런 계책을 내었던 것이 묘향의 아첨과 칭찬에서 비롯된 것이었습니다. 해괴망측한 설화를 무수하게 내뱉은 연유가 지극히 이상스럽고 놀랍긴 하지만 의도적으로 부추기고자 했던 것은 아니었습니다. 이미 처경을 처단[192]한 뒤에 국청을 열어 묘향을 형추(刑推)하는 것은 사체가 그리 편치 않습니다. 묘향은 의금부로 하여금 형추하여 범죄의 실정을 얻게 하는 것이 어떻겠습니까?[193]

---

192 처경의 행형(行刑)에 대한 기록이 추안에는 없지만, 『承政院日記』(숙종 2년 11월 16일)를 참조하면, 처경의 행형이 당고개(堂峴)에서 이루어 졌음을 알 수 있다(禁府罪人處瓊 堂古介行刑). 용산의 당고개는 조선전기에는 물론 조선후기에도 죄인을 참수시키거나 교수시키는 주요 처형지였다.

임금께서 허락한다고 답하셨다.

同日, 問事郎廳, 以領議政意啓曰: "罪人妙香, 加刑事命下矣. 處瓊之敢生奸兇之計者, 初由於妙香諂媚稱讚. 多發無狀說話之致, 雖極痛駭, 亦非有意指嗾者也. 旣已處斷處瓊之後, 仍設鞫廳, 刑推妙香, 事體未安. 妙香則令禁府, 刑推得情何如?" 答曰: "允."

❀ 같은 날, 문사낭청이 영의정의 의견을 가지고 임금께 아뢰었다.

죄인 처경의 형을 장차 집행하려 하는데, 의금부도사가 형을 감독하는 임무(監刑之任)를 염피(厭避)하고 임시 관리에게 책임을 미루려는 계책(推諉之計)을 감히 내고는 신들을 찾아와 거드름을 피면서 문의했습니다. 개좌에 관한 일처리가 이리도 놀랍고 이보다 더 심할 수 없을 터이니 마땅히 해당 금부도사를 내쫓아 버림(汰去)[194]이 어떻습니까?

임금께서 보고한 대로 하라고 답하셨다.

同日, 問事郎廳, 以領議政意啓曰: "罪人處瓊, 將爲行刑, 而義禁府都事, 厭避監刑之任, 敢生推諉於假官之計, 偃然來問於臣等. 開坐之處事之可

---

193 추국장에서의 심문이 종료되는 것과 동시에 추안의 기록도 마감되기 때문에 묘향의 최종적인 행형 상황에 대해서는 다른 기록을 참조할 수밖에 없다. 『承政院日記』(책257, 숙종 2년 11월 17일)에 따르면, 추국이 종료된 다음날인 11월 17일에 묘향은 의금부에서 한 차례의 형문을 더 받은 것으로 확인된다. 한편, 처경의 옥사에 대한 추안의 기록이 11월 1일에 시작되어 동월 16일에 종결되었으나 모든 추국의 실상과 결과를 추국이 시작된 11월 1일자에 모두 모아 기록하고 있는 『肅宗實錄』(권5, 숙종 2년 11월 기묘)에는 묘향이 형신을 받다 죽은 것으로 기록되어 있다.

194 태거(汰去)는 과오가 있는 관리를 내쫓아 내는 일을 말한다.

駭, 莫甚於此, 當該禁府都事, 汰去何如?” 答曰: “依啓.”

❀ 같은 날, 문사낭청이 영의정의 의견을 가지고 임금께 아뢰었다.

죄인 거사 김자원을 법률에 입각하여 정배하는 일을 명하신 바 있습니다. 금부(禁府)로 하여금 꼼꼼히 헤아려보게 하는 것이 마땅합니다. 김자원이 나이 75세라고 공초하였는데, 금부의 관례를 따라 법률에 적용하면 수속(收贖)[195]의 나이에 해당합니다만, 그의 용모를 살펴보건대 60세에 불과할 뿐입니다. 지패(紙牌)[196]를 살펴보려 했지만 오가통(五家統)[197]에도 누락되어 있었습니다. 단지 그의 말에 의거하여 70세의 수속법(收贖法)을 원용하는 것은 불가합니다. 오가통에서 누락시킨 죄가 본죄보다 더욱 중대하니 형조로 이감하여 사목(事目)에 따라 정배하게 하는 것이 어떻습니까?

임금께서 보고한 대로 하라고 답하셨다.

같은 날, 추국을 오시(午時)에 파하였다.
○ 同日, 問事郎廳, 以領議政意啓曰: “罪人居士金自遠, 照律定配事命下矣. 當令禁府照勘矣. 自遠之年, 以七十五供招, 若自禁府循例照律, 則當在收贖之中, 而觀其容貌, 不過六十餘歲者也. 欲考紙牌, 則卽是落漏於

---

195 형벌 대신 돈을 받아 죄인의 죄를 면해주는 일.
196 호적대장에 근거해 개인에게 내어준 종이로 만든 호적을 말한다.
197 오가(五家)를 하나의 통(統)으로 조직하고 통마다 통주(統主)를 두어 감독하게 한 제도이다.

五家統者也. 不可只憑其言, 用以年七十收贖之法, 而落漏於五家統者, 其罪反重於本罪, 移囚刑曹, 以爲依事目定配之地何如?" 答曰: "依啓." 同日, 推鞫午時罷.

보충

　열두 번째 기록일인 11월 16일에는 죄인의 심문이나 결안의 작성 없이 사건을 마무리짓기 위한 조처들을 논의하고 결정하였다. 전날 조요서요언죄로 참수형이 결정된 처경이 이날 용산 당고개에서 처형되었다. 처경의 행형 과정에서 임무를 게을리하고 회피한 금부도사가 처벌을 받기도 하였다. 처경의 행형 이후에 아직 결안을 받지 않은 묘향은 의금부가 맡아서 형추하기로 결정되었다. 『승정원일기』에 의하면, 실제로 묘향은 다음날 의금부에서 한 차례의 형문을 더 받은 것으로 되어 있다. 아울러 왕조실록은 묘향이 형신을 받던 중에 사망했다고 기록하고 있다. 마지막으로 문제가 된 것은 정배형을 받은 거사 김자원이었다. 그의 나이 75세를 신뢰한다면 그가 정배형을 면하고 수속(收贖)의 대상이 되기 때문이었다. 그러나 당시 영의정이던 허적은 김자원의 실제 나이가 60세에 불과할 것이라 의심하며 수속법의 대상에서 제외시키고 호적과 오가통에 누락된 정황을 고려하여 형조로 이감시켜 조사할 것을 요청하였고, 국왕이 이를 승인하였다. 이 논의를 마지막으로 11월 1일에 시작되어 보름을 넘게 끌었던 추국이 최종 마무리 되었다.

찾아보기

역주 | **최종성**崔鍾成

서울대학교 종교학과 졸업
서울대학교 종교학과 대학원 졸업
현재 서울대학교 종교학과 교수

『동학의 테오프락시』
『《기우제등록》과 기후의례』
『조선조 무속 국행의례 연구』
『고려시대의 종교문화』(공저)
『세계종교사상사』2(공역)
『국역 차충걸추안』(공역)
『국역 역적여환등추안』(공역)

역주 요승처경추안(妖僧處瓊推案)

초판 인쇄 2013년 2월 15일
초판 발행 2013년 2월 27일

역   주   최종성

책임편집   윤예미

발 행 처   도서출판 지식과 교양
등   록   제2010-19호
주   소   132-908 서울시 도봉구 창5동 262-3번지 3층
전   화   02-900-4520 / 02-900-4521
팩   스   02-900-1541
전자우편   kncbook@hanmail.net

ISBN 978-89-6764-013-2 93810   정가 18,000원